eye.
守望者

——

到灯塔去

[法] 吉尔·德勒兹 著　刘云虹　曹丹红 译

Gilles Deleuze

Critique et clinique

批评与临床

南京大学出版社

Gilles Deleuze
Critique et clinique
Copyright © 1993 by Les Editions de Minuit
Simplified Chinese Edition Copyright © 2022 by NJUP
Through Garance Sun SARL
All rights reserved

江苏省版权局著作权合同登记 图字：10-2008-247号

图书在版编目(CIP)数据

批评与临床 /（法）吉尔·德勒兹著；刘云虹，曹丹红译. —2版. —南京：南京大学出版社，2022.6
（棱镜精装人文译丛 / 张一兵，周宪主编）
ISBN 978-7-305-25618-9

Ⅰ.①批… Ⅱ.①吉… ②刘… ③曹… Ⅲ.①文学研究-文集 Ⅳ.①I0-53

中国版本图书馆 CIP 数据核字（2022）第 074089 号

出版发行	南京大学出版社
社　　址	南京市汉口路22号　邮　编 210093
出版人	金鑫荣
丛书名	棱镜精装人文译丛
书　　名	**批评与临床**
作　　者	[法]吉尔·德勒兹
译　　者	刘云虹　曹丹红
责任编辑	陈蕴敏
照　　排	南京紫藤制版印务中心
印　　刷	南京爱德印刷有限公司
开　　本	787×960　1/32　印张 11.375　字数 152 千
版　　次	2022年6月第2版　2022年6月第1次印刷
ISBN	978-305-25618-9
定　　价	68.00元
网　　址	http://www.njupco.com
官方微博	http://weibo.com/njupco
官方微信	njupress
销售咨询	(025)83594756

* 版权所有，侵权必究
* 凡购买南大版图书，如有印装质量问题，请与所购图书销售部门联系调换

"美好的书是用某种类似外语的语言写成的。"

　　　　　　普鲁斯特,《驳圣伯夫》

目 录

前言 ····· 1

第一章 文学与生命 ····· 1

第二章 路易斯·沃夫森，或方法 ····· 14

第三章 刘易斯·卡罗尔 ····· 42

第四章 爱尔兰最伟大的电影（贝克特的"电影"）
····· 46

第五章 论能够概括康德哲学的四种诗意表达
····· 53

第六章 尼采与圣保罗，劳伦斯与拔摩岛的约翰
····· 71

第七章 对马索克的再-阐述 ····· 110

第八章　惠特曼 …………………… 116

第九章　孩子们说的话 …………… 127

第十章　巴特比，或句式 ………… 141

第十一章　海德格尔鲜为人知的前驱者：

　　　　　阿尔弗雷德·雅里 …… 196

第十二章　尼采眼中的阿里阿德涅之谜 …… 217

第十三章　他结巴道 …… 235

第十四章　耻与荣：T. E. 劳伦斯 …………… 252

第十五章　为了审判的终结 …………… 279

第十六章　柏拉图，希腊人 …………… 303

第十七章　斯宾诺莎及三大"伦理学" ……… 307

篇章原始出处 …………… 337

译名对照表　339

前 言

本书收录的文章，有些尚未发表，有些已经发表，它们都围绕某些问题展开。也就是写作的问题：正如普鲁斯特（Proust）所言，作家在语言中创造一种新的语言，可以说是一门外语。他令新的语法或句法力量得以诞生。他将语言拽出惯常的路径，令它发狂。但同时，写作问题与看或听的问题密不可分：事实上，当语言中创生另一种语言时，整个言语活动（langage）都开始向一种"不合句法""不合语法"的极限倾斜，或者说同它自己的外在（dehors）展开交流。

极限不在言语活动之外，它是言语活动的外

在:它由非语言的视觉和听觉构成,然而只有言语活动本身才能令这些视觉或听觉成为可能。因此,写作有自己独特的绘画和音乐,它们仿佛是词语之上升腾起来的色彩和音响效果。正是通过词语,在字里行间,我们获得了视觉和听觉。贝克特(Beckett)曾提及在言语活动中"掘洞",以便看到或听到"隐藏在其后的东西"。因此对于每一位作家,我们都应该说:这是一位通灵者,这是一位倾听者,"看不清道不明",这是一位着色专家、一位音乐家。

这些视觉和听觉不是私人的事,而是构成了某个不断得到重新创造的**历史**①和地理的种种形象。是谵妄(délire)创造着它们,仿佛某种进程将词语从宇宙的一端拉到另一端。这是发生在言语活动边界处的事件。然而,当谵妄重新堕入临床状态时,词语再也无法抵达任何地方,透过它

---

① 法文人文社科作品中常以首字母大写来强调某些哲学范畴,如"历史""自然""理念"等,本书皆以黑体标出;原文中的斜体则以楷体标出。——译注

们，人们再也听不见、看不见任何东西，唯有一个失去历史、色彩和歌咏的夜。文学是一种健康状态。

这些问题构成多种研究路径。本书所收集的文章、所考察的作者均代表了这样的路径。一些很短，另一些较长，但它们互相交叉，先后经过同样地方，互相靠近或者互相分离，每一条路径都提供了面向其他路径的视野。有些路是死胡同，被疾病封堵。每部作品都是一次旅行、一个行程，但它唯有借助内心的道路或路线，才能穿越外部的这条或那条道路。这些内心的道路、路线组成作品，构成它的风景或交响乐。

第一章

文学与生命

写作绝非为过去的内容强加一种（表达）形式。更确切地说，文学属于不定形、未完成的东西，就像贡布洛维奇（Gombrowicz）所说、所做的那样。写作是一件生成①之事，永远没有结束，永远正在进行中，超越任何可能经历或已经经历的内容。这是一个过程，也就是说，一个穿越未来与过去的**生命**片段。写作与生成是无法分离的：在写作中，人们生成-女人，生成-动物或植物，

---

① "生成"是德勒兹哲学的基本概念之一，其法文为 devenir，既是动词又是名词，有"生成""变化""变成""成为"等多种含义。在不影响理解的情况下，本书将 devenir 统一译为"生成"，其余情况下则译为"变成""成为"等。——译注

生成-分子,直到生成-不可感知之物。这些生成按照一种特殊的系统相互关联,就像在勒克莱齐奥(Le Clézio)的一部小说中;或者依据组成整个世界的门、门槛和区域而在所有层次上并存,就像在洛夫克拉夫特(Lovecraft)强大的作品中。生成不会走向另一方向,人们不会成为**男人**,因为男人表现为一种想要把自身强加给任何内容的占统治地位的表达形式,而女人、动物或分子总有一种流逝的成分超越其自身的形式化。身为男人的羞愧,还有比这更好的写作理由吗?甚至当一个女人在生成时,她也要生成-女人,而这种生成与她可能倚仗的某种状态毫无关系。生成并不在于达到一种形式〔辨认、模仿(imitation)、**摹仿(Mimésis)**〕,而是找出邻近的、难以辨别的或未区分的区域,人们再也无法区别于一个女人、一个动物或一个分子:不是模糊的,也不是笼统的,而是无法预见、非事先存在的,他们因为在一个种群中显现出独特性而更加无法在形式上被确定。人们可以与任何事物建立一个邻近的区域,只要创建它的文学手段,正如安德烈·多泰尔(André Dhôtel)建立与紫菀邻近的区域。在性、属或界之间,某种东西正在经过。① 生成总是"在两者之间"或"在多个之中":女人在女人们之间,或动物在动物群之中。然而,不定冠词只有当它使之生成的词语本身被剥夺了导致定冠词 le、la("你面前的这个动物")出现的形式特征时,才能实现它的权力。当勒克莱齐奥生成-印第安人时,那是一个永远没有完成的印第安人,不知道"如何种植玉米,也不知道如何制作独木舟":他进入一个邻近的区域,而非获得某些形式上的特征。② 同样,在卡夫卡(Kafka)看来,不会游泳的游泳冠军也是如此。任何写作都包含一项田径运动,但这远远不是使文学与运动协同一致,或

---

① 参见安德烈·多泰尔,《记忆中的大地》,大学出版社 [(*Terres de mémoire*, Ed. Universitaire)《难以置信的传闻》(*La Chronique fabuleuse*) 中关于生成-紫菀的描述,第 225 页]。

② 勒克莱齐奥,《旋涡》,弗拉马里翁出版社(*Haï*, Flammarion),第 5 页。在他的第一部小说《诉讼笔录》[伽利玛出版社"弗里奥"文库(*Le procès-verbal*, Folio-Gallimard)],勒克莱齐奥以几乎可以作为典范的方式描述了一个人物,他先生成-女人,接着生成-老鼠,最后生成-不可感知之物并消失在其中。

让写作成为一个奥运项目,这种田径运动在机体的逃避和背叛中进行:躺在床上的运动员,米肖(Michaux)说。人生成-动物,尤其因为动物也总有一死;并且,与某种唯灵论的成见相反,正是动物知道自己终究要死去,并能感觉或预感到死亡。劳伦斯(Lawrence)认为,文学随着豪猪的死亡开始,卡夫卡认为,文学随着鼹鼠的死亡开始:"我们可怜的伸直的红色小爪子表达着温柔的怜悯。"莫里茨(Moritz)说,我们为正在死去的小牛而写作。① 语言应该达到向女人、动物和分子的迂回,而任何迂回都是一种必死的生成。无论在事物还是在言语活动中,都没有笔直的路线。句法是所有必要迂回的总和,这些被创造出的迂回每次都是为了在事物中揭示生命。

写作并非叙述回忆、旅行、爱情、葬礼、梦想和幻觉。这与由于过度的真实或想象而犯错是

---

① 参见 J.-C. 巴伊,《弥散的传奇:德国浪漫主义文选》,10/18 出版社(J.-C. Bailly, *La légende dispersée, anthologie du romantisme allemand*, 10-18),第 38 页。

一回事：在这两种情况中，人们投射在现实中或吸收入想象里的正是永恒的爸爸-妈妈——俄狄浦斯结构。人们在旅行之后将寻找的正是一位父亲，如同在梦境里，在文学的一次幼稚的构思中。人们为了他的父亲-母亲写作。马尔特·罗贝尔（Marthe Robert）曾把文学的这种幼稚化和精神分析化推向极致，除了**私生子**或**捡来的孩子**之外不留给小说家任何其他选择。① 甚至，生成-动物也无法避免属于"我的猫、我的狗"类型的俄狄浦斯式的还原。如劳伦斯所言："如果我是一只长颈鹿，而普通英国人把我描写成有教养的可爱的狗，全部问题都在这里，动物各不相同……你们本能地讨厌我这种动物。"② 通常，幻觉只把不定冠词当作人称代词或主有词的面具："一个孩子被打了"很快转化为"我父亲打了我"。然而，文学因循相反的道路，它仅仅通过在表象人物下发现无

---

① 马尔特·罗贝尔，《起源故事与小说的起源》，格拉塞出版社（*Roman des origines et origines du roman*, Grasset）。

② 劳伦斯，《书信选》（*Lettres choisies*）第二卷，普隆出版社（Plon），第237页。

人称的强权而存在，这种无人称丝毫不是某种一般性，而是最高程度的独特性：一个男人、一个女人、一只动物、一个腹部、一个孩子……并非前两个人称为文学叙述提供条件；文学只有当第三个人出现在我们面前，剥夺了我们说**我**（布朗肖的"中性"）①的权力时才开始。诚然，文学人物是完全个体化的，既不模糊也不笼统，但是，他们所有的个性化特征将他们上升至一种幻景，这种幻景把他们带入不确定中，就像某个对他们而言过于强大的生成：亚哈（Achab）和白鲸莫比·迪克（Moby Dick）的幻景。**吝啬鬼**丝毫不是一种类型，相反，他的个性化特征（喜欢一个年轻女人等）令他进入一种幻景，他看见金子，以至他开始在一条魔线上逃逸，并在那里获得不定冠词的强大权力：一个贪恋金子的，还是金子……吝啬鬼……不存在没有虚构的文学，然而，

---

① 布朗肖（Blanchot），《丢车保帅》（*La part du feu*），伽利玛出版社，第29—30页，以及《无尽的谈话》（*L'entretien infini*），第563—564页；"某件事情（在人物身上）发生，只有放弃说'我'的权力，他们才能重新抓住它。"在这里，文学似乎违背了语言观念，而后者在指示词，尤其是两种第一人称那里找到叙述的条件本身。

正如柏格森(Bergson)看到的那样,虚构、虚构功能并不在于想象或设想一个"我"。更确切地说,它达到这些幻景,上升至这些生成或权力。

人们并不是带着神经官能症写作的。神经官能症和精神病不是人生的历程,而是当过程被中断、阻止、堵塞时人们陷入的某些状态。疾病并非过程,而是过程的中止,正如在"尼采的病例"中。同样,这样的作家并不是病人,更确切地说,他是医生,他自己的医生、世界的医生。世界是所有症状的总和,而疾病与人混同起来。于是,文学似乎是一项健康事业:并不是因为作家一定健康强壮(这里可能存在与田径运动中同样的含混),相反,他的身体不可抗拒地柔弱,这种柔弱来自在对他而言过于强大、令人窒息的事物中的所见、所闻,这些事物的发生带给他某些在强健、占优势的体魄中无法实现的变化,使他筋疲力尽。①

---

① 关于文学作为健康问题,但仅对那些身体不健康或身体虚弱的人而言,参见米肖,《我的财产》(Mes propriétés)后记,载《黑夜颤动》(La nuit remue),伽利玛出版社。以及勒克莱齐奥,《旋涡》,第7页:"一天,人们也许会知道,没有艺术,只有医学。"

作家从他的所见、所闻中返回,双眼通红,鼓膜刺破。怎样的健康才足以解放遭受人体、组织和属性重重束缚,并困于这三者之中的生命呢?正是斯宾诺莎(Spinoza)的柔弱身体,只要它持续存在,始终证明它在经过时向其敞开自身的一个新视野。

像文学与写作一样,健康在于创造一个缺席的民族。创造一个民族,这属于虚构功能。人们并非凭借记忆而写作,除非把这些记忆作为一个仍然隐匿在背叛和否认中的未来民族的共同起源或目的地。美国文学具有产出能够叙述自身记忆的作家的特殊能力,但这些记忆是作为一个由所有国家的移民组成的共同民族的记忆。托马斯·沃尔夫(Thomas Wolfe)"可以把整个美国写入作品,只要美国能够存在于一个男人的经历中"①。确切地说,这并不是一个被召唤来统治世界的民

---

① 参见安德烈·贝(André Bay)为《从死亡到清晨》[托马斯·沃尔夫,斯托克出版社(*De la mort au matin*, Stock)]撰写的序言。

族。这是一个次要的民族,永远是次要的,被卷入一场革命的生成中。也许,这个私生、低等、被统治、永远在生成中、永远没有完成的民族仅仅存在于作家的头脑。"私生"不再意味着一种家庭状况,而是种族的形成过程或种族的偏移。我是一只牲畜,一个历来种族地位卑微的黑人。这是作家的生成。对于中欧而言的卡夫卡和对于美国而言的梅尔维尔(Melville)都将文学表现为一个或所有次要民族的集体陈述,这些民族只有通过作家并在作家身上才能找到他们的表达。① 虽然文学总是涉及一些特殊因素,但它是陈述的集体部署。文学是谵妄,但谵妄并不是父亲-母亲的问题:没有不经过民族、种族和部落,不纠缠普遍历史的谵妄。任何谵妄都是历史-世界的,都是"种族和大陆的迁移"。文学是谵妄,以此名义,文学的命运在谵妄的两极之间上演。每当它建立

---

① 参见卡夫卡关于所谓少数文学的思考,《日记》,袖珍出版社(*Journal*, Livre de poche),第179—182页,以及梅尔维尔关于美国文学的思考,《霍桑,你来自哪里?》(*D'où viens-tu, Hawthorne?*),伽利玛出版社,第237—240页。

一个自称纯净、占统治地位的民族时,谵妄就是一种疾病,典型的疾病。然而,当谵妄援引这私生的、被压迫的种族时,谵妄就成为衡量健康的标准,这个种族不停地在统治下躁动、抵抗一切压制和束缚,并在作为过程的文学中以凹陷的形式呈现。还是在这一点上,一种疾病状态总是有可能中止过程或生成;而且,人们重新发现了对健康和田径运动而言同样存在的含糊不清,发现了始终存在的危险:统治的谵妄与私生的谵妄混杂在一起,将文学引向一种潜在的法西斯主义,以及文学与之斗争的疾病,哪怕付出在自身诊断它并与自身进行斗争的代价。文学的最终目标,就是在谵妄中引出对健康的创建或对民族的创造,也就是说,一种生命的可能性。为这个缺席的民族而写作……("为"不仅意味着"代替他",更意味着"为了他")。

文学在语言中的所作所为似乎更好:正如普鲁斯特所言,它恰恰在语言中勾勒出一种陌生的语言,这并非另一种语言,也不是重新发现的方言，而是语言的生成-他者（devenir-autre），是这种主要语言的缩小，是占优势的谵妄，是逃离支配体系的魔线。卡夫卡让游泳冠军说：我和你们讲同样的语言，却丝毫听不懂你们所说的话。句法创造、风格，这就是语言的生成：不存在句法效果之外具有价值的词语创造和新词，它们正是在句法效果中得以发展。因此，当文学对母语进行分解或破坏，但同时也通过句法的创造在语言中构建一种新的语言时，它已经呈现出两个方面。"捍卫语言的唯一方式就是攻击它……每个作家都必须创造属于他的语言……"① 似乎，语言受谵妄支配，而谵妄恰恰使语言离开了自己的领地。至于第三个方面，它来自这样一个事实：每当一种陌生的语言在语言本身中被开掘时，所有言语活动也都随之摆动，被带入极限，带入由不再属于任何一种语言的**所见**、**所闻**构成的外在或反面。

---

① 普鲁斯特，《与斯特劳斯夫人的通信》，第 47 封信（*Correspondance avec Madame Strauss*，Lettre 47），袖珍书出版社，第 110—115 页（不存在确定，哪怕在语法上……）

这些看法并不是幻想，而是作家在言语活动的缝隙和间隔里看见和听见的真实**理念**。这并非过程的中止，而是暂停，后者本身也是过程的一部分，就像永恒只有在生成中才能被揭示，景色只有在运动中才得以显现。这些看法不在言语活动之外，它们就是言语活动的外在。作家是观察者和倾听者，文学的目标在于：生命在构成理念的言语活动中的旅程。

这在阿尔托（Artaud）那里永远处于运动中的三个方面：字母的失落，在对母语言语活动的分解中（R、T……）；字母的恢复，在新的句法或句法范围内的新词——语言的创造者（eTReTé）中；最后，呼吸词——一切言语活动所趋向的反句法极限。而塞利纳（Céline），我们禁不住要说，尽管很粗略：《漫游》（*Voyage*）或母语的分解；《死缓》（*Mort à crédit*）和作为语言中的另一种语言的句法；《木偶戏班》（*Guignol's Band*）与"被中断的惊叹号，如同言语活动的界限，爆炸性的视觉和声音"。也许，为了写作，母语必须是可憎的,但由此句法创造在其中勾勒出一种陌生的语言,并且,整个言语活动揭示出它的外在,超越任何句法。人们可能会祝贺某位作家,但作家清楚地知道,他远远没有达到为自己确定的界限,界限总是不停地闪躲,远远没有完成自身的生成。写作,同样也是生成不同于作家的另一个东西。当人们询问弗吉尼亚·伍尔夫(Virginia Woolf)写作由什么构成时,她回答说:谁跟您谈论写作?作家不会谈,他关心的是其他事情。

如果我们尊重这些标准,我们会看到,在所有以文学为目的而写书的人当中,甚至是在疯子中,很少有人自称作家。

第二章
路易斯·沃夫森,或方法

路易斯·沃夫森(Louis Wolfson),《精神分裂和语言》(*Le schizo et les langues*)一书的作者,自称为"精神分裂的语言学习者""精神错乱的大学生""精神错乱的方言学习者",或者,依据他创新的文字,自称为"年轻的男性精神分裂症患者"(le jeune öme sqizofrène)。这个没有确指的精神分裂症患者有多种含义,对作者而言也并非仅仅表示其身体的空洞:这意味着一场斗争,在这场斗争中,主角只有在一种类似"年轻战士"的匿名身份下才能被理解。同样,这也是科学事业,在这项事业中,大学生除了语音的或分子的组合之外别无其他身份。最后，对作者而言，这不仅是叙述他的所感、所思，更是确切地描述他的所作所为。并且，对实验或行动的规约，这丝毫不是本书的独特之处。沃夫森的第二本书《我的音乐家母亲去世了……》将是一部双重作品，因为书中不时穿插着对患癌症的母亲的病情记录。[①]

作者是美国人，但书是用法语写成的，其中的原因马上就会一目了然。因为，学生所做的，正是依据某些规则进行翻译。他采用的方法如下：对于母语中既定的词，找到一个意义相近，并且具有共同的音或音素的外语词（最好是法语、德语、俄语或希伯来语这四种作者学习过的语言中的词语）。例如，*Where?* 将被翻译为 *Wo? Hier? où? ici?*，或者译成 *Woher* 更好。英语中表示"树"的词 *Tree* 可能变成 *Tere*，它从语音角度又变成 *Dere*，并最终成为俄语词 *Derevo*。因此，母语中

---

① 《精神分裂和语言》，伽利玛出版社，1970年；《我的音乐家母亲去世了》，纳瓦兰出版社（*Ma mère musicienne est morte*, Ed. Navarin）。

任意一个句子都可能在音素和语音变化上接受分析,以便被转换为由一种或多种外语构成的句子,它与原句在语音或意义上相似。由于情况紧急,操作过程必须尽快完成,然而,鉴于每个词固有的抗力,以及转换的每一阶段出现的意义不明确,尤其是任意个案中都必须提取适用于其他转换的语音规则,操作过程也需要花费大量的时间(例如,*believe* 一词的奇遇将占据四十多页的篇幅)。就像两条转换线路同时存在,互相渗透,一条消耗尽可能短的时间,另一条占据尽可能大的语言空间。

这是通常的方法:原句子 *Don't trip over the wire* 意思是"不要被线绊倒",变成 *Tu' nicht tre*bucher *uber eth he Zwirn*。出发句是英语,转换后的句子是由德语、法语和希伯来语共同组成的句子空壳:"絮语塔"①。句子中运用了一些转化规则,*d* 变为 *t*,*p* 变为 *b*,*v* 变为 *b*,但也有一些倒

---

① 原文为 tour de babil,暗指"巴别塔"(tour de Babel)——译注。

装规则(由于英语词 *Wire* 的字母顺序在德语词 *Zwirn* 中并没有被充分倒置,人们认为俄语词 *prolovoka* 将更为合适,它把 *wir* 变成 *riv*,或更确切地说,变成 *rov*)。

为了克服这类抵抗和困难,常规方法将在两个方向上加以完善。一方面,趋向一种扩大法,以"更加自由地组合词语的天才想法"为基础:一个英语词,例如 *early*(早)可以在所有与"早"有关联,并包含辅音 R 或 L 的法语单词和短语中寻找转换对应词(sur R-Le-champ, de bonne heuRe, matinaLement, diLigemment, dévoRer L'espace);或者,另一个英语词 *tired* 可以被转化为法语中的 faTigué、exTénué、couRbaTure、RenDu,以及德语中的 maTT、KapuTT、eRschöpfT、eRmüdeT 等等。另一方面,趋向一种演变法:这次不再是分析英语词中的某些语音要素或将其抽象化,而是把这些语音要素以几种独立的方式组合起来。因此,在食品罐标签上经常看见的词语中,我们能发现没有太大问题的 *vegetable oil*,但也能找到在常规方法下一直难以征服的 *vegetable shortening*：造成困难的是 SH、R、T 和 N。必须把词语变得怪诞、可怕，重复三次，把词首的音分为三份（*shshshortening*），以便将第一个 SH 与 N 合并（希伯来语的 *chemenn*），第二个 SH 与 T 的对等音合并（德语的 *Schmalz*），第三个 SH 与 R 合并（俄语的 *jir*）。

精神病与一种变化不定的语言学方法是分不开的。方法就是精神病的过程本身。学语言的大学生采用的全部方法表现出与诗人雷蒙·鲁塞尔（Raymond Roussel）的著名"方法"之间惊人的类似，而鲁塞尔的方法本身也是精神分裂的。鲁塞尔在其母语法语内部进行操作。同样，他也把一个句子转化为另一个句子，音和音素相似，但意义却完全不同〔"旧台球桌橡皮边上的白色字母"（les lettres du blanc sur les bandes du vieux billard）和"老强盗衣服镶边上的白色字母"（les lettres du blanc sur les bandes du vieux pillard）〕。第一个方向产生了扩大法，在这一方法中，与第一句相关联的词语在第二句里获得了符合该句语境的另一种意义(台球杆与强盗的拖裾长袍)。第二个方向产生了演变法,在这一方法中,原句本身被置于自主的复合词中["我有好烟(j'ai du bon tabac)……" = "玉、管子、波、晨曲(jade tube onde aubade……")]。另一种著名的情况是让-皮埃尔·布里塞(Jean-Pierre Brisset)的例子:他的方法是通过比较他所涉及的一种或几种语言的词语,确定其中一个音素或音节的意义,然后,方法扩大和推进,以便意义本身随着不同的音节组合而得以演变[这样,囚犯们首先藏身在脏水里,他们在脏水里被抓住(la sale eau pris),于是就成为被抓住的坏蛋(salauds pris),接着,人们将他们在大厅里标价出售(la salle aux prix)]。①

在这三种情况中,只要音或音素保持相似,

---

① 福柯(Foucault)不仅在《雷蒙·鲁塞尔》[《Raymond Roussel》伽利玛出版社]一书中,并且在他为布里塞的《逻辑语法》[《La Grammaire logique》楚出版社(Tchou)]再版撰写的序言中,依据对嘴、眼睛和耳朵这三种器官的分配,将鲁塞尔、布里塞和沃夫森三人的方法进行了比较。

一种外国语言便从母语中被提取出来。但鲁塞尔关注的是词语的所指对象,意义也产生了变化:因此,所谓另一种语言仍然是法语,只不过是同音异义词,尽管它以一种外来语言的方式发生作用。布里塞关注的是分句的意义,其他语言也有所涉及,但只是为了表明它们在意义上的统一和在语音上的一致[*diavolo*(恶魔)和 dieu-aïcul(神-祖父),或 *di-a vau l'au*]。至于沃夫森,他的问题是翻译语言,各种语言混乱地汇集在一起,以保持相同的意义和相同的音,但方法是系统地摧毁被不同语言侵占的母语英语。哪怕会稍微改变这些类型的意义,我们也要说,鲁塞尔构建了一种与法语同音异义的语言,布里塞构建了一种近义的语言,沃夫森则构建了一种与英语近音的语言。这也许就是沃夫森凭直觉感受到的语言学的隐秘目的:摧毁母语。十八世纪的语法学家仍然相信一种语言-母亲;十九世纪的语言学家提出质疑,并且改变了作为亲子关系的母性规则,有时认为语言只是姐妹关系。也许,必须要一曲猛烈的三重奏才能走到底。对于鲁塞尔，法语不再是母语，因为它在词语和字母中隐藏着异国情调，令人产生"非洲印象"（依据法国的殖民任务）；对于布里塞，不再存在语言-母亲，所有语言都是姐妹，而拉丁语并不是一种语言（依据一种民主使命）；对于沃夫森，美国英语甚至不再以英语为母，却成为充满异国情调的混合体或"各种方言的混杂物"（依据美国收容全世界移民的梦想）。

然而，沃夫森的书不属于文学作品，也没有自称为诗歌。鲁塞尔的方法之所以成为艺术作品，是因为原句与变句之间的距离被不断增加的精彩故事所填满，而这些故事总是把起点推得越来越远，并最终将它完全隐藏。例如，通过水利上"与叶片有关的职业"（métier à aubes）编排的事件掩盖着"必须大清早起床的职业"①。这是一些伟大的视野。在言语活动中上演的单纯事件，超出它们出现时的条件和完成时的情况，就像一首

---

① 法文 aube 既有"拂晓""黎明"之意，也指"桨叶""叶片"。——译注

乐曲超越了人们演奏它时的状况和人们对它的演奏。对布里塞而言同样如此:凸显出事件不为人知的一面,或者用他的话说,语言的另一面。同样,从一种语言组合到另一种语言组合之间的差异产生出将之填满的重要事件,就像颈项的出现、牙齿的到来、性别的形成。可是在沃夫森那里毫无相似之处:空白和作为病原或病理的差异,在待转化的词和转化后的词之间以及转化过程之中继续存在。当他把冠词 *the* 翻译为两个希伯来语词 *eth* 和 *he* 时,他评论说:母语词"被学语言的大学生用疯癫头脑分裂了"。所有转化永远都无法达到事件的伟大部分,而总是依附于它们的偶然情况和经验性的完成。因此,这种方法是一种程式。语言学方法徒劳地进行,无法与能够产生一种视野的必要过程相连接。正因为如此,*believe* 一词的转化才占据了如此多的篇幅,充满着说这个词的人们的来来往往,以及所进行的不同组合之间的差异(*Pieve-Peave*, *like-gleichen*, *leave-Verlaub*……)。空白无处不在,并四处蔓延,以致以黑色面孔出现的唯一事件是世界终结或星球原子爆炸,大学生害怕这一事件由于军备裁减而迟迟不来。对于沃夫森而言,方法就是他自己的事件,除条件式之外不再有其他表达,最好是适合于在外部情况与临时性完成之间构建一个假设地带的条件式过去时:"精神错乱的语言学学生如果不是想到当T这个音之后出现元音时,T要变成D的话,他就会从英语词 tree 中提取出字母E,默默地把它放入字母T和字母R之间。""这时候,精神错乱的大学生的母亲就会跟随他,并走到他身边,时不时对他说一些毫无用处的话。"[1] 因此,沃夫森的风格、命题的方案把条件式动词与没有确指的精神分裂症患者联系在一起,这个条件式动词表达着对能够填满差异,或相反地,能够在吞没一切的巨大空白中开凿差异的某个事件的无尽等待。精神错乱的语言学学生也许会这么做或本该这样

---

[1] 阿兰·雷伊(Alain Rey)对条件式进行分析,包括条件式常规用法以及沃夫森对条件式的使用:《分裂词汇》,载《批评》(《Le schizolexe》, *Critique*),1970年9月,第681—682页。

做……

沃夫森的书也不是科学作品,尽管他所进行的语音转化确实具有科学意图。科学方法意味着对形式上合理的整体进行确定或者构建。而学语言的大学生的参照整体显然不合理,不仅仅因为这个整体由所有非英语的不确定总和所构成,正如沃夫森所言,是一个真正的"絮语塔",但同样因为任何句法规则都无法确定这个总和,无法在其中令语义和语音相符合,也无法在其中安排对于被确定为英语的并具有句法的出发整体的转化。所以,精神错乱的大学生在两种方式上缺少"符号体系":一方面,无法填补的病原差异的存在;另一方面,无法确定的伪整体的出现。故此,他讽刺地在诗学-艺术体系和逻辑-科学方法的双重拟象(simulacre)下体验着自己的思想。这种双重拟象或讽刺的力量使沃夫森的书成为一本奇特的书,它焕发着特殊的喜悦,闪耀着模拟所固有的光彩,人们在其中感受到来自疾病深处的这种十分特别的抵抗正在萌发。正如大学生所言:"学习语言多么令人愉快,哪怕以疯狂甚至是愚蠢的方式!"因为,"生命中不少事物如此进行:至少有一点讽刺意味"。

摧毁母语,这是无时不在的战斗,并且首先在于抵抗母亲的声音,"响亮、尖厉的声音,或许也是得意扬扬的声音"。他只有早已密谋,消除,才能将听见的话语中的一部分转化。母亲一靠近,他就在头脑中默记某种外语中的一句话;但同时,他眼前还放着一本外文书;并且,他喉咙发出低吼声,牙齿发出摩擦声;两只手指准备好塞住耳朵;或者,他使用更加复杂的仪器,例如,一台短波收音机,一只耳朵用收音机耳机塞住,另一只耳朵用一个手指塞住,于是,空闲的那只手可以拿住、翻阅外文书。这是一种组合、一整套可行的分离方法,不过特殊之处在于它们是无限内含的、多分支的,而不再是限定的、唯一的。这些内在的分离属于精神分裂症,并对无人称和条件式的文体形式进行补充:大学生时而用手指塞住每只耳朵;时而用手指塞住一只耳朵,右耳或左耳,另一只耳朵则有时用耳机塞住,有时用另一件东西塞住,而空闲的那只手要么拿着一本书,要么在桌上弄出声响……通过这一系列分离,人们辨别出贝克特笔下的人物,而沃夫森就是其中之一。① 沃夫森必须使用所有这些方法,永远处于戒备中,因为他母亲也在她一边进行语言战斗:要么为了拯救她不听话的精神分裂的儿子,如他自己所言,要么为了得到"用她自己的声带让亲爱儿子的鼓膜震动"的乐趣,要么出于挑衅或权威,要么出于某个更阴暗的理由,她时而在隔壁房间里走动,让她的美国收音机的声音在家中回响,并叫嚷着走进病人那间既没有钥匙也没有锁的房间,时而悄悄地走进去,轻轻地推开门,迅速地用英语喊出一句话。情况十分复杂,尤其因为,大学生的所有分离武器在大街和公共场所这

---

① 弗朗索瓦·马特尔(François Martel)曾对贝克特的作品《瓦特》(Watt)中的分离进行过详细研究:《〈瓦特〉中的形式游戏》,载《诗学》(《Jeux formels dans Watt》,Poétique),1972 年第 10 期。同时参见《足够》,载《死亡的头颅》(《Assez》,Têtes-mortes)。贝克特的大部分作品都可以用《马隆纳之死》(Malone meurt)中的伟大格言来理解:"一切都自我分裂。"

些肯定能听见别人说英语的地方都必不可少,并随时可能受到询问。同样,在第二本书中,他描写了一套可以在外出时使用的更完美的装置:戴在耳朵上的听诊器与一台可随身携带的录音机相连接,他可以拔除或重新插入连接线,降低或放大音量,或与阅读外文期刊交替进行。在他频繁出入的医院里,听诊器的使用尤其让他感到满意,因为他认为医学是一门伪科学,比他在语言和生活中能够想象的所有科学都更为糟糕。如果他确实从1976年开始使用这个装置,早在"随身听"出现之前,那么人们可以认为,就像他所说,他是随身听真正的发明者,并且,人类**历史**上第一次,精神病患者的组装成为日后在全世界流行并让不同国家、一代又一代的人为之疯狂的仪器的起源。

母亲还通过另一种方式引诱或打击他。或者出于好意,或者为了把他的注意力从学习上转移开,或者为了突然袭击他,她时而在厨房里发出声响地整理食品罐,时而把食品罐拿到他鼻子底下挥舞一下,然后离开,一段时间之后又突然返回。于是,当她不在家时,大学生会尽情地狂吃,把食品罐划破、踩扁,不加辨别地把其中的食物全部吃掉。危险是多重的,因为罐子上有他禁止自己阅读的英文标签〔除非隐约地瞥一眼,以便找到很容易转化的说明文字,如"植物油"（*vegetable oil*）〕,因为他无法知道罐中储存的食物是否适合他食用,或者因为吃东西让他头脑昏沉,让他无法专心学习语言,或者因为,即使食品罐的灭菌条件良好,食物块也会把由于空气污染而变得更加有害的幼虫、小虫和虫卵带入体内,"旋毛虫、绦虫、蚯蚓、蛲虫、钩虫、双盘吸虫、线虫"。他吃东西时的犯罪感并不亚于他听见母亲说英语时的犯罪感。为了避免这种新型的危险,他吃力地"默记"事先学过的一个外语句子;更好的是,他集中精神想象着投入一定数量的卡路里或者与合乎愿望的、理智化的、洁净的食物相符合的分子结构,例如,植物油的"不饱和碳原子链"。他把化学式的力量和外文词语的力量结合在一起,要么通过让词语的重复符合卡路里的摄入("当他贪婪地吃下两三千或四五千卡路里时,他就把相同的四五个词语重复二三十遍"),要么通过把外文词语中出现的语音音素与变化的化学式等同起来(例如,成对的德语音素-元音或更普遍的自动发生变化的言语活动要素,就像"一种不稳定的化合物或者一个衰变期极为短暂的放射性元素")。

因此,对等是深刻的,一方面在无法承受的母语词与有害的或被污染的食物之间,另一方面在转化的外语词与不稳定的原子式或原子键之间。最普遍的问题,作为这些对等的基础,在书的末尾被提出:**生命**与**知识**。食物和母语词是生命,外国语言和原子式是知识。如何说明生命存在的理由?它是痛苦和尖叫声。如何说明生命存在的理由?它是"危险的患病的物质",依赖自身的痛苦和尖叫声存在。生命存在的唯一正当理由是**知识**,知识本身就是**美**与**真**。必须把所有外国语言汇集为一种完全的、连续的特殊表达方式,如同语言知识和语文学，以对抗母语——生命的尖叫。必须把原子化合物汇集为分子式和周期表，如同身体知识或分子生物学，以对抗经验身体（corps vécu），它的幼虫和虫卵——生命的痛苦。只有"知识的功绩"才是美与真，才能说明生命存在的理由。然而，知识如何能够具有这种用于解释的连续性和整体性？知识本身出所有外国语言和所有不稳定的分子式形成，其中永远存在一种威胁美的差异，其中仅仅出现一个颠覆真的怪诞整体。将来是否可能"持续出现一个足够复杂的生物化学化合物中不同原子的相对位置……并且既瞬间地又持续地显示元素周期表的逻辑关系及其真实性证明"？

于是，这就构成一个事实上的大方程式，就像鲁塞尔本来可能说的那样：

$$\frac{母语词}{外语} = \frac{食物}{分子结构} = \frac{生命}{知识}$$

如果仔细观察分子，我们发现它们都是"部

分的物体"。但这种观念是模糊的,尤其因为它并不指涉任何一个失落的整体。事实上,作为部分物体出现的是那种危险的、爆炸性的、鲜艳的、有毒的或有害的物体。或者是包含这种物体的东西。或者是容纳这种物体在其中爆裂的碎块。总之,部分的物体在一只盒子里,并且在盒子被打开时爆炸为碎片,然而,人们称为"部分的"东西,不仅是盒子,也是盒中的内容物和所有小碎片,尽管它们之间有区别,确切地说,总有空隙或间距。因此,食物封闭在盒子里,但同样包含一些幼虫和蠕虫,尤其当沃夫森完全用牙齿撕破盒子时。母语是一个盒子,装着总是伤人的词语,然而,字母不停地从这些词语上掉落,尤其是那些必须避免和消除的、像特别坚硬有害的刺和裂片一样的辅音。身体本身不也是一只包含着作为各个部分的器官的盒子吗?但微生物、病毒,尤其是癌,一个接一个地侵蚀这些部分,让它们爆发病痛,最终破坏整个机体。机体与食物、词语一样也是母性的:甚至,阴茎似乎是典型的女性器官,正如在双性情况中,一些退化的男性特征似乎成为女性身体中的器官附件("在他看来,真正的女性生殖器官并不是阴道,而是准备好被女人的手插入的她最后一段肠子中的一个脂肪橡皮管",正因为如此,女护士在他看来是典型的职业鸡奸者)。于是,失去一只眼睛并患上癌症的漂亮母亲可以被称为一堆部分的物体,它们是爆炸性的盒子,但种类和水平不同,它们在每个种类中和每个水平上都不停地在空隙中相互分裂,不停地在词语的字母之间、在身体的器官之间或者在一口又一口的食物之间扩大间距(支配它们的距离,就像在沃夫森的每顿饭中)。这是患精神分裂症的大学生的临床描述:失语、精神衰弱、厌食。

于是,大方程式的分子带给我们第一个派生的方程式:

$$\frac{母语词}{伤害人的字母}=\frac{食物}{有害的幼虫}=\frac{机体}{罹癌器官}$$

$$=错误的、患病的、痛苦的人生$$

第二章 路易斯·沃夫森,或方法

如何建立另一个方程式,分母的方程式呢?这与阿尔托、与阿尔托的战斗并非没有关系。在阿尔托那里,仙人球仪式对抗字母与器官,但这是为了使它们从另一侧,在含糊不清的气息中,进入一个不可分解的无器官的身体(corps sans organes)里。他从母语中拔除的是不再属于任何语言的呼吸词,从机体中拔除的是无法生殖的无器官身体。顺畅的气息或纯净的身体对抗着毫无价值的文字、肮脏的机体、字母-器官、微生物和寄生虫,然而对抗应该是一种过渡,为我们修复被毁坏的身体、被抑制的气息。① 沃夫森不在同一"层次",因为字母仍然属于母语词,而气息还有待在外语词中被发现,以至他始终处于音与义相似这一条件中:他缺少一种创造性的句法。然而,这是相同性质的斗争,具有相同的痛苦,同样应该让我们从伤害人的字母转入有生命的气息,从

---

① 在阿尔托那里,著名的呼吸词对抗母语和碎裂的字母,无器官身体对抗机体、器官和幼虫。但呼吸词由一种诗意句法所承载,无器官身体由一种生命必需的宇宙学所承载,这种宇宙学在各方面都超出沃夫森的方程式的界限。

患病的器官转入宇宙的无器官的身体。沃夫森用来对抗母语词和生硬字母的，是来自另一种或几种语言的词语的行动，这些外语词将融合、进入新的语音文字中，形成流动的整体性或叠韵的连续性。沃夫森用来对抗有毒食物的，是原子链的连续性和周期表的整体性，它们应该被吸收而不是显现，应该重构一个纯净的身体而不是维护一个患病的身体。人们将注意到，对这个新维度的征服避免了爆裂和间距的无止境过程，并出于自身的利益在两条线路上进行，一条快，另一条慢。我们已经在词语上看到这一点，因为，一方面，母语词必须尽快地、持续地被转化，但另一方面，外语词只有借助不再经过母语的跨语种字典才能扩展它的范围，形成一个整体。化学变化周期的速度和元素周期表的幅度也同样如此。甚至，赛马使他想到两个引导他进行赌博的因素，就像一个最小数和一个最大数：关于马的最小数量的事先"准备工作"，但同时也是可能与马的名字、马的主人、骑手等有关的历史纪念日的万年历（例如,"犹太马"与重要犹太节日)。

于是,大方程式的分母将为我们带来第二个派生的方程式:

$$\frac{外语词}{各种语言的絮语塔}=\frac{原子链}{周期表}$$

=知识、对纯净身体及其气息的重构

如果生命中的部分物体指涉母亲,那么,为什么知识的转化和汇集并不指涉父亲呢?况且父亲是双重的,在两条线路上出现:一条周期短,像一种"周期 45 天的放射性元素"一样随时改变职位的厨师继父;另一条幅度大,年轻人在公共场所远远地遇见的流浪父亲。沃夫森的双重"失败",也就是说,病原间距的持续和不合理整体的构成①,难道不同样应该归于有千条阴茎的母亲-美杜莎,归于父亲的这种分裂吗?精神分析只有一个错误,即把精神病的奇遇简化为一种陈词滥

---

① 参见皮耶拉·卡斯托里亚迪-奥拉尼耶(Piera Castoriadis-Aulagnier)对沃夫森的精神分析阐释,《失去的意义》(Le sens perdu),载《地志学》(*Topique*),第 7—8 期。这一研究的结尾似乎开启了一个更开阔的视野。

调：永远的爸爸-妈妈，时而由心理人物扮演，时而上升至象征功能。然而，精神分裂症患者不是在家庭范畴内，他在世界和宇宙范畴中游荡，因此，他总在学习某种东西。他不停地重新撰写《物性论》（*De natura rerum*）。他在物与词中发展。他称为母亲的，是人们置于他耳中和嘴里的词语结构，是人们置于他体内的物之结构。并非我的语言是母性的，而是母亲是一种语言；并非我的机体来自母亲，而是母亲是一种器官的集合，我自己的器官的集合。人们称之为**母亲**的，是**生命**。而人们称之为**父亲**的，是奇异的东西，所有我不认得并穿越我的词语的这些词，所有不停地出入我的身体的这些原子。并非父亲讲外语，了解原子结构，而是外语和原子化合物就是我的父亲。父亲是我的原子的汇集与我的新作词语的总和——总之，**知识**。

知识与生命的斗争是原子对身体的轰炸，是作为身体的反击的癌症。知识如何能够拯救生命并以某种方式说明它存在的理由？全世界所有的医生、所有像父亲那样成对到来的"绿色流氓"都无法通过原子轰炸治愈患癌症的母亲。但问题不是父亲、母亲的问题。年轻人能够按照原样接受他的父亲、母亲,"至少改变他关于父母亲的某些贬义结论",甚至在他的语言学习结束后返回母语。这是他第一本书的结尾,蕴含着某种希望。然而,问题不在这里,既然涉及的是他在其中得以生存的身体,伴随着构成地球的一切转移,以及他在其中得以发展的知识,伴随着所有不停使用的语言,所有不停轰炸的原子。正是在那里,在世界中,在真实中,病原间距形成,不合理的整体产生,消解。正是在那里,存在的问题,我自身存在的问题被提出。大学生因为世界,而并非因为他的父亲-母亲而生病。他因为真实,而并非因为象征而生病。对生命唯一的"证明"或许是所有原子一劳永逸地轰炸地球-癌症,让它回归巨大的空白:所有方程的解答——原子爆炸。因此,大学生越来越围绕癌症来进行阅读和收听短波节目,阅读让他了解癌症如何发展,短波节目向他宣告放射性的**世界末日**到来并终结一切癌症的可能性:"况且人们可以轻易声称,作为整体存在的地球患了最可怕的癌症,它自身物质的一部分已经被破坏,被繁殖,被转移,其结果是不可避免地导致了由无休止的谎言、不公正和痛苦……编织成的世间令人悲痛的现象,目前即使通过持续大剂量的人工放射也难以处理和治愈!"

因此,第一个主要的大方程式现在将显示它所隐藏的内容:

$$\frac{癌症转移}{原子世界末日}=\frac{地球-癌症}{上帝-炸弹}=\frac{生命}{知识}$$

因为,"上帝是**炸弹**,显然也就是所有必不可少的核炸弹,它们通过放射性为我们严重患癌的地球消毒……Elohim hon petsita,字面上的意义就是:上帝,他轰炸"……

除非"可能"存在另一条道路,在第一本书里以充满热情的文字"增添的一章"中指出的那条路。人们也许会说沃夫森追随阿尔托的足迹,

第二章 路易斯·沃夫森,或方法

后者超越了父亲-母亲问题,随后又超越了炸弹和肿瘤的问题,希望消灭"审判"的世界并发现一个新大陆。一方面,知识并不与生命相对抗,因为,即使当它以无生命物质最死气沉沉的分子式为目标时,这个分子式的原子仍然属于进入生命构成中的那些原子,而如果不是原子的奇遇,生命又是什么呢?另一方面,生命也不与知识相对抗,因为,哪怕是最深刻的痛苦也会带给遭受痛苦的人一种奇特的知识,而如果不是痛苦的生命在大人物头脑中的奇遇(何况伟大人物的头脑与折叠的洒水用具相似),那么知识又是什么呢?我们强制自己经受些小痛苦,以便使我们相信生命是可以承受的,甚至也是可解释的。然而,有一天,习惯于受虐行为(香烟烫伤、自愿窒息)的语言学大学生突然"顿悟":生命绝对无法解释,尤其因为它根本没有什么可解释的……而这一发现恰恰来自他让自己遭受的一次非常轻微的痛苦。大学生隐约看见"真理中的真理",却没能更多地深入其中。这是一个隐约显露的事件:当生命放弃它先天固有的机体,知识放弃它后天获得的学识时,生命与知识不再相互对抗,甚至不再相互区别,而是产生出新的奇特形象,它是**存在**所揭示的事物,也许是鲁塞尔或布里塞的揭示,甚至也是阿尔托的揭示,人类"固有"的气息和身体的伟大历史。

其中必须有方法,语言学方法。所有词语都叙述一个爱情故事,一个生命和知识的故事,但这个故事并非通过词语指明、赋予意义,也没有从一个词被翻译成另一个词。确切地说,这个故事是言语活动中"不可能存在"的东西,并因而更紧密地属于言语活动:它的外在。只有一种疯狂的方法才能让这个故事成为可能。同样,精神病也与语言学方法分不开,这种方法具有另一种目的,因此,它区别于任何已知类别的精神分析。[1] 这种方法把

---

[1] 关于言语活动中"不可能的事"以及使其成为可能的方法,参见《语言之爱》,让-克洛德·米尔纳著,瑟伊出版社〔Jean-Claude Milner, *L'amour de la langue*, Seuil)尤其是对母语和语言多样性的论述〕。的确,作者倚仗拉康(Lacan)的呀呀言语(lalangue)概念,在那里语言与欲望紧密相连,但这一概念似乎并非相比语言学而更可还原为精神分析学。

言语活动推向边界,但它并没有因此而跨越界限。它摧毁所有指示、意义和翻译,但这是为了言语活动最终从界限的另一边对抗一种未知生命和一种深奥知识中的形象。无论多么不可或缺,方法也只是条件而已。知道跨越界限的人将进入新的形象。也许,沃夫森停留在边缘,被疯狂所束缚,几乎理智地被疯狂所束缚,没能在他的方法里获取那些他只是勉强隐约看见的新形象。因为,问题不是超越理智的界限,而是以胜利者的姿态穿越无理性的边界:于是,人们可以说"精神健康良好",即使一切都没有好结果。然而,生命和知识的新形象仍然被禁锢在沃夫森的精神病方法中。在某种形式上,他的方法仍然是没有成果的。但这是该领域所进行的最重要的试验之一。因此,沃夫森坚持要"不合情理地"说:有时候躺倒、停滞不动比站起来往前走更难……

第三章

刘易斯·卡罗尔

对刘易斯·卡罗尔来说，一切都开始于可怕的战斗。这是在深处的战斗：物质爆炸或令我们爆裂，盒子对其内容物而言太小了，食物是有毒或有害的，肠子变长，怪物将我们逮住。一个小弟弟用他的弟弟充当诱饵。身体混合在一起，所有东西都混合在一种将食物和粪便汇集起来的同类相食之中。甚至，词语也相互吞噬。这是身体的行动与激情的领域：物与词四处分散，或者，相反地，紧密相连在无法分解的整体之中。在深处，一切都令人恐怖，一切都荒谬而无意义。《爱丽丝漫游奇境记》(*Alice au Pays des merveilles*)

最初可能名为《爱丽丝的地下奇遇》(*Les aventures souterraines d'Alice*)。

可卡罗尔为什么没有保留这个题目呢？因为，爱丽丝逐渐征服了表面。她登上或重新登上表面。她创造着表面。进入深处并隐藏其中的行动让位于侧面滑动的轻微动作；深处的动物变成没有厚度的纸牌形象。更何况，《爱丽丝镜中奇遇记》(*De l'autre côté du miroir*) 为表面赋予了一面镜子，建立了国际象棋游戏的表面。纯粹的事件逃离物的状态。人们不再进入深处，而是不断地滑动，通过像左撇子那样行事并将位置颠倒，人们得以从另一端经过。卡罗尔描绘的取之不尽的钱袋是莫比乌斯环，同一根直线可穿越其两面。数学是有益的，因为它创立了面，并让一个世界得到安宁，而这个世界深处的混杂令人恐怖：数学家卡罗尔，或者，摄影家卡罗尔。可是，深处的世界依旧在表面之下低沉地吼叫，并威胁要使表面爆裂：怪物尽管倒下，躺下了，却仍然纠缠着我们。

卡罗尔的第三部伟大小说《西尔维和布鲁诺》（Sylvie et Bruno）又取得了进展。原先的深处似乎自行消除，变成了另一个表面旁边的一个表面。因此，两个表面共同存在，其中发生了两个相近的故事：一个是主要的，另一个是次要的；一个充当大前提，另一个充当小前提。并非一个故事在另一个之中，而是一个故事在另一个旁边。《西尔维和布鲁诺》也许是第一本同时讲述两个故事的书。不是一个故事在另一个里面，而是两个相近的故事，一个故事的某些段落经常被设置在另一个故事里，要么借助两个故事中相同句子的碎片，要么借助一首美妙歌曲的部分段落，这些段落安排着每一个故事中特有的事件，同时也被这些事件所决定：疯狂的园林工人之歌。卡罗尔询问：是歌曲决定事件，还是事件决定歌曲？通过《西尔维和布鲁诺》，卡罗尔以日本画卷的方式制作了一部书卷。（爱森斯坦把画卷视为电影蒙太奇的先驱，并如此描述它："画卷的带子缠绕起来，形成一个长方形！不再是画纸本身缠绕在一起，而是其中被表现之物缠绕在它的表面。"）同时发生的《西尔维和布鲁诺》的两个故事构成卡罗尔三部曲的最后一部，同其他作品一样的杰作。

表面的荒谬并不比深处少。但两种荒谬不是一回事。表面的荒谬就像永远没有停止到达和离开的纯粹事件实体的"**光辉**"。纯粹的、毫无混杂的事件在杂糅的身体之上，在它们错综复杂的行动与激情之上闪耀。像大地上的雾气一般，事件在表面上抽离出一种非实体，一种深处的纯粹被表现之物：不是剑，而是剑之光，无剑之光，就像没有猫的微笑。卡罗尔不让任何东西经历意义，而是在荒谬中演绎一切，因为荒谬的多样性足以说明整个宇宙，说明它的恐怖和荣耀：深处、表面、立体或缠绕的表面。

第四章

爱尔兰最伟大的电影

（贝克特的"电影"）

问题

如果确实如爱尔兰主教贝克莱（Berkeley）所说，存在即被感知（esse est percipi），那么，是否有可能逃离感知？如何成为不可感知的？

问题的故事

我们可以设想一下，整个故事都是贝克莱的故事，他厌倦了被感知（也厌倦了感知）。只有巴斯特·基顿（Buster Keaton）才能扮演的这个角色也许就是贝克莱主教的角色。或者，更确切地说，是从一个爱尔兰人到另一个爱尔兰人，从感知与被感知的贝克莱到耗尽了"感知（percipere）与被感知（percipi）的所有幸福"的贝克特。因此，我们应该提议进行一种与贝克特本人所做的不尽相同的划分（或者对不同情况的区分）。

问题的条件

在被感知这一事实中必须存在某种不可承受的东西。是否被第三者所感知？否，因为，一旦可能存在的正在感知的第三者发现他们每个人都单独被感知，而不只是一些人被另一些人所感知，他们就会变得消沉。所以，在被感知这一事实中存在某种本身十分可怕的东西，可那又是什么呢？

问题的数据

只要感知（摄影机）在人物后面，它就不危险，因为它是无意识的。只有当它形成一定的角度，斜向地触及人物，并让他意识到自己正在被感知时，它才能捕捉到人物。按照惯例，人们会说，当摄影机从人物背面的一侧或另一侧超出 45°

角时,人物就意识到自己被感知,并"进入被感知中"。

第一种情况:墙壁与楼梯,行动

人物可以通过沿着一面墙壁快速行走来限定危险。事实上,只有一个侧面是有威胁的。让人物沿着墙壁行走,这是电影的第 幕(所有伟大的电影艺术家都如此尝试过)。当行动变成纵向的,甚至螺旋的,比如在楼梯上时,行动显然就更加复杂,因为相对于轴心而言,侧面处于交替变换中。无论如何,每当45°角被超出时,人物就停下,停止行动,把身体紧贴某物,并用手或者可能从帽子上垂下的一块手绢或一片菜叶遮住脸的暴露部分。这是第一种情况,对行动的感知,它可以通过行动的中止来抵消。

第二种情况:房间,感知

这是电影的第二幕,内部,墙壁之间发生的事。先前,人物没有被视为感知者:是摄影机为他提供了一种对他的行动而言足够的"盲目"感知。不过现在,摄影机感知到房间里的人物,人物也感知到房间:所有感知都变成双重的。先前,某些第三者可能会感知到人物,但他们的感知被摄影机抵消了。现在,人物自身也在感知,他的感知物成为反过来感知他的东西:不仅是动物、镜子、上帝的彩色石印画片、照片,甚至也包括各种用具(正如爱森斯坦在狄更斯之后所说:水壶正注视着我……)。在这一点上,物比人更加危险:"若无它们对我的感知,我便无法感知它们",所有这样的感知都是对感知的感知。这第二种情况的解决办法在于驱逐动物,罩住镜子,盖住家具,拿走彩色石印画片,撕掉照片:这是双重感知的消亡。刚才,在街上,人物仍然拥有空间-时间,甚至过去的某些片段(他携带的照片)。在房间里,他仍然拥有足够的力量,以形成那些反射他的感知的图像。从此以后,他仅仅拥有现在,在一个紧闭的房间里,那里,任何空间和时间观念,任何神的、人的、动物的或物的图像都消失了。只有房间中央的**摇椅**仍然存在，因为，它是人前或人后将我们悬置于虚无（往复运动）之中的唯一家具，比任何一张床都更好。

第三种情况：摇椅，情状

随着感知物的消失，人物可以来坐在摇椅上，昏昏沉沉进入半睡状态。然而，感知仍在摇椅后同时从两侧窥视着。并且，感知似乎失去了先前表现出的善意，那时，当疏忽导致角度被超出时，它赶紧调整角度，保护人物躲避可能存在的第三者。现在，它故意这么做并突袭半睡者。人物保护自己，蜷缩起来，越来越无力。摄影机-感知利用这一点，彻底超出角度，转向昏睡的人物的正面，靠近他。于是，它揭示出自身所是：对情状（affection）的感知，也就是说，自我对自我的感知，纯粹的**情感**（Affect）。① 它是在摇椅上痉挛之

---

① Affection 和 Affect 源自斯宾诺莎，对应的拉丁文分别为 Affectio 和 Affectus，中文尚无统一译法。本书将 Affection 译为"情状"，Affect 则译为"情感"。——译注

人的自反复制品。它是注视着独眼人物的独眼人。它等待着它的时刻。因此,这正是可怕之处:自我对自我的感知,在这个意义上,它是"无法消除的"。这是电影的第三幕,特写镜头,情感或对情状的感知,对自我的感知。这种感知也会消逝,但同时,摇椅的运动停止,人物死去。根据贝克莱主教提出的条件,难道不需要停止存在才能成为不可感知的?

总体解决方法

贝克特的电影中穿越了电影的三种伟大的基本画面:行动、感知、情状。然而,在贝克特那里,一切都没有结束,一切都没有消亡。当摇椅停止运动时,**摇椅**的柏拉图观念和精神的摇椅便开始行动。当人物死去时,正如墨菲(Murphy)所说,他已经开始在精神中运动。他像狂怒的大海中漂浮的木塞一样感觉良好。他再也不动,但是他处于一个运动着的元素中。甚至,连现在也消失了,消失于再也没有黑暗的虚无中,消失于再也没有可想象之改变的生成中。房间失去了隔墙,在闪亮的虚无中释放出一个普遍却独特的个体,他不再拥有能够区别或混同于他人的**自我**。成为不可感知的,这就是**生命**,"永不停歇也没有条件",触及宇宙和精神的细微声响。

第五章

论能够概括康德哲学的

四种诗意表达

"时间偏离它的轨道……"①

莎士比亚,《哈姆雷特》,第一幕第五景。

铰链是门赖以转动的中轴。铰链,轴节(Cardo),表示时间对基本点的从属,由时间缜密安排的阶段性行动通过这些基本点发生。只要时间始终在它的铰链中,它就从属于可延伸的行动:它是行

---

① "时间偏离它的轨道"(*The time is out of joint*):在《背井离乡的顶点》[L'apothéose du déracinement] 见《精选文集》(*Pages choisies*),伽利玛出版社]与《建造与摧毁世界的人》[(Celui qui édifie et détruit des mondes) 见《落入陷阱的人》(*L'homme pris au piège*),10/18 出版社]中,舍斯托夫(Chestov)经常把莎士比亚的用语变成他自己思想的悲剧性格言。

动的尺度——间距或数量。人们经常强调古代哲学的这一特性：时间如同转门一般的世界的圆周运动。是转门，是向永恒起源开放的迷宫。在那里，行动将拥有一整套等级，根据它们距离**永恒**的远近，它们的必要性、完美程度、均衡性，它们的圆周率、复合螺线、特殊的轴线和门，以及与它们相符合的**时间**数量。也许，当时间所安排的行动本身越来越反常，偏离正常轨道，并经常遭遇气象和陆地的意外情况时，时间便具有获得自由的倾向。但这是一种衰退的倾向，仍然依赖于行动的偶然事件。① 因此，时间在它的原初和偏离状态中都从属于行动。

偏离轨道②的时间，脱离铰链的门，这意味着康德的第一个重大转变：是行动从属于时间。时间不再与它安排的行动有关，而是行动与决定它

---

① 埃里克·阿利耶（Eric Alliez）曾分析过古代思想中，当行动不再循环时产生的这种解放时间的倾向：例如"理财学"和亚里士多德的货币运动时间［《重要时代》，塞尔出版社（*Les temps capitaux*, Cerf）］。

② "偏离轨道"：原文为英文 out of joint。——译注

的时间有关。同样,行动不再是对客体的一种确定,而是对空间的描述,为了发现作为行动条件的时间,我们应该撇开这个空间不谈。因此,时间变成单侧的、直线的,这丝毫不再是基于时间安排一个偏离行动的意义上,而是在时间本身,通过时间本身,在时间将一连串确定强加给任何可能行动的范围内。这是时间的一种调整。时间不再被令它依赖于行动的上帝所弯曲。它不再是基本的,却成为顺序的表示,空白时间的顺序。在时间里,不再有任何依赖于行动的原初或偏离之物。迷宫的样子改变了:它不再是圆周,也不是螺旋形,而是一根线,一条纯粹的直线,简单,必然,恐怖,因而更显得神秘——"由一条直线构成、不可分割、无法停止的迷宫"①。荷尔德林看见俄狄浦斯已经遵循不再"押韵"② 的时间的次

---

① 博尔赫斯,《死亡与指南针》,载《虚构集》(Borges, *Fictions*, «La mort et la boussole»),伽利玛出版社,第187—188页。

② 荷尔德林,《关于〈俄狄浦斯〉的说明》[(*Remarques sur Œdipe*)以及让·波弗莱(Jean Beaufret)的评论,他分析了与康德的关联],10/18出版社。

序，进入这个缓慢死亡的狭窄通道。尼采，则在一个相近的意义上，将其视为希腊悲剧中最闪米特人的一部。然而，推动俄狄浦斯的仍旧是流浪这一偏离行动。更确切地说，是哈姆雷特完成了时间的解放：他进行了真正的颠覆，因为他自身的行动仅仅源于确定的连续。哈姆雷特是第一个真正需要时间来行动的人物，先前的人物却把时间当作一种原始行动（埃斯库罗斯）或一个反常动作（索福克勒斯）的结果来承受。《纯粹理性批判》是北方王子哈姆雷特的书。康德所处的历史形势令他把握了"颠覆"的全部意义：时间不再是原始的天际行动的宇宙时间，也不是偏离的气象运动的乡村时间。它已经成为城市的时间，别无其他可能，纯粹的时间次序。

并非连续性确定时间，而是时间把由它所限定的行动的各个部分确定为连续的。如果时间本身就是连续，那么它必须在另一个时间里无止境地绵延。事物在不同的时间中延续，但它们也是共时的，并且存在于任何一个时间里。再也不能通过连续性来确定时间,通过同时性来确定空间,通过永恒性来确定持久。持久、连续和同时性是时间的方式或关联(期限、系列、共同)。它们是时间的碎片。从此,我们无法把时间定义为连续性,也无法把空间定义为共存或同时性。空间和时间必须各自找到全新的界定。运动和变化着的一切都存在于时间中,但时间本身并无变化,也不运动,同样,它也不是永恒的。它是所有变化和运动之物的形式,但这种形式是静止的、不变的。不是一种永恒的形式,而恰恰是非永恒之物的形式,是变化和运动的静止形式。这样一种自主的形式似乎指示着一个深邃的奥秘:它要求对时间(与空间)进行重新定义。

"'我'是一个他者……"

兰波,《致伊桑巴尔的信》(lettre à Izambart),1871年5月,《致德梅尼的信》(lettre à Demeny),1871年5月15日。

还有另一种古代的时间观，把时间视为思想的方式或灵魂的强烈运动：一种精神时间和修道时间。笛卡尔的"我思"（cogito）正是它的世俗化、非宗教化：我思（je pense）是一个瞬时的确定行为，它意味着一个未确定的存在（我在），并把这一存在规定为一个正在思考的实体的存在（我是一个正在思考的东西）。但如果不说明未确定之物在何种方式下是"可以确定的"，那么，我们又如何才能确定它呢？而康德的这一要求仅留下这样的出路：只有在时间中，以时间的形式，未确定的存在才是可以确定的。因此，"我思"影响时间，只确定一个在时间中变化，并每时每刻都显示出一定意识的自我的存在。于是，时间，作为可确定性的形式，不依赖于灵魂的强烈运动，相反，一定意识在瞬间的强烈产生取决于时间。康德进行了时间的第二次解放，并完成它的世俗化。

自我处于时间中并不断变化：这是一个在时间中体验到变化的被动或易于接受的自我。我是一个行动（我思），积极地确定着我的存在（我在），但只有在时间中才能把这一存在确定为自我的存在，一个被动、易于接受、多变且想象着自身思想活动的自我。因此，在一种根本差异的条件下被时间线联系在一起的**我**与**自我**又被时间线所分离。我的存在永远无法被确定为一个积极、自生的生命体的存在，而是被确定为一个被动的、想象着**我**的自我的存在，也就是说，确定的自生性，如同一个影响着**我**的他者（"良心的悖论"）。在尼采看来，俄狄浦斯被一种完全被动的态度所确定，但在他死后延续的某个活动与这种态度关联。[1] 更何况，每当哈姆雷特作为被动的存在出现——例如演员或睡眠者——接受他的思想的活动，如同一个能够赋予他挑战纯粹理性的危险能力的**他者**时，他都显露出极其康德式的性格。这是贝克特那里的墨菲的"超越形而上（métaboulie）"[2]。

---

[1] 尼采，《悲剧的诞生》，第九节（*La naissance de la tragédie*, §9）。

[2] 贝克特，《墨菲》，子夜出版社（*Murphy*, Minuit），第六章，第85页。(métaboulie 一词源于贝克特的小说《墨菲》，指既超越形而下也超越形而上的第三种境界，人在这一境界中没有愿望，冷漠淡然，了无生气。——译注)

哈姆雷特不是怀疑或迟疑之人,而是批判之人。时间的形式将我与自身分离,然而我是一个整体,因为,**我**必然通过实行综合来影响这一形式,不仅作用于紧随另一部分之后的某个部分,而且发生在每时每刻存在,还因为,**自我**作为这一形式中的内容必然受到影响。确定之物的形式使得被确定的**自我**作为**他者**来想象这种确定。总之,主体的疯狂与偏离轨道的时间相符。这正如**我**与**自我**在将两者连接、缝合的时间中的双重转向。这是时间线。

在某种方式上,康德比兰波走得更远。因为,兰波的伟大格言只有通过学校的记忆才能获得它全部的力量。兰波为他的格言赋予了一种亚里士多德式的阐释:"倒霉,树木发现自己变成了小提琴……如果铜睡醒时变成军号,这丝毫不是它的错……"这就像概念-物体之间的联系,就像概念是一种行动中的形式,而物体,则仅仅是一种潜在的材料。这是一个模子,一个模塑品。相反,对康德而言,**我**并非一个概念,而是伴随一切概念的表现；**自我**也并非一个物体，而是全部物体与之相关的东西，就像与其连续的自身状态的不断变化相关一样，与其瞬间所处等级的无限调节相关一样。概念-物体的联系在康德那里继续存在，但伴随着**我-自我**的联系，这一联系构成一种调节，而不再是一种模塑品。在这个意义上，对作为概念的形式（军号-小提琴）或作为物体的材料（铜-树木）的分类让位于永不复返的线性发展的持续性，这一发展需要建立新的形式关联（时间），运用新的材料（现象）：这就好像，在康德那里人们已经听见贝多芬的乐曲，并很快又听见瓦格纳的连续变奏。

如果**我**把我们的存在确定为一个在时间里被动、多变的自我的存在，那么，时间就是这种形式关联，精神依据它来影响自身，或者，就是我们内在地被自身影响的方式。因此，时间可以被定义为自己对自己的**情感**，或至少是被自己影响的形式可能性。正是在这个意义上，无法再用单纯的连续性来定义的、作为永恒形式的时间显示为内在形式（良心），而无法再用共存或同时性来定义的空间则显示为外在形式——被作为外在物体的他物所影响的形式可能性。内在形式不仅仅意味着时间内在于精神，因为空间也同样如此。外在形式也不意味着空间必须以"他物"为条件，因为相反地，正是空间使物体得以表现为其他的或外在的。但是，这意味着外在性所包含的内在性（既然空间始终内在于我的精神）与内在性所包含的超验性（既然相对于时间，精神被表现为区别于自我的他者）同样多。并非时间内在于我们，或至少它并不专门内在于我们，而是我们内在于时间，并且，由于这个原因，我们与通过影响时间来确定我们的东西被时间永远地分离。内在性不停地挖掘、撕裂、分离我们，尽管我们的统一性仍然存在。分离不会持续到底，因为时间没有尽头，而是眩晕和摇摆构成时间，如同滑动和漂浮构成无限的空间。

第五章 论能够概括康德哲学的四种诗意表达

> "被不了解的法律所统治是多么痛苦啊!……因为,法律的特性势必导致其内容的隐晦……"
>
> 卡夫卡,《中国长城》(*La muraille de Chine*)。

可以说,所有法律都是如此,既然某些人们不了解的法律几乎无法辨识。古代意识重视法律,因为法律让我们知道一定条件下的善或最好的东西:法律告诉我们什么是**善**,而法律正来源于**善**。法律是"第二种对策",是被诸神抛弃的世界中**善**的代表。当真正的**政治家**缺席时,他留下普遍指令,人们必须了解这些指令以便规范自己的行为。因此,从认知来看,法律就是某种情况下对**善**的模仿。

相反,在《实践理性批判》中,康德推翻了法律与**善**之间的联系,并由此把法律提升至纯粹且空的独特性:**法律**所说的是对的,是善取决于法律,而不是法律取决于善。作为首要原则的法律没有内在性,也没有内容,因为,任何内容都会把它再次引向一种**善**,而它则将是对善的模仿。法律是纯粹的形式,没有可以感知、可以理解的内容。它不告诉我们应该做些什么,却告诉我们,无论进行何种行动,都必须服从某个主观规则。任何行动都是合乎道德的,只要它的准则可以毫无矛盾地被认为是普遍的,并且,除了这一准则之外,它别无其他动机(例如,谎言不可能被认为是普遍的,既然它至少意味着某些人相信谎言,并因此而不说谎)。所以,法律被定义为普遍性的纯粹形式。它不告诉我们意愿应该追随什么目标才能成为好的,而是告诉我们意愿应该采取何种形式才能成为合乎道德的。它不告诉我们应该做什么,而只是告诉我们"应该!",哪怕我们要从中推断出善,即这个纯粹命令的目标。法律不为人所了解,因为它自身没有任何需要了解的东西:它是一种规定性的对象,这种规定性是纯粹实践的,而非理论或思辨的。

法律与它的判决没有区别,判决与实施、执行也没有区别。如果法律是第一位的,那么,它不再有任何方法来区别"控告""辩护"与"判决"。① 法律与它在我们心灵和肉体中的印记混同起来。但如此,它甚至没有给予我们一种对自身过错的最终认知。因为,它的指针写在我们身上的是:以责任来行动(而不仅仅是依据责任行动)……它没有写任何其他东西。弗洛伊德曾指出,如果在这个意义上,责任意味着放弃利益和爱好,那么,法律将会因为我们彻底的放弃而被运用得更加严格、有力。所以,法律因我们的严格遵守变得更加严厉。它不会宽恕最老实的人。② 它从来不会宽恕我们任何东西,无论是美德还是缺点、过错:同样,在任何时刻,只有表面上的宣告无罪,道德意识远远没有缓和,而是在我们所有的放弃中变得更有力并越发猛烈地冲击我们。不是哈姆雷特,是布鲁图。法律如何能消除自身

---

① 卡夫卡,《保护人》(*Protecteurs*),见《中国长城》,伽利玛出版社。

② 弗洛伊德,《文明中的不安》,德诺埃尔出版社(*Malaise dans la civilisation*, Denoël),第63页:"所有冲动的放弃都变成意识的能量之源,随后,所有新的放弃又强化意识的严厉与不宽容。"(以及哈姆雷特的庇护,第68页)

的神秘,却使得它沉浸其中的放弃仍旧可能。宣告无罪只能被期待,"它补救思辨理性的无力",但不是在某个时刻,而是从一种进步来看,这种进步在永远更加严苛的与法律的一致中走向无限(作为道德进步中的坚定意识的神圣化)。这条超越我们生命界限并要求灵魂不朽的道路,跟随无法逃避、永不停滞的时间的直线,在这条直线上我们同法律保持恒定的联系。然而,这种无限延伸还没有把我们带向天堂,就已经将我们置于人间地狱。它没有向我们宣告不朽,而是慢慢地给予一种"缓慢死亡",并不断地推迟法律的审判。当时间偏离它的铰链时,我们必须放弃犯错和赎罪这个古老的循环,以便追随缓慢死亡、延期审判或无限债务的无尽之途。时间没有给我们留下其他任何法律抉择,只有卡夫卡在《诉讼》中的抉择:要么"表面宣告无罪",要么"无限拖延"。

"通过各种感觉的失常达到未知,……所有感觉的长久、无边并经过深思熟虑的失常"

兰波,出处同前。

或者,更确切地说,所有能力的一种不合常规的运用。这是《判断力批判》中那个极其浪漫的康德的第四种表达。原因在于,另外两部"批判"中,各种主观能力之间相互联系,但这些联系是被严格规范的,因为总有一种占主导地位的或决定性的、根本性的能力,它把自己的规则强加给其他能力。能力是多种多样的:外部感觉、良心、想象力、知性、理性,每一种都被明确规定。但在《纯粹理性批判》中,知性占据着主导地位,因为,它通过想象的综合决定良心,甚至理性也服从于知性为它规定的角色。在《实践理性批判》中,基本能力是理性,因为是理性构成了法律的纯粹普遍形式,其他能力都尽其所能地追随它(知性实施法律,想象力接受判决,良心体验后果或惩罚)。然而,在到了一个所有伟大作家都几乎不再自我更新的年龄时,康德却遭遇了一个将把他带入一项杰出事业之中的问题:如果各种能力可以如此进入既变化不定,又轮流地被其中某一种能力所规范的联系中,那么,这些能力必须全部能够接受自由而没有规则的联系,在那里,每一种能力都独善其身,却又因此显示出与其他各种能力形成任何形式的和谐的可能性。这将是作为浪漫主义基础的《判断力批判》。

不再是《纯粹理性批判》中的美学,它把感性视为可以在空间与时间里与某物相关联的品质;不是感性的逻辑,甚至也不是时间这一新的逻各斯。这是一种**美**与**崇高**的美学,在那里,感性显示出自身的价值,并在超越一切逻辑的激情中展开,后者将在时间的喷涌,以及时间线和时间眩晕的起源中捕获时间。不再是《纯粹理性批判》中的**情感**,它在一种依然依据时间次序而被规范的联系中将**自我**与**我**连接在一起。这是一种**激情**,它让**自我**与**我**自由发展,以便形成作为时间源泉,即"潜在直觉的任意形式"的奇怪组合。不再是对**我**的确定必须与**自我**的可确定性相联合以形成认识。现在,是所有能力(**灵魂**)的不确定的统一令我们进入未知。

因为,《判断力批判》中的问题在于,某些用来定义**美**的现象如何赋予时间的良心一种自主的补充，如何赋予想象力一种自由思考的能力，如何赋予知性一种无限的概念能力。各种能力进入不再由其中某一种能力所确定的和谐之中，并且，和谐中不再有规则，**自我**与**我**在一种美丽**本性**的条件下呈现出自发的协调，这种和谐因而越发显得深刻。**崇高**在这个意义上走得更远：它利用各种能力，使得它们仿佛好斗者一般相互对立，一个把另一个推向它的最大限度或边界，而另一个也做出反击，把对手推向它本不会独自拥有的启示中。一个把另一个推向边界，但各自都让一个超越另一个的界限。正是在能力自身的最深处，在它们拥有的最陌生的东西里，各种能力之间形成联系。它们在彼此距离的最远处互相紧抱。这是想象力与理性，但同样也是与知性、良心之间的一场可怕的斗争，斗争情节将是**崇高**的两种形式及**天赋**。主体中一个开放深渊内部的暴风雨。在另外两部"批判"中，主导性或根本性的能力是如此强大，以至其他所有能力都向它提供最接近的和谐。然而现在，在处于边界的活动中，各种能力相互给予彼此间最遥远的和谐，以至形成本质上不协调的和谐。不协调的解放，不调和的和谐，这是《判断力批判》的重大发现，是康德的最后一次颠覆。促使聚合的分离是康德在《纯粹理性批判》中的第一个主题。但他最终发现了促使和谐的不调和。所有能力的一种不合常规的运用将确定未来的哲学，正如对兰波而言，所有感觉的失常将确定未来的诗歌。作为不协调与不调和的和谐的一首新乐曲，时间的源泉。

这就是我们提出以上四种表达的原因，对于康德而言它们显然是任意的，对于康德在现在和未来留给我们的东西而言却并非任意的。德·昆西令人钦佩的文章《伊曼努尔·康德最后的日子》中几乎什么都说了，却与在康德主义的四种诗意表达中得到发展的东西恰恰相反。这是康德的莎士比亚一面，以哈姆雷特开始，以李尔王结束，后康德主义者们都是李尔王的女儿。

第六章
尼采与圣保罗，
劳伦斯与拔摩岛的约翰

不是同一个人，不可能是同一个人……某些人就是不是同一个约翰撰写了《福音书》和《启示录》进行了深奥的讨论，劳伦斯也介入其中。①劳伦斯带着充满激情的论据参与讨论，这些论据由于包含着一种评价方法和一种类型学而显得更加强有力：能够写出《福音书》和关于末世论的著作的不是同一种类型的人。这两部作品本身都

---

① 关于《启示录》(Apocalypse) 的文章和评论，参见夏尔·布吕奇，《〈启示录〉的光明》，日内瓦［(Charles Brütsch, *La clarté de l'Apocalypse*, Genève) 关于作者或作者们的问题，参见第 397—405 页］。把两个作者进行比较的那些博学的理由似乎十分牵强。——在本章以下注释中，作为参考文献的《启示录》均指劳伦斯的评论［巴兰出版社 (Balland)］，除了第 82 页注释①。

很复杂或是由不同成分组成,并把许多相异的内容汇集在一起,这并不重要。不是两个个体、两个作者的问题,而是两种类型的人,或者灵魂的两种地域、两个完全不同的整体的问题。《福音书》是贵族、个人、温和、多情、颓废且相当有学问的。《启示录》是集体、民众、没有文化、憎恨又野蛮的。以上这些词必须逐一解释以避免曲解。但已经明确的是,福音主义者和启示录主义者不可能是同一种人。拔摩岛的约翰甚至没有戴上福音主义者的面具,也没有戴上基督的面具,他发明了另一个面具,制造了另一个面具,这个面具要么揭穿基督的面目,要么与基督的面具重叠,听凭我们的选择。拔摩岛的约翰的写作背景是宇宙的恐怖与死亡,而《福音书》和基督则致力于人类的精神之爱。基督创造了爱的宗教(一种实践、一种生活方式,而非一种信仰),《启示录》带来**权力**的宗教——一种信仰,一种可怕的审判方式。不是基督的馈赠,而是无尽的债务。

不言而喻,最好在阅读或重读过《启示录》

之后再来读劳伦斯的著作。这样人们才会理解《启示录》的现实意义,以及揭示它的劳伦斯的现实意义。这种现实性不是由"尼禄=希特勒=反基督者"类型的历史对应构成,也不是伴随着原子、经济、生态的恐慌和科学幻想,对世界末日、时间终点的超历史情感构成。我们之所以沉浸在《启示录》里,这更确切地说是因为对我们每一个人而言,它是生存方式、继续存在方式和审判方式的启迪。这是每一个自认为是幸存者的人的书。这是**鬼魂**的书。

劳伦斯与尼采非常接近。人们可以猜想,如果没有尼采的《反基督者》,劳伦斯本不会撰写他的著作。尼采本人并非第一个。甚至斯宾诺莎也不是。某些"有预见力的人"已把作为多情者的基督和作为死亡事业的基督教进行比较。他们并不是对基督怀有过多的好意,而是认为必须把基督与基督教区别开来。在尼采那里,是基督与圣保罗之间的强烈对立:基督是颓废者中最温和、最多情的,就好像把我们从教士的统治和一切关于过错、惩罚、补偿、审判、死亡及其后续之事的观念中解放出来的菩萨——这个带来好消息的人被黑色圣保罗所欺骗,后者负责看管十字架上的基督,不停地把他带回那里,让他复活,把关于永恒生命的整个重点移走,创造出一种比以前的教士更加可怕的新型教士,"他司祭的残暴手段、他聚众的方法·对不朽的信仰,即审判的学说"。劳伦斯重新提到对立,但这次是基督与《启示录》作者——拔摩岛的红色约翰之间的对立。劳伦斯的书是致命的,书写成后不久劳伦斯就因咯血而遭遇了红色的死亡。《反基督者》也同样,书写成后不久尼采就崩溃了。死亡之前的最后一个"喜讯",最后一个好消息。并非劳伦斯模仿了尼采,更确切地说,劳伦斯拾起一支箭,尼采的箭,并以不同的方式张弓把它射向别处,射向另一颗彗星、另一群人:"自然把哲学家像箭一般投向人类;它没有瞄准,却希望箭钉在某个地方。"[1]

---

[1] 尼采,《教育家叔本华》,第七节(*Schopenhauer éducateur*, §7)。

第六章 尼采与圣保罗，劳伦斯与拔摩岛的约翰

劳伦斯重新开始尼采的尝试，他设定的目标不再是圣保罗，而是拔摩岛的约翰。很多东西发生变化或互相补充，从一个尝试到另一个尝试，甚至共同的东西也变得更为强大，更为新颖。

基督的事业是个人的。个体本身并不与集体截然对立；是个体和集体在我们每个人身上像灵魂的两个不同部分那样互相对抗。而基督很少关注我们身上集体的东西。他的问题"更确切地说在于使集体体系摆脱教士-《旧约》，摆脱犹太教士和他的权力，但这仅仅是为了把个体灵魂从这个粗糙的外表中解放出来。至于恺撒，基督将把属于他的部分留给他。正因为如此，基督是具有贵族气质的。他认为，一种个体灵魂的文化足以驱赶藏匿于集体灵魂中的魔鬼。政治谬误。他让我们自己解决问题，面对集体灵魂，面对恺撒，在我们之外或在我们身上，面对权力，在我们身上或在我们之外。这一点上，他总是令他的门徒和弟子失望。人们甚至可以认为他是故意这么做的。他不愿意成为主人，也不愿意帮助他的门徒

(只是爱他们,他说,可是这又隐藏着什么?)"。"他从未与他们真正地融合,甚至没有与他们共同工作和行动。他任何时候都是独自一人。他令他们极度惊讶,并且,对于其中某一部分人,他对他们放任自流。他拒绝成为他们强大的肉体领袖:犹大一类人内心深处表达敬意的需要感觉遭到了背叛,于是也轮到他背叛了。"① 门徒和弟子让基督为此付出了代价:对《新约》的否认、背叛、弄虚作假与无耻舞弊。劳伦斯说,基督教的主要人物是犹大。② 其次是拔摩岛的约翰,再其次是圣保罗。他们强调的是集体灵魂的抗议,是被基督忽视的部分。《启示录》强调的是"穷人"或"弱者"的要求,因为这些人并非我们认为的那样,他们不是卑微的人或不幸的人,他们十分可怕,除了集体灵魂之外别无其他灵魂。在劳伦斯最美

---

① 《启示录》,第三章,第60页。
② 劳伦斯,《亚伦的藜杖》(*La verge d'Aaron*),伽利玛出版社:"您没有发现您喜爱的事实上是犹大的原则吗? 犹大是真正的主角,没有犹大,一切悲剧都将错过……当人们提起基督时,他们想说的是犹大。他们在他身上找到一种美妙的滋味,而他的教父正是耶稣……"(第94页)

妙的篇章中，有关于**羔羊**的内容：拔摩岛的约翰通报犹大的狮子来了，来的却是羔羊，一只变得十分阴险，像狮子一般吼叫的有角羔羊，它不再是祭司或刽子手，它把自己装扮为牺牲品，却因此变得更加残酷、更加可怕。比其他刽子手更坏的刽子手。"约翰坚持认为，一只羔羊，在那里，似乎被屠杀了，但人们从来没有见到它被屠杀，而是看见它屠杀了数百万人；甚至，当它最后穿着染血的胜利外衣突然出现时，血也不是它自己的血……"① 基督教将真正成为反基督；它暗中行事，它把集体灵魂强加给基督，相反地，它赋予集体灵魂一种表面的个体形象——小羔羊。基督教，首先是拔摩岛的约翰，创造了一种新型的人和一种类型的思想者，思想者今天仍然存在，并重新成为主宰：食肉的羔羊——羔羊一边撕咬，一边叫喊着"救命啊，我对你们做了什么？这是为了你们的利益，为了我们共同的事业"。多么奇

---

① 《启示录》，第九章，第116页。

怪的形象，现代思考者的形象。这些装扮成狮子、长着巨大牙齿的羔羊甚至不再需要教士的外衣，或者，如劳伦斯所言，不再需要救世军的外衣：它们获得了很多的表达方式、很多的民众力量。

集体灵魂想要的东西，是**权力**。劳伦斯不说简单的事情，如果人们以为立刻就理解了他所说的话，那就错了。集体灵魂不愿意仅仅夺取权力或取代专制者。一方面，它想摧毁权力，它憎恨权力和统治，拔摩岛的约翰对恺撒或罗马帝国满怀仇恨。然而，另一方面，它也想钻入权力的每一个角落，把权力的中心推向远处，在整个世界繁殖权力：它渴望一种世界性的权力，但并不是像帝国的权力那样暴露在光天化日之下，而是在每一个角角落落，在每一个阴暗的墙角，在集体灵魂的每一个隐秘处。① 最后，集体灵魂尤其想要一种至高无上的权力，这种权力无须恳求诸神，

---

① 尼采，《反基督》，§17：上帝"在任何地方都感觉像在自己家里，伟大的世界主义者……但他一直是犹太人，是墙角之神、所有阴暗的角落之神……以后与以前一样，他在这个世界上的王国是世界之下的王国，是收容所，是地下王国……"

它就是上帝最终的权力,并且,它审判其他所有的权力。基督教不与罗马帝国串通,而是将它转化。这是基督教将借助《启示录》创造的一个全新的权力形象:**审判体系**。画家居斯塔夫·库尔贝(劳伦斯与库尔贝之间有很多相似之处)曾说过,有些人夜里醒来,叫喊着:"我要审判,我必须审判!"摧毁的愿望、进入每一个角落的愿望、永远取胜的愿望:这三重愿望只形成一个固执的意愿——圣父、圣子、圣灵。权力尤其改变着本质、外延、分布、强度、方法和目的。一种反权力,同时也是隐蔽在角落里的权力,最后幸存者的权力。权力仅作为集体灵魂漫长的复仇政治、漫长的自恋事业而存在。弱者的报复和自我歌颂,劳伦斯-尼采说:甚至希腊的阿福花也会变成基督教的水仙花。① 哪些细节在复仇与荣耀的清单中……只有一件事人们不能指责弱者,那就是,他们不够冷酷,没有被他们的荣耀和确信全部

---

① 劳伦斯,《伊特鲁里亚游记》(*Promenades étrusques*),伽利玛出版社,第 23—24 页。

占据。

而对于集体灵魂的这项事业，必须创造一种新的教士种族，一种新的类型，哪怕让他转而反对犹太教士。犹太教士既没有普遍性也没有至高无上性，他们过分局限于当地，并仍然等待着某种东西。基督教士必须接替犹太教士，哪怕两者都转而反对基督。人们将计基督遭受最恶劣的假器（prothèse）：人们让他成为集体灵魂的中心人物，让他把自己从来不愿意给予的东西交还给集体灵魂。或者，更确切地说，基督教将把他一直仇恨的东西——一个集体的**自我**、一种集体灵魂——交给他。《启示录》是被植入基督身体的极度可怕的自我。拔摩岛的约翰在其中竭尽全力："永远只以权力的名义，从来没有爱的名义。基督永远是天下无敌的胜利者，手持利剑的摧毁者，他屠杀人类直至鲜血染红马的嚼子。基督从来不是拯救者，从来都不是。《启示录》的主宰者之子降临世间，带来一种新的、令人恐怖的权力，比任何庞培、亚历山大或居鲁士的权力都更强大。

权力,可怕的打击权力……人们被吓得目瞪口呆……"① 人们强迫基督为此而复活,给他打针。他不审判,也从不愿意审判,人们却要把他变成**审判体系**的重要组成部分。因为,确切地说,当审判这一可憎的能力成为灵魂中的首要能力时,弱者的复仇或新的权力便产生。(关于基督教哲学中的次要问题:是的,有一种基督教哲学,它与信仰并无太大关系,然而,一旦审判被视为一种自主能力,它便以此为由而需要体系和上帝的保证。)《启示录》赢了,我们从未走出过审判体系。"我看见宝座,坐在宝座上的人被赋予了审判的权力。"

在这一点上,《启示录》的方法是迷人的。犹太人创造了某种在时间次序中非常重要的东西,那就是被延期的命运。在其帝国野心中,上帝的选民遭到了失败,将自己置于等待中,他等待着,变成了"命运延期的人"②。在整个犹太预言主义

---

① 《启示录》,第六章,第 83 页。
② 《启示录》,第六章,第 80 页。

中，这种处境是本质的,并且已经解释了预言者所说的某些预示着世界末日的可怕元素。但是,《启示录》里崭新的东西在于,等待在其中成为一个史无前例的古怪规划的对象。《启示录》也许是第一部场面壮观的伟大的书-计划。小死亡、大死亡、七个封印、七只喇叭、七只酒杯、第一次复活、千禧年、第二次复活、最后的审判,就是这些填满并占据着等待。一种带有天堂和地狱硫黄湖的牧羊女剧场(Folies-Bergère)。湖中所有留给敌人的痛苦、创伤和灾难,天堂里所有上帝选民的荣耀,以及上帝的选民们依据他人的苦难来衡量自身荣耀的需要,这一切都将对弱者漫长的复仇做出精确安排。正是复仇精神把计划引入等待中("复仇是一道……的菜")。必须让等待的人有事可做。等待必须从头至尾安排妥当:演出开始前,遭受折磨的灵魂必须等待受折磨的人达到足够多的数量。① 第七个封印开启前的半小时短暂

---

① 《启示录》的第六章:"主人,你要拖到什么时候才给予地球上的居民应有的惩罚,才为了我们的鲜血向他们复仇呢?……他们被告知要继续好好休息一段时间,直到即将像他们一样被处死的同伴和兄弟的人数凑齐。"

等待,持续千年的长久等待……末日尤其必须好好计划。"他们需要像了解起源一样了解终结,以前从来没有人想要了解世界末日……喷射出火焰的仇恨、对世界末日的卑鄙欲望"①……在这里,有一种元素不属于《旧约》,而属于基督教的集体灵魂,它把世界末日的幻景与预言对立起来,把世界末日的日程安排与预言者的计划对立起来。因为,如果说预言者等待着,已经满怀怨恨,那么在时间与生命里也同样如此,他等待一次降临。他像等待某种无法预见的新东西一样等待着降临,只知道在上帝的计划中存在或孕育着这个降临。而基督教只能等待一次回归,某种连最微小的细节都被计划好的东西的回归。事实上,如果基督死了,重心就转移了,不再处于生命中,而是进入生命背后,在一种后生命之中。对基督教而言,延期命运的意义改变了,因为它不再仅仅是被延期,而是被后置了,被置于死亡之后,基督的死

---

① 《启示录》,第六章,第81—82页。

亡和每个人的死亡之后。① 于是，填满**死亡**与**末日**之间、**死亡**与**永恒**之间一段延伸的可怕时间就成为摆在人们面前的任务。人们只能用幻象去填满它："我看了，这就是……"，"我看见……"。世界末日的幻象取代预言者的话语，规划取代方案和行动，一整出幻景剧继预言者的行动和基督的激情之后出现。幻觉，幻觉，复仇本能的表现，弱者复仇的武器。《启示录》与预言主义决裂，尤其与基督优雅的内在性决裂，对基督而言，永恒首先在生命中被体验，且只能在生命中被体验（"感觉自己在天上"）。

然而，任何时刻都不难展现《启示录》的犹太本质：不仅是被延期的命运，更是奖赏-惩罚、原罪-赎罪的整个体系，让敌人不仅在肉体上，更在精神上长时间遭受痛苦的需要，总之，是道德的诞生，是作为道德表现和教化工具的寓言……

---

① 尼采，《反基督》，§42："圣保罗只是把整个这一存在的重心转移至这一存在之后——在复活的基督的谎言中。实际上，赎罪者的生命对他而言毫无用处，他需要十字架上的死亡和其他东西……"

但《启示录》中更加有意思的是一种间接的异教本质的存在与重新活跃。《启示录》是一部由不同成分组成的书,这一点并没有任何奇特之处,在那个时代,如果某一部书不是如此,那倒应该令人奇怪了。但劳伦斯区分了两种类型的由不同成分组成的书,或者更确切地说,区分了两个极端:在外延上,当书中包含其他几部不同作者、不同地点、不同传统等的书时;或者,在深度上,当书本身涉及好几个层级,穿越它们,在需要时将它们混合,同时令最新层中显露出一个基质、一种书-探测,而不再是诸说混合时。异教层、犹太层、基督教层,这是标志着《启示录》中最主要的部分,即使一种异教沉积物滑入基督教层的裂缝中,填补某个基督教的空白(劳伦斯分析了著名的《启示录》第十二章的例子,在这一章中,关于神圣诞生的异教神话同星辰之母和大红龙一起填补了基督诞生的空白)。[1] 这种异教的重新活

---

[1] 《启示录》,第十五章,第155页。

跃在《圣经》里并不多见。人们可以认为,预言者、福音主义者和圣保罗本人对星球、星辰和异教祭礼了如指掌,但他们选择最大限度地删除、掩盖这一层。只有一种情况下犹太人绝对需要回到此层级,也就是当涉及看的时候,当他们需要去**看**时,当**视觉**相对**话语**而言重新找回某种自主时。"后大卫土时代的犹太人没有自己的眼睛,他们凝视耶和华直到因此变成盲人,然后,他们就用邻居的眼睛看世界;当预言者要展望未来时,他们的看法就必定成为迦勒底的或亚述的。他们借用其他诸神来观察他们自己的看不见的上帝。"①《新约圣经》的子民们需要古老的异教之眼。预言家所预言的一些悲惨可怕的元素已经成为现实。以西结需要阿纳克西曼德(Anaximandre)被穿破的车轮("在以西结那里找到阿纳克西曼德的车轮是一种莫大的宽慰……")。然而,是《启示录》这部**幻象**之书的作者,是拔摩岛的约翰最需要让

---

① 《启示录》,第六章,第85页。

异教本质重新活跃,并处于实现这一需要的最佳境况。约翰对耶稣和《福音书》知之甚少,"但他似乎清楚地知道象征的异教价值,知道它与犹太或基督教价值不同"①。

这就是劳伦斯在他对《启示录》的所有厌恶中,并通过这种厌恶,感受到的对这部书的一种隐晦的好感,甚至一种赞赏:恰恰因为这部书是沉积的、层叠的。尼采有时也感受到对他认为恐怖和令人厌恶的东西的这种特殊迷恋:"这是多么有趣啊。"他说。毫无疑问,劳伦斯对拔摩岛的约翰抱有好感,认为他很有趣,也许是最有趣的人,在他身上找到一种并非没有魅力的夸张和自负。因为这些"弱者",这些心怀怨恨的人等待着复仇的时刻,享受着一种来自别处,被他们转而服务于自身利益和自身荣耀的冷酷。他们极度缺少文化,对他们而言只有唯一的一部书——大写的书、《圣经》,尤其是《启示录》,这使他们能够接受一

---

① 《启示录》,第六章,第88页。

个非常古老的层级,一个其他人不再愿意了解的秘密沉积物的推进。例如,圣保罗仍然是贵族,但与耶稣截然不同,是另一种类型的贵族,太开化了,不会不知道如何识别,进而去除或驱逐违背他的计划的沉积物。同样,圣保罗让异教本质遭受了何种贬责,让犹太本质经历了何种选择!他需要一种被检视和修正的、皈依的犹太本质,但对于异教本质,需要它一直隐藏。并且,他有足够的文化来完成这一点。拔摩岛的约翰却是一介平民,就好像没有文化的威尔士矿工。劳伦斯对《启示录》的评论从对这些他非常了解、令他惊叹的英国矿工的描绘开始:冷酷,非常冷酷,天生具有"对原始和野蛮权力的特殊意识",复仇与自我歌颂中的典型教民,以《启示录》来威慑,组织原始循道宗教堂里阴暗的礼拜二之夜。[1] 他们本来的首领既不是门徒约翰,也不是圣保罗,而是拔摩岛的约翰。他们是基督教的集体和民众灵

---

[1] 《启示录》,第二章,第49页。

魂,而圣保罗(列宁也同样,劳伦斯说)仍然是一个走向平民的贵族。矿工对地层十分了解。他们不需要阅读,因为异教本质正是在他们身上发出低沉的声音。更确切地说,他们开始接受一种异教地层,把它抽离出,令它向他们走来,而他们只是说:这是煤,这是基督。他们使得一种层级发生了最令人惊叹的转向,让它服务于基督教、机械世界和技术世界。《启示录》是一个巨大的机器装备、一种已经产业化的机构,大都会。依据他的实际经验,劳伦斯把拔摩岛的约翰视为一个英国矿工,把《启示录》视为矿工家中悬挂的一系列版画,一种民众的、冷酷的、无情的、虔诚的面容的反映。这是与圣保罗相同的目的、相同的事业,但完全不是同一种类型的人,不是同一种方法,也不是同一种功能,圣保罗是最高领导,而拔摩岛的约翰是工人,最后时刻的可怕工人。企业领导必须禁止、指责、选择,而工人可以锻造、拉长、压紧、重新使用一种材料……因此,在尼采-劳伦斯的联盟中,不应该认为目标——对于尼采来说是圣保罗,对于劳伦斯则是拔摩岛的约翰——的区别是轶事的、次要的。这个区别决定着两部书之间的一个根本区别。劳伦斯紧紧抓住尼采之箭,但把箭以完全不同的方式投掷出去,尽管他们两人都在同一个地狱中,精神错乱,咯血不止,而圣保罗和拔摩岛的约翰占据着整个天堂。

但劳伦斯重新找回了他对拔摩岛的约翰的所有轻蔑和厌恶。这种异教世界的重新活跃有什么用?它在《启示录》第一部分中有时甚至是感人而伟大的,可人们能用它来在第二部分中做些什么?人们不能说约翰仇恨异教:"他几乎像接受自己的希伯来文化一样自然地接受它,比接受对他而言陌生的新基督教精神更加自然得多。"他的敌人并非异教徒,而是罗马帝国。可异教徒根本不是罗马人,更确切地说,应该是伊特鲁里亚人;甚至不是希腊人,而是爱琴海的人,是爱琴海文化。但为了确保罗马帝国的衰落,必须聚集、召唤整个宇宙,令它复活,必须摧毁宇宙本身,让它卷走罗马帝国,把罗马帝国掩埋在它的瓦砾中。这个奇怪的迂回,这个间接打击敌人的奇怪角度就是如此:《启示录》需要摧毁世界来建立它至高无上的权力和它的天堂,只有异教为它提供一个世界、一个宇宙。因此,它要唤回异教宇宙,以便为它制造一个终结,对它进行幻觉上的摧毁。劳伦斯以一种极其简单的方式定义宇宙:重要的生命象征与有生命的连接所在的场所,超越个体的生命。犹太人将用上帝与其选民的联盟来取代宇宙的连接;基督教徒将用灵魂与基督之间微小的个人联系来取代高于人的或低于人的生命;犹太人和基督教徒将用寓言取代象征。而这个无论如何都保持着生命力,并继续在我们的内心深处强大地生存的异教世界,《启示录》迎合它,援引它,让它重新活跃,但这是为了惩治它,真正地谋杀它,甚至不是出于直接的仇恨,而是因为需要它作为一种手段。虽然宇宙已经遭受了很多次打击,但令它走上死亡之途的是《启示录》。

当异教徒谈论世界时,令他们感兴趣的总是

起源,以及从一个周期向另一个周期的跳跃;但现在,只剩下一条平淡无奇的长线之后的一个终结,而患恋尸癖的我们仅仅对这终结抱有兴趣,只要它是最终的末日。当异教徒和前苏格拉底派谈论毁灭时,他们总是在其中看到由于一种元素超出另一种元素而产生的不公平,而不公平,首先是摧毁者。但现在,人们把毁灭称为公平,恰恰是摧毁的愿望拥有**公平**和**神圣**之名。这是《启示录》所带来的东西:人们甚至不指责古罗马人是摧毁者,出于这个可能很不错的理由,人们也并不怨恨他们,人们指责罗马-巴比伦造反,叛乱,庇护反抗者——无论小人物还是大人物,无论穷人还是富人!摧毁,摧毁一个不知名的、可相互替换的敌人,一个任意的敌人,这已经成为新公平的最基本的行为。指定任意敌人,就像指定一个不符合上帝旨意的人。这很是奇怪,就像在《启示录》中,所有人都必须被印上标记,必须在额头或手上带有一个标记,**牲畜**或**基督**的标记;**羊羔**成为144 000个人的标记,而**牲畜**……每

第六章 尼采与圣保罗,劳伦斯与拔摩岛的约翰

当人们规划一座光辉灿烂的城市时,我们清楚地知道这是一种摧毁世界,令世界"无法居住"并开始驱逐任意敌人的方式。[①] 希特勒与反基督者之间也许没有很多相似之处,相反,新耶路撒冷和人们向我们许诺的未来之间却存在许多相似的地方,这不仅在科幻小说中,更在对绝对世界之国的军事-工业计划上。《启示录》不是集中营(反基督),而是新国家(天上的耶路撒冷)重大的军事、治安和民事保障。《启示录》的现代性并非在宣告的灾难中,而是在规划好的自我歌颂中,在新耶路撒冷的荣光的建立中,在对一种最终的司法和道德权力的荒唐创建中。新耶路撒冷的建筑极为恐怖,它的城墙和玻璃大街,"一座既不需要太阳也不需要月亮来照亮的城市……,并且,任何污染物都无法进入,只有在**羊羔**的生命册上登

[①] 今天的某些思想者描绘出一幅纯粹"启示录的"图景,其中显示出三个特征:(1)一个绝对世界国家的萌芽;(2)摧毁"可居住的"世界,以构建一个贫瘠、致命的环境和地域;(3)驱逐"任意的"敌人,例如,保罗·维利里奥,《领土的不安全》(Paul Virilio, *L'insécurité du territoire*),斯托克出版社。

记的那些人方可入内"。无意地,《启示录》至少令我们相信,最可怕的并非反基督,而是这座从天而降的新城,这座"像为丈夫而打扮的妻子一样准备好的"圣城。任何一个智力基本健全的《启示录》的读者都已经感觉到身处硫黄湖中。

因此,在劳伦斯最美的章节中,有涉及异教世界重新活跃的内容,但条件是生命象征全面衰落,它们一切有生命的连接都被中断。"文学最大的弄虚作假。"尼采说。劳伦斯有力地分析了《启示录》中关于这种衰落和弄虚作假的确切主题(我们仅指出其中的某几点)。

1. **地狱的转变**。确切地说,对异教徒而言,地狱并不是分离的,它取决于一个周期中各元素的转化:当火对温和的水而言变得过于猛烈时,它将水燃烧,而水产生盐,就像令水变质、把水变苦的不公平的产物。地狱是地下水恶毒的一面。它之所以把不公平聚集起来,是因为它本身就是基本的不公平的产物,就是各种元素的灾难。然而,地狱本身是分离的,它为自身而存在,它是最后审判的两种表达之一,这些想法必须等待基督教才能得以实现:"甚至阴间和火谷的古老犹太地狱都曾经是相对温和的地方、不舒适的冥府,但它们同新耶路撒冷一起消失了",为了"历来炽热的硫黄池",那里,灵魂永远在燃烧。① 甚至大海,为了更保险起见,也将被注入硫黄池中:于是,不再存在任何连接。

2. 骑士的转变。试图重新发现什么是一匹真正异教的马,它在颜色、体质、星球本质和灵魂中作为骑士的部分之间建立哪些连接:不应仅限于视觉,而要遵循人-马实际的紧密结合。例如,白色,也就是血,表现为纯粹的白光,而红色只是由胆汁提供的鲜血的外衣。线条、平面与联系之间广泛的交织。② 但对基督教而言,马不过是供人召唤的运输者,并且带有抽象概念。

3. 色彩与龙的转变。劳伦斯为色彩展开了一

---

① 《启示录》,第十三章,第 141—142 页。
② 《启示录》,第十章,第 121 页。[马作为生命力和实际的象征出现在劳伦斯的小说《女人与牲畜》(*La femme et la bête*)里,世纪出版社(Ed. du Siècle)]

种十分美好的生成。因为,最古老的龙是红色的,金红色的,螺旋形地伸展在宇宙中或盘绕在人的脊柱上。可是,当它模棱两可的时刻到来时(它是好?是坏?),对人类来说,它仍旧是红色的,而宇宙中的好龙已经变成星辰中半透明的绿色,仿佛春天的微风。红色对人类而言已经变得危险(别忘记劳伦斯是一边咯血一边写作的)。但最终,龙转为白色,一种没有色彩的白,我们逻各斯的肮脏的白,仿佛灰色的肥虫。金子何时变成钱币?正是当它不再是第一条龙身上的金红色时,当龙披上这种苍白欧洲的被撕裂的纸的颜色时。①

4. 女人的转变。《启示录》仍然向被太阳笼罩而月亮在其脚下的伟大的宇宙之母表达了短暂敬意。但她一动不动地站在那里,处于一切联系之外。她的孩子被夺走,"送往上帝那儿";她被遣送至沙漠,永远无法离开。她只有乔装成巴比伦荡妇返回:依旧光彩夺目,骑在她的红龙身上,

---

① 《启示录》,第十六章,第169—173页。

预示着摧毁。似乎女人只能有这个选择：要么成为红龙身上的荡妇，要么成为"所有现代苦难和耻辱的灰色小蛇"的猎物（正如劳伦斯所言，现在的女人被召唤来把她们的人生变为"某种值得的东西"，来从最坏的东西中分离出最好的，却不去想这更加糟糕；这就是女人具有一种奇怪的警察形象的原因，现代的"女人-警察"）。① 然而，《启示录》已经把天使般的强权者转变为怪诞的警察。

5. 孪生子的转变。异教世界不仅仅由充满生命力的连接所构成，它还包含边界、门槛和门、分离，以便某个东西从两个东西之间经过，以便某种物质从一种状态变为另一种状态，或与另一种物质交替存在，避免危险的混合。孪生子恰恰扮演着这种阻断器的角色：风和雨的主人，因为他们打开天空之门；雷电之子，因为他们劈开云层；性的守卫者，因为他们维持着生命诞生之处

---

① 《启示录》，第十五、十六章，第155、161页。

的间距的开放,并通过躲避一切将毫无节制地在那里相互混杂的致命点,令水与血交替出现。因此,孪生子是潮涌及其经过、交替和分离的主人。① 正因为如此,《启示录》需要让人将他们杀死,让他们升天,这不是为了异教世界了解自身阶段性的过分,而是为了令分寸像死亡的宣判一般从别处向它袭来。

6. 象征向隐喻和寓言的转变。象征是具体的宇宙力量。即使在《启示录》里,民众意识在崇拜原始**权力**的同时仍保留着某种象征意义。但宇宙力量与最终权力这一观念之间有什么区别?劳伦斯依次简要地阐述了象征的某些特征。这是感性意识扩大、深入、延伸的动态过程,是一种越来越有意识的生成,与静止于固定的寓言观念的道德意识相反。这是强烈的**情感**方法,是不断累积的强度,它仅仅标志着一种感觉的开始和一种意识状态的苏醒:与寓言的智力意识相反,象征

---

① 《启示录》,第十四章,第151页。

什么也不想说，它既不需要被说明，也不需要被阐释。这是一种旋转的思想，在那里，一组影像围绕着一个神秘点越来越快地旋转，与寓言的线性链相反。让我们想一想斯芬克斯的问题："什么东西先用四条腿，接着用两条腿，最后用三条腿走路？"如果人们在其中看到三个连贯部分并得出最终的答案"人"，那么，这个问题是相当愚蠢的。相反，如果人们感觉到三组影像正围绕着人的最神秘的点旋转——孩童-动物的影像，接着，猴、鸟、青蛙等两脚生物的影像，然后，比大海与沙漠更遥不可及的三只脚的未知动物的影像，那么，这个问题就变得充满生气。而这正是旋转的象征：它既没有开始，也没有结束，它不将我们带向任何地方，也不抵达任何地方，它尤其没有句点，甚至也不分阶段。它总是在中间，在事物中间，在事物之间。它只有中间，一些越来越深入的中间。象征是一个大旋涡，让我们不停地旋转，直至出现这种强烈的状态，答案与决定由此产生。象征是一个行动与抉择的过程；就在这个意义上,它与提供旋转图像的神谕联系在一起。因为,我们正是如此才做出真正的决定:当我们在自身并围绕自身越转越快,"直至一个中心形成,直至我们知道该如何行事"时。这与我们的寓言观念相反:寓言观念不再是一种积极的思想,而是一种不断延搁、不断推迟的思想。它用审判的权力取代抉择的力量。同样,它要用句点作为最后的审判。并且,它在句子之间、阶段之间、部分之间放置临时标点,形成通往终点之路上的一段又一段历程。也许,是视觉、书和阅读赋予我们对标点、线段、开始、结束和阶段的喜好。眼睛是将我们分离的感官,寓言是视觉的,象征却召唤并汇集其他所有的感官。当书仍然是卷状物时,它或许保留着一种象征力量。七个封印的书被认为是卷状物,但只要《启示录》需要随处安放句点,设置部分,封印便逐步、分阶段地被拆开,这件怪事又如何解释?象征由物理的连接和分离构成,甚至,当我们面对分离时,某种东西正是以这样的方式在间隔中经过,物质或潮

第六章　尼采与圣保罗，劳伦斯与拔摩岛的约翰　101

涌。因为，象征是潮涌的思想，与寓言思想的线性智力过程截然不同："现代精神理解部分、片段和碎片，并在每一句子之后放置句点。感性意识却理解作为河流或潮涌的整体。"《启示录》揭示出它本身的目的：将我们与世界、与我们自身分离。①

异教世界退场。《启示录》让异教世界最后一次重新登场，以便彻底地摧毁它。我们应回到另一条轴线：不再是《启示录》与异教世界之间的对立，而是《启示录》与作为个人的基督之间的对立，两者完全不同。基督创造了一种爱的宗教，也就是说，灵魂的个体部分的一种贵族文化；《启示录》正在创造一种**权力**的宗教，也就是说，灵魂的集体部分的一种可怕的民众崇拜。《启示录》在基督身上制造一个集体的自我，赋予他一种集体灵魂，于是，一切都发生改变。爱的冲动蜕变

---

① 劳伦斯在对《启示录》的评论中分析了象征思想的这些不同方面。关于平面、中心或家园、环境、灵魂的部分等内容更加全面的阐述，可参阅《无意识的突发奇想》(*Fantaisie de l'inconscient*)，斯托克出版社。

为复仇事业,《福音》的基督蜕变为《启示录》的基督(牙齿咬着剑的人)。劳伦斯的提醒由此显示出重要性:写《福音书》的与写《启示录》的不是同一个约翰。但是,他们或许比是同一个人更加统一。那两个基督也比是同一个人更加统一:"一块纪念章的两面"①。

为了解释这一互补性,是否只要说基督"本人"忽略了集体灵魂并对它听之任之就够了?或者,是否另有一个更深入、更可恶的原因?劳伦斯投身于一件复杂的事情:在他看来,转变、歪曲的原因并不取决于简单的忽视,它应该在基督的爱和他曾经的爱的方式中被找寻。而且,他认为这一点已经令人感到恐怖,基督曾经的爱的方式。正是这一点将使得**权力**的宗教取代爱的宗教。在基督的爱之中有一种抽象的认同,或者,更糟糕的,有一种给予而不获取的热情。基督不愿意迎合弟子们的期待,但他也不愿意保留任何东西,

---

① 《启示录》,第二十二章,第 202 页。

甚至他自身不可侵犯的部分。他有某种自杀性的东西。在写关于《启示录》的作品前不久，劳伦斯写了一部小说，题为《死去的人》（*L'homme qui était mort*）：他想象已经复活（他们太快拔下了我身上的钉子了）却依然显得沮丧的基督自言自语地说"永远不再如此"。想把一切都给予他的玛德莱娜找到他之后，他在女人的眼中瞥见一缕胜利的光芒，在她的嗓音中听出一种胜利的语调，从这光芒和语调中他辨认出自己。而这是那些只获取不给予的人身上同样存在的光芒和语调。在基督的热情和基督教的贪婪中，在爱的宗教和权力的宗教中，有着同样的必然命运："我付出的比我得到的多，而这也是苦难与自负。这仍然只是另一种死亡……他现在知道，身体复活是为了给予和获取，为了获取和给予，没有丝毫贪婪。"在他的全部作品中，劳伦斯都力求完成这一任务：判断并四处追捕那恶毒的微光，在那些只获取不给予的人身上，或者，在那些只给予不获取的人身上——拔摩岛的约翰和基督。① 在基督、圣保罗与拔摩岛的约翰之间链条再次被闭合：基督，他是贵族、个体灵魂的艺术家，并愿意付出这个灵魂；拔摩岛的约翰，他是工人、矿工，要求拥有集体灵魂并想得到一切；而圣保罗，为了关闭链接，他类似走向人民的贵族，类似将一种组织赋予集体灵魂的列宁，他将制造"一个殉道者的势力集团"，他把目标赋予基督，把方法赋予《启示录》。难道不需要这一切来建立审判体系吗？个体自杀与群体自杀，伴随着全方位的自我歌颂。死亡，死亡，这就是唯一的判决。

于是，个体灵魂与集体灵魂都需要被拯救，如何拯救？尼采用他著名的反基督教法则来结束《反基督者》。劳伦斯用一种宣言来结束他对《启示录》的评论，他在别处将这一宣言称为"一系

---

① 劳伦斯，《死去的人》，伽利玛出版社，第 72—80 页：基督与玛德莱娜的重要场景（"在他心里，他知道自己永远都不会去她家里住。因为，一种胜利的光芒曾在她的眼中闪烁，付出的热情……对他曾经历过的整个生命的恐怖重新出现"）。类似的场景参见《亚伦的藜杖》，伽利玛出版社，第十二章，亚伦去与妻子重逢，却被她眼中的光芒惊呆而再次逃走。

列劝导"①：停止爱。用"一个爱永远无法战胜的决定"来对抗爱的审判。抵达人们再也不能给予、不能获取的那个点，人们知道无法再"给予"任何东西的那个点，亚伦或《死去的人》的点，因为问题已经指向别处；构建堤岸，在那里，潮涌可以流淌、分离或融合。② 不再爱，不再付出自我，不再获取。如此拯救自我的个体部分。因为，爱不是个体部分，也不是个体灵魂：更确切地说，它是把个体灵魂变为一种**自我**的那个东西。而自我，是某种要给予、要获取的东西，它想爱或被爱，它是寓言、影像和**主体**，不是一种真正的关系。自我不是一种关系，它是一种反射，是形成主体的微光，是一只眼睛里闪烁的胜利微光（"肮脏的小秘密"，劳伦斯有时说）。劳伦斯是太阳的

---

① 《无意识的突发奇想》，斯托克出版社，第 178—182 页。
② 独自存在并达到对给予的拒绝的必要性，关于劳伦斯著作的这一常见主题，参见《亚伦的藜杖》，第 189—201 页（"他内在的、中心的孤独是他存在的中心本身，如果他打破这种中心的孤独，一切都将被打破。让步，是巨大的诱惑，也是最终的亵渎行为……"），以及第 154 页（"首先必须绝对孤独，这是通向最终的、生命必需的和谐的唯一道路，在完美的、彻底的孤独中独自一人……"）。

崇拜者,可他说太阳照在草地上的光芒不足以构成某种关系。他从中得出关于绘画和音乐的一种观念。个体的东西,是关系,是灵魂,而不是自我。自我倾向于与世界同化,可这已经是死亡,而灵魂呈现出其充满生命力的"好感"与"厌恶"①。停止把自己想象为一个自我,去感受自己是一股潮涌,一个潮涌的整体,处于与同其他潮涌的关系中,在自身之外,也在自身之中。甚至,稀有物也是一种潮涌,甚至,枯竭和死亡也能生成潮涌。性的与象征的实际上是一回事,除了力量或潮涌的生命之外从不想诉说他物。② 在自我中有一种自我消失的倾向,这个倾向在基督那里经历滑坡,在佛教那里走向终点:劳伦斯(或尼采)对东方的怀疑正来源于此。作为潮涌的生命,灵魂是活着的愿望,是斗争与战斗。这不仅仅是分

---

① 劳伦斯,《美国经典文学研究》(*Etudes sur la littérature classique américaine*),瑟伊出版社,第216—218页。

② 关于潮涌的观念以及由之而来的性的观念,参见劳伦斯最后的文章之一:《我们互相需要》[(*Nous avons besoin les uns des autres*)1930年],载《情欲与狗》,布尔古瓦出版社(*Eros et les chiens*, Ed. Bourgois)。

离，而是潮涌的融合，这融合是斗争与战斗，是纠缠。任何协调都是不和谐的。战争的反面：战争是要求自我参与的总体毁灭，而战斗排斥战争，它是对灵魂的征服。灵魂反抗想要战争的人，因为他们把战争与斗争混淆起来，但灵魂也反抗放弃斗争的人，因为他们把斗争与战争混淆起来：富于战斗性的基督教与和平主义的基督。灵魂不可剥夺的部分在于当人们停止成为一个自我时：必须征服这个极其流动、颤抖并极具斗争性的部分。

于是，集体的问题在于建立、找到或找回最多的连接。因为，连接（和分离）正是关系的物理，是宇宙。甚至，分离也是物理的，它在那里，只是作为两个堤岸，以便潮涌得以经过或交替。而我们，我们最多生活在一种关系的"逻辑"里（劳伦斯与罗素根本不互相喜爱）。我们把分离变为一种"要么……要么"，把连接变为一种从原因到结果，或从本原到后果的关系。从潮涌的物理世界中，我们使一种反射，使一种由主语、宾语、谓语和逻辑关系构成的了无生气的复制品抽象化。我们就这样提取出审判体系。问题不是把社会与自然对立,把人工的与天然的对立。各种人为的方法并不重要。然而,每当一种物理关系被表现为逻辑关系,象征被表现为影像,潮涌被表现为部分,每当交流被分割成相互依存的主体与客体,人们就要说世界死了,说轮到集体灵魂被封闭在自我之中,无论是民众的自我还是专制者的自我。这是"错误的连接",劳伦斯把它与**自然**本性(Physis)对立。根据劳伦斯所进行的批评,如同爱一样,金钱应当被指责的地方不在于它是一种流通,而在于它是一种以主体和客体牟利的错误连接:当金子变成钱币……①没有向自然的回归,只有集体灵魂的政治问题,一个社会有能力完成的连接,以及社会支撑、创造、放任和推动的潮涌。纯粹而简单的性,是的,如果我们把它理解

---

① 《启示录》,第二十三章,第 210 页。正是错误与正确连接的问题推动了劳伦斯的政治思想,尤其在《情欲与狗》和《社会团体》(*Corps social*) 中,克里斯蒂安·布尔古瓦出版社。

为关系的个体物理与社会物理,与无性的逻辑截然相反。像一切有才华的人那样,劳伦斯死前把他的带子精心地折叠,精心地放好(他猜想基督也是这样做的),并围绕这个观点,在这个观点中左思右想……

第七章

对马索克的再-阐述

马索克不是精神病学或精神分析学的借口,甚至也不是性受虐狂特别杰出的象征。因为,任何外在的阐释都无法接近他的作品。作家不是病人,他更接近于医生,他进行诊断,然而,这是对世界的诊断;他密切关注病情,然而,这是人类的类性疾病;他评估恢复健康的可能性,然而,这可能是一个全新之人的诞生:作为全部作品的"该隐的馈赠"和"该隐的标记"。性受虐狂的人物、情境和物品之所以得到这个名称,是因为它们在马索克的小说中获得一种未知的、无限的维度,超出意识和无意识的范围。小说的主人公充满着超越他的灵魂与环境的力量。因此，在马索克身上必须重视的，是他对小说艺术的贡献。

　　首先，马索克转移了痛苦的问题。无论多么强烈，受虐狂的主人公使自己遭受的痛苦都取决于一种契约。这是与构成主要部分的女人之间的服从契约。合同植根于受虐癖中的方式一直是个谜。似乎在于解除欲望与快感之间的联系：快感阻断欲望，因此，作为过程的欲望的构造必须避免快感并将它无限延迟。女性虐待者把痛苦的延迟波抛给受虐狂，后者利用它，显然并非为了从中得到快感，而是重新启动快感的进程，并形成一种连续不断的欲望过程。要点变成等待或悬念，作为满足，作为强烈的肉体与精神体验。延迟的种种仪式变成为典型的小说特征：既在推迟动作的女人-虐待者一方，也在主人公-受难者一方，他被悬挂的身体正等待着击打。马索克是把悬念变为纯粹而几乎难以忍受的小说原动力的作家。契约和无限延迟之间的互补性在马索克那里扮演的角色同法庭和"无限拖延"在卡夫卡那里扮演的角色类似：延迟的命运、死抠法律条文、极端的死抠法律条文、丝毫不与法律混淆的**公平**。

其次，动物在穿貂皮衣的女人一方和受难者（供乘骑或用于驾车的牲口，马或牛）一方扮演的角色。人与动物之间的关系，也许是精神分析学经常否认的东西，因为它在其中看到过于人性化的俄狄浦斯形象。在所谓受虐狂的明信片上，老先生们在严厉的情妇面前做出像狗用后腿直立一样的动作，这些明信片同样将我们引入歧途。受虐狂的人物不模仿动物，他们到达不确定、邻近的区域，在那里，女人和动物、动物和男人都不可分辨。整部小说成为动物驯化小说，成为教育小说的最新变形。这是一个力量的循环。马索克的主人公训练那个将要训练他的女人。并非男人将其获得的力量传给天生的动物力量，而是女人将其获得的动物力量传给男人天生的力量。同样，悬念的世界遍布波纹。

谵妄性教育就像艺术的内核。但谵妄性教育不是家庭或私人的，它是历史-世界的，依据兰波的说法:"我是牲畜,是黑人……"于是,重要的在于知道**历史**和**宇宙**的哪些区域被何种教育所包围。在每种情况下都要绘制地图:基督教的殉教者,在他们身上勒南(Renan)看到了一种新的美学的诞生。甚至想象是圣母玛利亚这位严厉的母亲把基督钉在十字架上,以创造全新的男人,是基督教女人把男人引向极度痛苦。但同样可以想象骑士爱情,以及它的考验与过程。除此之外,还有大草原上的农业城镇、宗教教派、奥匈帝国的少数民族、妇女在这些城镇和少数民族中,以及在泛斯拉夫主义中所扮演的角色。每一种谵妄性教育都把各种各样根据它的方式连接起来的环境和时刻占为己有。马索克的作品与一种少数民族文学紧密相连,经常出没于**宇宙**的冰川地带和**历史**的女性区域是其经常抵达之处。巨大的波浪,命运被永久悬置的流浪者该隐的波浪,在时间和空间里翻腾。一个严厉的女人的手穿越波浪并伸向流浪者。在马索克看来,小说是该隐的,正如在托马斯·哈代看来,小说是伊斯玛依派的(大草原和荒野)。这是该隐的折线。

少数民族文学并非通过它所特有的当地语言,而是通过它令主要语言所经受的处理来定义的。问题在卡夫卡和马索克①那里是类似的。正如旺达(Wanda)所言,马索克的语言是非常纯净的德语,但它并没有因此而少受到一种震动的影响。这震动并非一定要在人物层面完成;甚至,应该避免模仿它,只要不停地指出它就足够了,因为它不再仅仅是一种言语特点,而是根据语言从中汲取养分的传说、情境和内容而形成的高级语言特性。一种语言的,而不再是精神上的震动。于是,让语言本身在风格的最深处结结巴巴地讲述,这是渗透在伟大作品中的创造性方法。仿佛语言变成了动物。帕斯卡·基尼亚尔(Pascal Quignard)曾

---

① 在贝尔纳·米歇尔(Bernard Michel)撰写的萨克-马索克(Sacher-Masoch)的传记中[拉封出版社(Laffont),第303页],作者指出,《变形记》主人公的名字格里高尔·萨姆沙(Gregor Samsa)本身很可能就是在表达对马索克的敬意:格雷瓜尔(Grégoire)是《维纳斯》主人公的化名,萨姆沙很像萨克-马索克的爱称或部分改变它的字母位置而构成的词。在卡夫卡的作品中,不仅"受虐狂"主题很多,而且奥匈帝国的少数民族问题也是两部作品中的重要内容。但卡夫卡作品中的法庭上死抠法律条文和马索克作品中的合同里死抠法律条文之间仍然存在巨大差异。

说明马索克如何让语言"含混不清地说话":是制造悬念的含混不清,而不是意味着反复、增生、分叉和偏离的结结巴巴。① 然而,这一差别并非要点所在。为了创造一种风格,作家可以通过语言铺陈很多不同的标志与方法。而每当语言顺从于这样的创造性处理,就是整个言语活动被带向它的极限,音乐或沉默。这就是基尼亚尔所指出的:马索克让语言含混不清地说话,从而将言语活动推向它的悬置点,歌唱、叫喊或沉默,树林的歌唱、村庄的叫喊、大草原的沉默。身体的悬念和语言的含混不清构成身体-言语活动,或马索克的作品。

---

① 帕斯卡·基尼亚尔,《吞吞吐吐说话的人——关于萨克-马索克的随笔》,法兰西信使出版社(*L'être du balbutiement, essai sur S-M*, Mercure de France),第21—22、147—164页。

第八章

惠特曼

惠特曼十分坚定而平静地说，写作是碎片式的，美国作家应致力于碎片式写作。他仅仅向美国发出呼吁，仿佛欧洲在这条道路上已经停滞不前，正是这一点令我们感到困惑。然而，也许应该回忆起荷尔德林发现的希腊人与欧洲人之间的差异：对希腊人而言天生或固有的东西，欧洲人都必须后天获得或赢得，反之亦然。[①] 在另一种方式下，欧洲人与美国人也同样如此：欧洲人对有机整体或组合具有天生的意识，但他们必须获得

[①] 荷尔德林，《关于〈俄狄浦斯〉的说明》，10/18 出版社（以及让·波弗莱的评论，第 8—11 页）。

碎片意识，而这只有通过对悲剧性反思或对灾难的体验才能做到。美国人则相反：他们对碎片的意识与生俱来，他们必须征服的，是对整体、对美妙组合的知觉。碎片就在那里，以一种非审慎的方式存在，先于任何努力：我们制定种种计划，可当行动的时刻到来时，"我们仓促行事，让匆忙和粗糙的形式比有条不紊的工作更好地讲述历史"①。因此，美国所特有的，并非碎片性，而是碎片性的自发性："自发的与碎片的"，惠特曼说。② 在美国，写作必然是痉挛性的："只是这个时代的真正恐慌、热情、烟雾与激动的片段。"但正如惠特曼明确指出的，"痉挛性"不仅构成写作的特点，同样也标志着时代与国家的特征。③ "碎片"之所以是美国的固有属性，是因为美国本身

---

① 惠特曼，《在树林深处》，见《典型的日子》(*Specimen days*, «Au fond des bois»); J. 德勒兹 (J. Deleuze) 的法文译本即将由法兰西信使出版社出版，我们的引文出自该译本。(此处引文出处有误，应出自《典型的日子》的第一篇 "A Happy Hour's Command"。——译注)

② 同上。

③ 《痉挛性》(convulsivité)，见《典型的日子》。

就是由各个加入联邦的国家和移入的民族（少数民族）构成的：到处都是碎片的汇集，南北分裂——即战争——的威胁挥之不去。美国作家的经历与美国的经历密不可分，甚至当他不谈论美国时也同样如此。

就是这一点将集体陈述的直接价值赋予碎片式的作品。卡夫卡曾经说，在少数文学，也就是少数民族文学中，没有任何私人历史不是立即成为公开、政治、民众的：所有文学都变成"民族问题"，而不是特殊个体的事务。① 既然美国声称把最多种多样的少数民族结合为"充斥着不同民族的国家"，那么，美国文学不正是典型的少数文学吗？美国接纳外来作品，展现所有时代、所有地域和所有民族的范例。② 最简单的爱情故事将国家、民族和部落牵连于其中；最个人的自传也必定是集体的，就像我们仍然在沃尔夫或米勒

---

① 卡夫卡，《日记》，袖珍书出版社，第181—182页。
② 《草叶集》（*Feuilles d'herbe*）中常见的主题，法兰西信使出版社。同时参见梅尔维尔，《雷得本》（*Redburn*），第三十三章，伽利玛出版社。

(Miller) 那里看到的那样。这是一种作为美国作品的民众文学,由人民和"普通人",而不是由"伟大的个人"① 所创造。而且,依此观点来看,盎格鲁-撒克逊人那个总是分裂的、碎片的、相对的"我"与欧洲人那个实体的、全部的、唯我的"自我"截然不同。

作为异质部分总和的世界:无止境的拼凑,或干垒石堆砌的无限制的墙(水泥砌成的墙,或拼图的碎片,重新组成一个整体)。作为采样的世界:样本("典型")正是独特之物,是从一系列普通东西中显露出的卓越而无法纳入整体的部分。时光的样本,典型的日子②,惠特曼说。事件的样本,场景或视野(场景、景观或视野③)的样本。因为,有时候,样本是事件,这依据被空间间隔分离的各部分之间的共存(所有医院里的全部伤者),有时候,样本是视野,这依据被时间间隔分

---

① 《一个采访记者的共鸣》(Echo d'un interviewer),见《典型的日子》。
② 原文为英文 specimen days。——译注
③ 原文为英文 scenes、shows 和 sights。——译注

离的某一行动的各阶段的连续（一场没有把握的战役中的所有时刻）。在这两种情况下，法则是分裂的法则。碎片是颗粒，是"细粒"。选择独特事件和少数场景比任何对整体的考虑更为重要。正是在碎片中呈现出隐藏的背景，或卓越或疯狂。碎片是一种对血腥或宁静的现实的"偏离反射"。① 不过，碎片、令人瞩目的部分、事件或视野还得由一种特殊行动提取而出，这一特殊行动就是写作。惠特曼的碎片式写作并非由格言或分离，而是由一种不断调整间距的特别句型来说明特征。就好像句法构成句子并使其成为一个能够调整自身的整体——它通过解放一个违背句法的、无止境的句子而趋向于消失，后者不断延伸，或生长出破折号，作为时空间距。有时候，是一个有格的列举句，对不同情况的列举趋向于一览表（某医院里的所有伤者、某地的所有树木）；有时候，

---

① 《夜间战役》(Une bataille nocturne) 和《真正的战争永远不会进入书本》(La véritable guerre n'entrera jamais dans les livres)，见《典型的日子》。

是一个绵延的句子,仿佛阶段或时刻的汇编(战役、牲畜传送装置、接连不断的成群黄蜂)。变向、分岔、断裂、跳跃、延伸、萌芽、插入,这几乎是一个疯狂的句子。梅尔维尔指出,美国人不必像英国人那样写作。[①] 他们必须分解英语,并使它跟随一条逃逸线疾行:让语言痉挛。

碎片的法则既适用于**自然**与**历史**、**大地**与**战争**,也适用于善与恶。在**战争**与**自然**之间,显然有一个共同的原因:**自然**成队列地前进,分为各种门类,就像军团。[②] 乌鸦的"队列"、黄蜂的"队列"。然而,尽管碎片以最自发的方式无处不在,我们发现,整体或整体的近似物仍需被征服,甚至被创造。但惠特曼有时以宇宙要求我们融合为理由提出**整体**的观点;在一次特别"痉挛的"沉思中,他说自己是黑格尔的信徒,断言只有美

---

① 梅尔维尔,《霍桑,你来自哪里?》,第 239—240 页。同样,惠特曼援引了一种"没有欧洲的痕迹或色彩,没有它的土壤、记忆、技巧和精神"的美国文学的必要性:《诗歌里的草原与大平原》(Les prairies et les grandes plaines dans la poésie),见《典型的日子》。

② 《黄蜂》(Les bourdons),见《典型的日子》。

国"明白"黑格尔,并提出一种有机整体的基本权利。① 于是他像欧洲人那样表达,而欧洲人在泛神论中找到一个膨胀自我的理由。当惠特曼以自己的方式与风格说话时,却显然有一种整体应被建立,这是自相矛盾的,尤其因为这个整体只在碎片之后到来,并将碎片完好地保存,不打算将它们整体化。②

这个复杂的观念取决于一个对英国哲学而言十分珍贵的原则:关系外在于它们的界限……对这一原则,美国人将赋予新的意义和新的发展。从那时起,人们确定,关系是能够也应该被建立、被创造的。如果部分是无法被纳入整体的碎片,人们至少可以在它们之间创造出非预先存在的关系,以此证明**历史**的进步和**自然**的演变。惠特曼

---

① 《美国眼中的卡莱尔》(Carlyle du point de vue américain),见《典型的日子》。
② 劳伦斯[《美国经典文学研究》,瑟伊出版社(Etudes sur la littérature classique américaine, Seuil)]严厉批判惠特曼的泛神论和他的"自我-整体"观念,但仍把他奉为最伟大的诗人,因为,惠特曼深入地歌颂了"感应",即"在大道上"建立的外部联系(第211—212页)。

的诗呈现出如此多的意义,因为他与各种各样的对话者都建立了联系:大众、读者、国家、大洋……①美国文学的目标是在密西西比河、落基山脉和北美大草原等美国地理风貌及其历史、战争、爱和发展的最形态各异的层面之间建立联系。② 关系的数量越来越多,品质越来越精美,就如同**自然**与**历史**的原动力。相反,**战争**:它的摧毁行为针对一切关系,最终的结果是**医院**,普遍化的医院,也就是兄弟互相不理睬的地方,就是垂死的部分、残废者的残肢断臂极度孤独而没有联系地共存的地方。③

非既定而总是新颖的对比与互补构成色彩的关系;惠特曼也许创造了历史上最多彩的文学之一。不断更新、创造的对位法与应答轮唱的颂歌构成声音关系或鸟的歌唱,惠特曼对它们的描绘

---

① 参见雅马蒂,《沃尔特·惠特曼》,西格尔出版社(Jamati, *Walt Whitman*, Seghers),第 77 页:作为复调音乐的诗歌。

② 《密西西比河谷文学》(Littérature de la vallée du Mississipi),见《典型的日子》。

③ 《真正的战争……》,见《典型的日子》。

令人赞叹。**自然**不是形式,而是建立关系的过程:它创造出一种复调音乐,它不是整体,而是集会、"教皇选举会"、"全会"。**自然**与所有共生、亲善的过程密不可分,这些过程并非预先存在,而是在充满生命力的异质之间形成,以便建立一系列不断运动的关系,这关系使得一个部分中的旋律作为动机介入另一个部分的旋律中(蜜蜂与花)。关系并非内在于某个**整体**中,更确切地说,是整体源于某一时刻的外部关系,并与之共同变化。在任何地方,对位关系都应被创建,并对发展产生影响。

在人与**自然**的关系中也如此。惠特曼与幼小的栎树建立了一种体操关系,一场肉搏战:他没有与它们融合或混同起来,而是令某个东西在树木之间、在人体与树木之间双向经过,身体接受了"一点稀薄的汁液和弹力纤维",而树木接受了一点意识("也许我们进行了交换")。① 最后,在

---

① 《栎树与我》(Les chênes et moi),见《典型的日子》。

人与人的关系中同样如此。人也必须创建与他者的关系:"友情"是惠特曼用于指称人与人之间最高层次关系的伟大字眼,这并非依照某种总体情境,而是根据独特特征、情感状况和相关碎片的"内在性"(例如,在医院里与每一个孤独的垂死者建立一种友情关系……)。① 于是,一系列变化不定的关系被缔造,它们不混同于某个整体,而是产生出人类在这种或那种情况下有能力征服的唯一整体。**友情**就是这种变化性,它意味着与**外在**的相遇,意味着灵魂在户外"大道"上的行进。正是在美国,友情关系被认为拥有最广的外延和最大的密度,并在获得一种政治与民族特征的过程中达到充满男子气概的、大众的爱:不是整体主义或极权制,而是"**联合主义**",如惠特曼所言。② 甚至**民主**和**艺术**都只在它们与**自然**(空气、光亮、色彩、声音、夜晚……)的关系中形成一

---

① 《真正的战争……》,见《典型的日子》。关于"友情",参见《草叶集》中的《菖蒲》(Calamus)。

② 《林肯总统之死》(Mort du président Lincoln),见《典型的日子》。

个整体；否则，艺术将陷入病态，民主将沦为欺骗。①

同志的社会，这是美国的革命梦想，惠特曼为之做出了巨大的贡献。这个梦想在苏维埃社会的梦想之前就已经落空了，被背弃了。然而，这也是美国文学在以下两个方面的现实：碎片性的自发性或固有意识；对每一次获得或创造的充满生命力的关系的反思。自发的碎片构成某种元素，通过这个元素或在其间隔中，人们进入对**自然**与**历史**的伟大而审慎的凝视和聆听。

---

① 《自然与民主》，见《典型的日子》。

第九章

孩子们说的话

　　孩子不停地诉说他正在做或想要做的事情：通过动态的行程探索环境，并编制路线图。路线图是精神活动的重要部分。小汉斯所要求的，是离开家去女邻居家过夜，第二天早上返回：楼房作为环境。或者：离开楼房，经过马场去和有钱的小女孩会面——街道作为环境。甚至弗洛伊德也认为有必要诉诸地图。[①]

　　然而，按照他的习惯，弗洛伊德把一切都集中到父亲-母亲身上：奇怪，探索楼房的要求在他

---

　　① 弗洛伊德，《精神分析五讲》，法国大学出版社（*Cinq psychanalyses*, PUF）。

看来是想和母亲睡觉的欲望。就好像父母亲拥有独立于环境的原始地位或职能。但环境是由品质、实体、权力与事件构成的：例如街道，以及它的物质（如铺路石）、声音（如商贩的叫喊）、动物（如套住的马匹）、悲剧（一匹马打滑，一匹马摔倒，一匹马被打……）。行程不仅与穿越环境的人的主体性，也与环境本身的主体性混合，因为环境在其穿越者那里被映照。地图表明路线和已完成行程的一致。当对象本身是运动时，地图则与它的对象混同起来。任何东西都不及自闭症孩子的那些道路有教育意义，就像德利尼所关注的，他揭示出这些道路的地图，并根据它们的独特之处——惯常的路线、游荡路线、循环、更改和折回——将地图重叠摆放。① 而父母亲本身也是孩子经过的一种环境，他经历优点和权力，并绘制地图。父母亲仅仅作为某个环境在另一环境中的代表而获得个人与双亲的形式。然而，认为孩子首

---

① 费尔南·德利尼，《声音与看见》，见《永恒手册》第一卷 (Fernand Deligny, «Voix et voir», *Cahiers de l'immuable*, Ⅰ.)。

先被父母亲所限定，并且只有此后通过延伸和偏离才进入环境，在这样的认识下行事是错误的。父亲和母亲不是一切无意识所赋予之物的参照。任何时刻，孩子都已陷入他经过的某个当下环境，在那里，作为个人的父母亲仅仅扮演开门人或关门人、守门人、区域联结者或阻断者的角色。父母亲总在一个并非来自他们的世界里处于一定的位置。甚至对婴儿而言，也有一个陆地-床，父母亲通过与它的位置关系来确定自身，就像孩子行程中的警察。勒温的路径（hodologiques）空间及其路线、迂回、障碍、警察共同形成一种动态的地图绘制行为。①

梅兰妮·克莱因（Melanie Klein）在战争期间对小理查进行了研究。小理查经历和思考的世界是以地图的形式存在的。他为地图着色，把地图打乱、重叠，用它们的首领填满地图，英国与丘吉尔、德国与希特勒。纠缠历史和地理，安排世

---

① 考夫曼，《库尔特·勒温》，弗兰出版社（Kaufmann, *Kurt Lewin*, Vrin），第170—173页：道路的概念。

界和宇宙星座的形成，令大陆漂移，使陆地上遍布种族、部落和民族，这就是力比多（libido）的特性。哪一个被爱的人心中不拥有或多或少知名的，或多或少想象的风景、大陆和居民呢？然而，梅兰妮·克莱因尽一切可能试图从实体、品质和事件的角度来确定无意识环境，她似乎不承认小理查绘制地图的活动。她在其中仅仅看到一种此后，即父母亲角色的简单延伸，好父亲、坏母亲……孩子比成人更能抵抗精神分析的持续进攻与毒害；汉斯或理查将他们所有的幽默置于其中。但他们无法长时间抵抗。他们必须整理地图，地图下只有父亲-母亲发黄的照片。"K 女士阐释，阐释，**阐释**……"①

力比多没有变形，只有不同的历史-世界轨迹。就这一点而言，真实与想象似乎并不构成确切的区别。真实的旅行自身缺少在想象中自我映照的力量；想象的旅行自身，则如普鲁斯特所言，

---

① 梅兰妮·克莱因，《一例儿童分析的记述》（*Psychanalyse d'un enfant*），楚出版社。

没有在现实中自我证实的力量。正因为如此,想象与真实应该作为同一条轨迹的两个可以并列或重叠的部分,两个不停地互相交换的面,运动的镜子。于是,澳大利亚土著把游牧旅程与梦中的旅行连接起来,它们"在应当被作为地图来读的巨大时空缝隙中"共同组成"行程中的网间结构"。[①] 说到底,想象是一个与真实物体相连的虚拟图像,或相反,以便构成无意识的结晶。真实物体和真实风景令人想起相似或邻近的图像,这并不够;它必须创造自身的虚拟图像,与此同时,作为想象的风景,这个虚拟图像依据"真实"与"想象"这两个词语相互追随、相互交换的线路,投入真实之中。"视野"由重复性或双重性,由聚结而形成。力比多的轨迹正是在无意识的结晶中呈现。

绘制地图的概念与精神分析的考古学概念截

[①] 参见芭芭拉·克劳泽维斯基,《从梦幻到法律的澳大利亚土著居民》(Barbara Glowczewski, *Du rêve à la loi chez les Aborigènes*),法国大学出版社,第一章。

然不同。后者把无意识与记忆深深地联系在一起：这是一个记忆的、纪念的或不朽的概念，针对的是人和物，而环境只是能够保留、辨认和证实它们的场地。就这个观点而言，重叠的地层必然被一支箭自上而下地穿越且始终不断深入。相反，地图相互重叠，使得每一张都在后一张中找到变化，而不是在之前各张里找到起源：从一张地图到另一张地图，不是对某种起源的寻找，而是对移动的评价。每张地图都是必然自下而上的对绝境与通路、入口与围墙的重新分配。这不仅仅是方向的逆转，而是一种本质区别：与无意识产生关联的不再是人和物体，而是路程和变化；不再是纪念的无意识，而是动员的无意识，物体飞起，而不再隐藏于地底。在这一点上，费利克斯·瓜塔里（Félix Guattari）曾明确指出一种与精神分析截然不同的分裂-分析："口误、失误动作和症状就像用嘴敲击窗户的鸟。问题不在于对它们进行阐释。重要的是标出它们的轨迹，观察它们能否充当某些可以获得一种足够稳定以扭转形势的新参照世界的指示。"① 法老的陵墓和金字塔底部了无生气的中央墓室让位于更加充满活力的模式：从大陆的漂移到民众的迁徙，所有无意识用以绘制世界地图的东西。印第安模式取代埃及模式：印第安人从厚厚的峭壁中经过，在那里，与美学形式混合的不再是对出发或到达的纪念，而是对无记忆之路的创建，因为世界的全部记忆都留在材料里。②

地图不应仅仅被理解为与行程所构成的空间相关的延伸。还有强度和密度的地图，它关系到填满空间的东西、作为行程基础的东西。小汉斯列出一张积极情感和消极情感的清单来说明一匹公马的特征：有一个大大的生殖器，拖着重负，戴着眼罩，撕咬，摔倒，被鞭打，用腿发出嘈杂

---

① 瓜塔里，《冬日之年》，巴罗出版社（Les années d'hiver, Ed. Barrault）。以及《精神分裂分析制图学》，伽利略出版社（Cartographies schizo-analytiques, Galilée）。

② 埃利·福尔，《中世纪艺术》（Elie Faure, L'art médiéval），袖珍书出版社，第 38 页："那里，在海边、在山口，他们遇见了花岗岩城墙。于是，他们全部进入花岗岩……他们把挖空的岩石、四面八方开凿的矿道、被雕镂和镌刻的墙壁、天然或人造的柱子留在身后。

声。正是这种情感分配(生殖器在其中扮演着变压器和转换器的角色)构成一张强度地图。这仍然是一种情感格局。在这一点上同样地,像弗洛伊德那样看到父亲-母亲的简单偏离也会显得过分:就像那个时代经常出现的街道"视野"——一匹马摔倒,被鞭打,挣扎——无法直接影响力比多,却可能令人想起父母亲之间爱的场景……将马等同于父亲,这简直怪诞,并导致对无意识与动物力量之间的全部关系一无所知。正如运动和行程地图并非父亲-母亲的偏离或延伸,力量或强度地图也不是身体的偏离、预先图像的延伸、额外部分或此后。波拉克和西瓦东对无意识绘制地图的活动进行了深入分析;他们唯一的含混之处也许是在其中看到一种身体图像的延续。① 相反,恰是对系、诱发力等情感进行分配的强度地图每次构成身体的图像——根据确定它的情感格

---

① 让-克洛德·波拉克、达尼埃尔·西瓦东,《内心的乌托邦》(Jean-Claude Polack et Danielle Sivadon, *L'intime utopie*),法国大学出版社[作者用"地理"方法来对抗"地质"方法,例如吉塞拉·潘科夫(Gisela Pankow)的"地质"方法,第 28 页]。

局可随时改动、变形的图像。

情感单或格局、强度地图是一种生成：小汉斯没有和公马一起形成对父亲的无意识表征，而是被带入与父母亲对立的一种生成-马之中。小阿尔巴（Arpad）与整个生成-鸡的过程也如此：每次，精神分析都错过无意识与力量的关系。① 图像不只是行程，也是生成。生成是行程的基础，正如强力是动力的基础。汉斯的生成-马参照从家到马场的一段路程。沿着马场行进或参观鸡棚里都是惯常的行程，但并不是单纯的散步。人们清楚地看到真实与想象被引向互相超越、互相交换的原因：生成不是想象的，就如旅行不是不真实的。是生成把最短的行程甚或原地的静止变为一次旅行；是行程使想象成为一次生成。行程与情感这两种地图相互映照。

与力比多有关的东西、力比多所赋予的东西

---

① 参见费伦齐，《精神分析》第二卷，帕约出版社，《一个小公鸡人》（Ferenczi, *Psychanalyse*, Ⅱ, Payot, «Un petit homme-coq»），第72—79页。

与某个不定冠词一起呈现出,或者更确切地说,由不定冠词所呈现:一种动物,作为生成的定性或行程的说明(一匹马、一只母鸡……);一个身体或一种器官,作为影响和被影响的能力(腹部、眼睛……);甚至一些阻止行程、抑制情感或相反地促进它们的人物(一位父亲、一群人……)。孩子们如此表达自我,一位父亲、一个身体、一匹马。这些泛指词似乎经常源于因意识的防御而导致的确定性缺失。对精神分析而言,总是我的父亲、自我和我的身体。大量的主有词和人称代词,因此,阐释在于找到人称与主有关系。"一个孩子被打了"应该意味着"我父亲打我",哪怕这一转换是抽象的;"一匹马摔倒,摆动双腿"则意味着"我父亲和我母亲做爱"。但泛指词什么也不缺,尤其不缺少确定性。它就是对生成的确定,是它自身的力量,一种无人称的力量,这种无人称并非一般性,而是最大程度的独特性:例如,人们不扮演这匹马,也不模仿某匹马,而是通过达到一个近似区域而变成一匹马,在这个区域里,人们再无法将自身与其生成物区别开来。

艺术同样达到这种不再保留任何个人与理性之物的卓越状态。艺术以它的方式说着孩子们说的话。它由行程与生成所构成,也绘制延伸地图和强度地图。在艺术作品中总有一条轨迹,史蒂文森指出,一张彩色地图在《金银岛》的构思中具有决定性意义。[①] 这并不是说环境必然决定人物的存在,更确切地说,人物通过他们在现实与想象中的旅程来说明自身特征,若没有这些旅程,他们将无法生成。在绘画领域,当画作不仅是意大利式的朝向世界的窗户,而更是一种表面之上的汇集时,一张彩色地图就得以呈现。[②] 例如,在维米尔(Vermeer)那里,最内在、最静止的生成(被士兵诱惑的女孩、收到一封信的女人、正在作画的画家……)却涉及地图所表明的广阔路线。

[①] 史蒂文森,《作品集》,"老书"丛书,拉封出版社(Stevenson, Œuvres, coll. Bouquins, Laffont),第1079—1085页。

[②] 斯维特拉纳·阿尔珀斯,《描绘的艺术》,见《荷兰艺术中地图绘制法的应用》(Svetlana Alpers, L'art de dépeindre, «l'appel de la cartographie dans l'art hollandais»),伽利玛出版社,第212页。

弗罗芒坦说,我曾研究过地图,"不是作为地理学家,而是作为画家"①。由于行程是真实的,生成也并非想象的,在它们的汇集中便有某种只属于艺术的独特东西。于是,艺术的特征被确定为一个无人称的过程,在此过程中,作品有点像用石块堆成的路标,由依赖或不依赖于同一个作者的各种旅行者和生成(而不是再次来访者)带来的石块组成。

只有这样一种概念才能使艺术从记忆的个人诉讼和纪念的集体理想中摆脱出来。艺术-地图绘制取决于"遗忘之事和人来人往之地,与深入历史中以抵达远古年代的艺术-考古学截然不同。因此,当雕塑不再是名胜古迹,而变成路径时,说它是风景,说它布置着一个场所、一片领土是不够的。它布置的是道路,它本身就是一次旅行。雕塑沿着为它提供外部世界的道路前行,它只与

---

① 弗罗芒坦,《在撒哈拉沙漠的一个夏天》,《作品集》,"七星"文库(Fromentin, *Un été dans le Sahara*, *Œuvres*, Pléiade),伽利玛出版社,第18页。

分隔、穿越有机体的非封闭曲线一起行动,除了对材料的记忆之外(直接雕琢的工艺和对木材的经常使用都与材料有关),它别无其他记忆。卡门·佩兰(Carmen Perrin)清理被绿草地纳入林下灌木丛的乱石块,将其归于带它们来此处的冰川的记忆,这并非为了确定起源,而是为了把它们的迁移变成某种可见的东西。① 人们会提出反对意见,说作为道路艺术的旅行线路并不比作为不朽和纪念艺术的博物馆更令人满意。然而,有某种东西使艺术-地图绘制根本区别于旅行线路,那就是:在外部行程中占据位置确实是属于新雕塑的义务,但这个位置首先取决于作品本身的内部道路;外部道路是一种非先于作品而存在的创造,它依赖于作品的内在关系。人们围着雕塑转一圈,

---

① 关于与名胜古迹和纪念相对的道路的艺术,参见《瑞士道路:日内瓦路线》[(*Voie suisse: l'itinéraire genevois*)卡门·佩兰的分析]。另参见《贝尔托兰》[(*Bertholin*) 瓦西维埃(Vassivière)],以及帕特里克·勒努埃纳的文章《遗忘之事和人来人往之地》(Patrick Le Nouëne, «Chose d'oubli et lieux de passage»)。瓦西维埃中心和克雷斯泰(Crestet)中心是收藏这种新雕塑的地方,新雕塑的原则参照亨利·摩尔(Henry Moore)的伟大观念。

属于他的视轴令他捕捉的物体时而是原来的长度,时而被令人惊讶地缩短,时而分为两个或几个分散的方向:在环境空间中的位置密切依赖于这些内部的路线。这就像虚拟道路与真实道路联结在一起,真实道路从虚拟道路中获取新的路线、新的轨迹。艺术所描绘的虚拟地图与真实地图重叠,并改变后者的行程。不仅是雕塑,而且是一切艺术作品,包括音乐作品,都包含着这些内部道路或渐进过程:对这条或那条道路的选择每次都可以确定作品在空间中变化不定的位置。任何作品都包含多元化的路线,它们仅在地图上可见与共存,并根据被选定的路线而改变意义。[①] 这些内化的路线与生成不可分割。路线与生成,艺术让它们互相存在于对方;艺术让它们的相互存在可以被感知,以这样的方式,艺术说明自身的特征,并援引狄俄尼索斯作为人来人往之地和遗忘之事的神灵。

---

① 参见布列兹(Boulez)关于《第三奏鸣曲》(Troisième sonate)、《碎裂》(Eclat)、《域》(Domaines)等作品中行程的多样性以及与"城市地图"之比较的论述:《意愿与巧合》(*Par volonté et par hasard*),瑟伊出版社,第十二章("作品的轨迹应该是多样的……")

第十章
巴特比,或句式

巴特比不是有关作家的隐喻,也不是任何事物的象征。这是一个极其滑稽的文本,而滑稽总是字面上的。这个文本类似克莱斯特、陀思妥耶夫斯基、卡夫卡或贝克特的故事,并与后者一起构成了一个隐秘而富盛名的派系。它想言说的,只不过是它的文字直接表达的东西,而它说出并不断重复的,只是"我宁愿不"这句话,*I would prefer not to*。①

---

① 这个句子有多个法语译文,每一个译文都有自己的理由:参见米歇尔·科斯(Michèle Causse)的分析,弗拉马里翁出版社,第20页。这里我们采纳了莫里斯·布朗肖在《灾异的书写》(*L'écriture du désastre*)中的译法(即"Je préférerais ne pas"——译注),伽利玛出版社,第33页。

这是令文本一举成名的句式，每个痴迷的读者都在相继重复着这个句子。一个瘦削、苍白的男人说出了这句话，令整个世界为之疯狂。然而，这个句式的字面性又体现在哪里呢？

首先我们会注意到某种矫揉造作，某种庄严的色彩：*prefer* 很少被这样使用，巴特比的老板——诉讼代理人——和其他文员都没有使用它的习惯（"一个奇怪的词，我从不用它……"）。一般的句式更多的是：*I had rather not*。然而，句式的古怪之处超出了这个词本身：诚然，它在语法、句法层面是准确无误的，但那突如其来的结尾 *NOT TO* 使得被句子否定的东西变得捉摸不定，赋予了句式一种极端的品质，一种功能-极限（fonction-limite）。对它的重复和坚持更是令它从整体上看来显得异乎寻常。被不疾不徐、不带情绪的温柔声音喃喃道出，它形成了一团含混不清的团块、一股独一无二的气息，达到了不可宽恕的境地。从这个角度来说，它同一个不合语法的句式有着同样的力量，扮演着同样的角色。

第十章 巴特比,或句式

语言学家们已严格分析过被称为"不合语法性"的东西。我们可以在美国诗人康明斯(Cummings)的作品中看到很多类似的例子,例如 He danced his did,正如我们不说"他开始跳舞",而说"他跳了他的开始"。[①] 尼古拉·留威(Nicolas Ruwet)指出,我们可以假设存在一系列普通的合语法变体,而不合语法的句式是它们的极限,例如 he danced his did 是一系列类似 he did his dance、he danced his dance、he danced what he did 等正常表达方式的极限。[②] 这里出现的不是一个"复合词"——类似刘易斯·卡罗尔作品中的"复合词"——而是一个"复合结构",一股结构流,一种极限或者张量。也许我们有必要采用某个出现在实际生活中的法语例子:某人手中握着几颗钉子,要把某样东西固定在墙上,他喊道:

---

① 此处原文分别为"il se mit à danser"和"il dansa son mit"。——译注

② 尼古拉·留威,《诗歌中的平行与偏离》,选自《语言、话语与社会》(«Parallélismes et déviations en poésie», in *Langue, discours, Société*),瑟伊出版社,第 334—344 页。

我还不够一颗①。这是个不合语法的句式,它可以作为一系列正确表达方式的极限:"我还多了一颗。我还不够。我还差一颗……"巴特比的句式不正是这一类型的吗?它一方面是巴特比本人刻板症的表现,另一方面也是梅尔维尔高度诗化的表达,是一系列类似"我宁愿要这个,我宁愿不做那个,这不是我想要的……"的极限。尽管它的结构是正常的,但它听起来很不正常。

我宁愿不。这个句式有些变体。有时,句式会放弃使用条件式,于是语气便会显得生硬一些:**我想不**②,I prefer not to。有时,在句式出现的最后几个场景中,它又找回了这个或那个动词原形,这些动词与 to 相连,将它补充成完整的句子,于是句式似乎就此失去了神秘色彩:"我宁愿不说话","我宁愿没有一点理智","我宁愿不承担办事员的职责","我宁愿做点别的事"……然而,

---

① 此处原文为 "J'EN AI UN DE PAS ASSEZ"。——译注
② 原文为 "JE PRÉFÈRE NE PAS"。——译注

第十章 巴特比,或句式

即使在这些情况下,我们仍能隐约感觉到这个古怪句式的存在,它一如既往地困扰着巴特比的语言。他自己补充道,"我不是个特殊的例子","我没有一点特殊之处",*I am not particular*,由此指出,别人向他建议的任何东西都将是一个特殊之物,都将落入那不确定的伟大句式"我宁愿不"的控制之下。这个句式,它一旦存在就永远存在,次次存在。

这个句式出现在十个主要的场景里,在每个场景中,它都多次出现,或得到重复,或有所变化。巴特比是诉讼代理人办公室里的抄写员:他不停地抄写着,"默不作声,脸色苍白,动作机械"。场景一,诉讼代理人让他核对另两个文员抄写的东西:**我宁愿不**。场景二,诉讼代理人让他过去再看一遍他自己抄写的东西。场景三,诉讼代理人亲自请他跟他面对面地再看一下文件。场景四,诉讼代理人想打发他去买东西。场景五,诉讼代理人让他去隔壁房间。场景六,某个周日早晨,代理人想回自己的办公室,却发现巴特比睡在里面。场景七,诉讼代理人只是提了些问题。场景八,巴特比停止抄写,拒绝再抄写任何东西,于是诉讼代理人赶走了他。场景九,诉讼代理人第二次试图把他赶走。场景十,巴特比被赶出办公室,坐在楼梯扶手上,陷入狂躁情绪的诉讼代理人建议他做些令人诧异的工作(给杂货店管账,做酒吧侍应生,录入发票,给某个好人家的小伙子做伴……)。这个句式于是迸发出来,迅速繁衍。每种情形下,巴特比周围的人都会惊愕不已,仿佛他们听到的是**不可言说**或**不可避免**本身。而巴特比则陷入沉默,仿佛他已经说出了一切,因此语言一下子枯竭了。每一次,人们都感觉到疯狂的程度在加深:不"单单"是巴特比的疯狂,还有他周围的人,尤其是诉讼代理人的疯狂,后者接连提出古怪的建议,他的行为也更为怪异。

毫无疑问,这个句式具有破坏性和毁灭性,它经过之处,是一片死寂。我们首先注意到它的传染性:巴特比令其他人"舌头打结"。这几个不寻常的词 *I would prefer* 渗入文员和诉讼代理人本人的语言中("你们也感染上这个词了!")。然而,传染并不是关键,关键是这几个词对巴特比的影响:一旦说出"我宁愿不"(核对),他就再也不能抄写了。然而,他永远不会说自己宁愿不(抄写),原因很简单,因为他超越了这个阶段(*give up*①)。可能他没有立即察觉到,因为他还在继续抄写,直至场景六。但是,当他察觉到时,就仿佛受到了天启,仿佛一个迟来的结果,这个结果早就包含在对这个句式的第一次陈述中:"您自己看不到原因吗?"他对诉讼代理人说道。这个句式团块的影响是,它不仅排斥巴特比不愿做的事,而且令他正在做的一切、他理应愿意做的一切变得不可能。

我们已经注意到,*I prefer not to* 这个句式既不是肯定句,也不是否定句。巴特比"既不拒绝,也不接受,在冲锋中时而前进时而后退,在话语

---

① 英文,意即"放弃"。——译注

不显眼的撤退之中,轻微地暴露出自己"①。假如巴特比不愿意,诉讼代理人就会松一口气,但是巴特比没有拒绝,他只是排斥他不愿做的事(校对、跑腿……)。巴特比也没有同意,他没有肯定他更想做的事,也就是继续抄写,只是设置了抄写的不可能性。总之,这个相继否定其他任何行为的句式已经吞没了抄写行为本身,因此甚至没有必要再对其做出否定。句式是毁灭性的,因为如同它排除了一切不被渴求的事物那样,它也无情地排除了受渴求之事。它取消了它所针对、所否定的那个词,却也取消了它似乎保留的另一个词,后者实际上是不可能的。事实上,它令它们变得面目不清:它挖掘出了一个不可分辨、无法确定的区域,这个区域在某些不被渴求的活动和某个受渴求的活动之间不断扩张。任何特殊性、任何参照系都被取消。句式消灭了"抄写"这一

---

① 菲利普·雅瓦尔斯基,《梅尔维尔,沙漠与帝国》,巴黎高等师范学院出版社(Philippe Jaworski, *Melville, le désert et l'empire*, Presse de l'Ecole normale),第 19 页。

唯一的参照物——只有同这一参照物相比，才能确定其他事物是否受到渴求。我宁愿什么都不选择，胜过选择任何东西：这不是一种渴求虚无的意愿，而是意愿的虚无性的增长。巴特比赢得了存活下去的权利，即一动不动地站在一堵密不透风的墙跟前。纯粹的、耐心的被动，布朗肖可能会这么说。作为存在而存在，无他。别人催促他说是或不。但如果他说不（核对、购物……），或是（抄写），他很快就会被打败，被认为一无是处，他就无法继续生存下去。想要继续生存下去，他只有拐弯抹角地制造悬念，跟所有人保持距离。他的存活方式，是选择不核对，也由此表明不选择抄写。他必须否定一个，好让另一个变得不可能。这个句式有两个阶段，并通过重复同样的状态，不停地进行着自我充实。这是诉讼代理人每次都会感到眩晕的原因，仿佛一切又从头开始了。

首先，人们会说，这个句式像是从某种外语糟糕地翻译过来的。然而，如果更好地倾听它，它的精妙之处便会否定这种假设。可能正是它在语言中挖掘出了一种类似外语的东西。在谈论康明斯不合语法的表达时，有人建议将其视作有别于标准英语的方言的产物，从中可以归纳出富有创造性的规则。对巴特比来说也一样，规则存在于这种否定选择的逻辑中：一种超越所有否定的否定态度。然而，如果说杰出的文学作品确实总会在它们各自使用的语言中形成某种外语，那么，在言语活动中吹过的是哪一阵癫狂的风，哪一种神经质的气息呢？癫狂迫使人铤而走险地采取某种手段，来处理日常语言、标准语言，迫使它"交出"一种独特的、陌生的语言，后者可能是上帝语言的投射，它主导了一切言语活动。在法国，类似的手法曾出现在鲁塞尔和布里塞的作品中，在美国，则是沃夫森。通过派生、偏移、缩句或扩句（同标准句式相比）让英语缓缓流淌，这难道不正是美国文学精神分裂般的使命吗？在英国式的神经官能症中注入一点癫狂？创造出一种新的共相？必要时，人们会将其他语言召唤至英语中，让它更好地传递出暴风惊雷般的神圣语言的回响。梅尔维尔发明了一种陌生的语言,它在英语下面流动,并带走了英语。这就是**外部语言**(OUTLANDISH),或者**解域化的语言**(Déterritorialisé),是白鲸的语言。这是《白鲸记》引起研究者兴趣的原因,这些研究依靠**数字**和**字母**,依靠它们的隐秘意义,以便至少从中分离出一具非人类的或者说超人类的原始语言的骨架。[①]就好像存在着三种前后连贯的举动:对语言的某种处理;处理后的结果,这一结果倾向于在语言中建构一种新颖的语言;以及影响,即训练整个言语活动,令它逃逸,将它推至自身的极限,来发现它的**外在**,这一外在可能是沉默,也可能是音乐。因此,一本伟大的书总是另一本书的反面,后者只有在灵魂中,用沉默和鲜血才能写成。不仅《白鲸记》如此,《皮埃尔》(*Pierre*)也是如此,在《皮埃尔》中,伊莎贝尔难解的呢喃声感染了语言,这呢喃声仿佛持续不断的低音,带着整个言语活动随她吉他的和弦和音调而动。还有《比利·巴德》(*Bill Budd*),天使一般、亚当一

---

① 参见维奥拉·萨克斯,《梅尔维尔的反〈圣经〉》,穆东出版社(Viola Sachs, *La contre-Bible de Melville*, Mouton)。

般的比利·巴德患有口吃病，口吃导致语言变形，却令富有音乐性的、神圣的**天国**从整个言语活动中升腾上来。正如卡夫卡作品中那干扰了词语回响的"痛苦的吱吱叫声"，而妹妹已准备好用小提琴声来回应格里高尔。

巴特比也有着天使一般、亚当一般的天性，但他的情况似乎有些不同，因为他不具备一般的**手段**——哪怕是口吃病——来处理语言。他只能满足于一个表面看来准确无误的简短**句式**，至多加上某些场合出现的只言片语。然而，结果、影响是一样的：在语言中挖掘出一种类似外语的东西，令整个言语活动与沉默对峙，使整个言语活动跌入沉默之中。《巴特比》预告了梅尔维尔即将陷入漫长的沉默，打破沉默的只有诗歌的音乐。他再也没有走出沉默，直至《比利·巴德》的写作。① 每次说出这个句式后，巴特比本人也没有别的出路，只能缄默不语，然后退回到他的屏风之

---

① 关于巴特比和梅尔维尔的沉默，参见阿尔芒·法拉奇，《沉默的分量》（Armand Farrachi, *La part du silence*），巴罗出版社，第40—45页。

后,如此一直到监狱中的最后的沉默。在这个句式之后,再没有什么可说的了:这个句式等同于一种手段,它超越了特殊性的外表。

诉讼代理人本人对巴特比的句式毁灭言语活动的原因进行了解释。一切言语活动,他说,皆有参照物或预设(*assumptions*)。它们不完全是言语活动指示的东西,而是允许言语活动具有指示作用的东西。一个词总是让人联想到其他词,后者可以取代前者,补充前者,或者同它一起形成或此或彼的抉择可能:言语活动正是在这种条件下受到分配,根据一系列客观、明确、约定俗成的规则,来指示事物、事物的状态和动作。可能还存在另一些没有言明的、主观的约定,另一种类型的参照和预设体系。在说话时,我不仅指出了事物和动作,还做出了行动,这些行动根据对话双方各自的状态,确定了我与对话者之间的关系:我命令,我询问,我承诺,我乞求,我发出"言语行为"(*speech-act*)。这些言语行为指向自身(当我说"我命令您……"时,实际上已经在发号施令），而陈述句指示的是另外的事物、另外的词语。巴特比破坏的正是这一双重参照系。

I PREFER NOT TO 这个句式排除了一切可替换的抉择，也吞噬了它宣称要保留的东西，因此它排除了任何其他事物。它暗示着巴特比必须停止抄写，也就是停止对词语的复制；它挖掘出一个不确定的区域，这个区域令词语无法互相区别，它在言语活动中形成了虚空。同时，它也令言语行为失去效用，根据这些言语行为，老板本来可以发号施令，心存善意的朋友可以提出问题，有诚信的人可以许下诺言。如果巴特比拒绝，他尚能被认为是个叛逆者或反抗者，因此还能扮演一种社会角色。然而他的句式令一切言语行为失去作用，同时也令巴特比成为一个完全受排斥的人，无法被赋予任何社会位置。诉讼代理人惊恐地察觉到的，正是这一状况：他意欲让巴特比恢复理智的一切希望都落空了，因为这些希望寄托在预设逻辑之上，根据这一逻辑，老板"预料"自己会被服从，而善意的朋友"预料"自己会被倾听；可是巴特比发明了另外一种逻辑，一种选择逻辑，它足以在暗中破坏言语活动的预设。正如马蒂厄·林顿（Mathieu Lindon）指出的那样，这个句式令词语与事物，词语与行动"脱节"，同时也令行为和词语"脱节"：它割裂了言语活动同一切参照物的联系，这一结果符合巴特比的绝对使命，也就是成为一个没有参照的人，那个突然出现继而消失，既不以自身也不以任何其他事物为参照的人。① 正因如此，这个句式尽管表面看来准确无误，实际上却有着一个真正不合语法的句子的功能。

巴特比就是**独身者**，卡夫卡这样描述他："他所占据的土地，只是他的双脚伫立必需的土地，他所拥有的倚靠，只是他的双手所能覆盖的面积。"那个冬天在雪地里睡觉，然后像个孩子般被冻死的人，那个除了散步之外无事可做，然而不

---

① 马蒂厄·林顿，《巴特比》，载《三角洲》（*Delta*）第 6 期，1978 年 5 月，第 22 页。

必动弹就能到任何地方散步的人。① 巴特比是个没有参照、没有财产、没有土地、没有个性、没有特殊之处的人：他太光滑，以至人们无法将某种特殊性加诸他。他没有过去没有未来，他就是瞬间。I PREFER NOT TO 是巴特比的化学公式，或者说炼丹公式，但我们可以从反面来看它：I AM NOT PARTICULAR，"我没什么特别的"，并将其作为巴特比句式不可或缺的补充。整个十九世纪都在寻找这一匿名者，这个人是弑君者、弑父者，是现代的尤利西斯（"我谁都不是"）。他是大都市中某个被压垮、机械化的人，然而，人们可能还期待从他身上走出一个未来或新世界的人。在同一种弥赛亚主义中，人们有时会在**无产阶级**身上看到他，有时又在**美国人**身上看到他。穆齐尔（Musil）的小说继承了这种叩问，并创造出一种新逻辑，其中那个《没有个性的人》

---

① 卡夫卡那个伟大的文本（《日记》，格拉塞出版社，第8—14页）仿佛是《巴特比》的另一个版本。

(*l'Homme sans particularités*)既是这一逻辑的思考者,也是其产物。① 从梅尔维尔到穆齐尔的承袭在我们看来是确定的,尽管对于这种承袭关系,我们不应该去《巴特比》中寻找,而应该去《皮埃尔,或含混》(*Pierre ou les ambiguïtés*)中寻找。乱伦的一对乌尔里奇-阿嘉莎仿佛是皮埃尔-伊莎贝尔这一对的再现,在这两个故事中,那个沉默寡言、无人认识、遭人遗忘的妹妹并不是母亲的替代品,恰恰相反,是她取消了作为特殊性的性别差异,有利于一种雌雄同体关系的滋长,按照这种关系,皮埃尔同乌尔里奇一样,都是或者都成为女人。在巴特比的例子中,与诉讼代理人的关系是不是也同样神秘呢?这一关系是不是也意味着一种生成以及出现一个新的男人的可能

---

① 布朗肖指出,穆齐尔的人物不仅没有品质,也没有"个性",因为他没有实在性,正如他没有品质〔《未来之书》(*Le livre à venir*),伽利玛出版社,第203页〕。没有个性的人、现代的尤利西斯这一主题在19世纪初就已出现,在法国,我们可以在夏多布里昂(Chateaubriand)的朋友巴朗什(Ballanche)那本奇怪的书《社会轮回论》(*Essais de palingénésie sociale*),尤其是其中一篇《赎罪之城》〔(La ville des expiations)1827〕中看到这一点。

性呢？巴特比能占领他散步的场所吗？

也许，巴特比是疯子，是白痴，是精神病患者（灵魂"固有的、不可治愈的混乱"）。但是，如果忽略诉讼代理人的异常，我们就不可能知道这一点。诉讼代理人的举动一直都非常古怪。他刚刚获得职业生涯中一次重要的晋升。我们会联想到，薛伯（Schreber）庭长也是在一次晋升之后才开始发狂的，仿佛晋升给了他冒险的胆量。然而诉讼代理人会冒什么险吗？他已经有两个文员了，这两个人有点像卡夫卡的办事员，一个是另一个的反向复制品，一个早上很正常，下午就醉醺醺的了，另一个早上永远消化不良，到了下午差不多就正常了。因为需要一个额外的抄写员，在一次短暂的谈话之后，他就雇用了没有任何参照可依的巴特比，因为他觉得巴特比那苍白的外表似乎象征着一种稳定，能够弥补其他两个文员的不正常。然而，从第一天起，他就将巴特比安置在一种奇怪的布局（arrangement）中：巴特比被安排在诉讼代理人本人的办公室中，靠近屋子深处将他同文员办公室隔离开来的摺门，位于一扇朝向临近一堵墙的窗户和一道绿得像草原的屏风之间，仿佛巴特比能听到但不被看到的事实至关重要。究竟这是诉讼代理人本人的灵感还是那次短暂谈话后达成的协议，我们不得而知。不过事实是，夹在这样的布局中，隐形的巴特比做了大量"机械"的工作。然而，一旦诉讼代理人要他从屏风后走出来，巴特比就会说出他的句式。而无论是第一次还是随后的几次，诉讼代理人都对此不知所措，又绝望又惊愕，几近崩溃，回答不了，招架不住。巴特比停止了抄写，无所畏惧地据守在他的地盘上。我们知道诉讼代理人为摆脱巴特比，陷入了极端的困境：回家，然后下决心换办公室，在外逃亡了好几天，为躲避新房客的抱怨东躲西藏。流浪的诉讼代理人在他的马车上过着多么奇怪的逃难生活啊……从最初的布局直至不可避免的、该隐式的逃亡，一切都很古怪，而诉讼代理人在其中表现得像个疯子。在他的灵魂中交替出现的，是谋杀巴特比的渴望和对巴特比的爱之宣言。究竟发生了什么事？这是个双双发疯的案例吗？在这里，也是一种与替身的关系，一种几乎得到承认的同性恋关系（"是的，巴特比……只有当我知道你在那里的时候，才会强烈感觉到我是我自己……我达到了命中注定的目的……"）。

我们可以假设，对巴特比的雇用是一种契约，仿佛诉讼代理人在晋升之后决定将这个没有客观参照信息的男人培养成他的心腹，一切都仰仗于他。他想让他成为他的人。契约如下：巴特比在主人身边抄写，他能听到主人说话，但别人看不到他，就像一只承受不了别人目光的夜鸟。因此，毫无疑问，每次诉讼代理人想让（甚至并非故意而为之）巴特比从屏风后出来，同其他人一起核对抄写的东西时，他就打破了契约。出于这个原因，巴特比在"宁愿不"核对的同时，已经无法再继续抄写下去。巴特比出现在众人视线中，甚至比别人要求他做的更彻底，笔直地矗立在办公室中央，然而他再也不会抄写了。诉讼代理人对此有一种隐晦的感受，觉得巴特比停止抄写，是视力出了问题。事实上，来到众人视线中的巴特比确实再也看不见，而且再也不看了。他获得了某种意义上内在于他的东西，一种传奇性的残疾，独眼独臂，令他成为一个原住民，在那个场所出生，并逗留在此，而诉讼代理人必然要担负起背叛者的责任，被迫逃离此地。每次他以仁爱、慈善、友谊为托词时，他的抗议之下都涌动着一种说不清道不明的罪恶感。事实上，诉讼代理人打碎了自己的布局，而巴特比从碎片中拾取了一个表达方式，**我宁愿不**，这个表达方式会自行增生，感染别人，迫使诉讼代理人逃离，同时也使语言逃离，令一个无法确定或者说无法分辨的区域不断扩大，以致词语无法再互相区别，人物——逃离的诉讼代理人和静止的、石化的巴特比——也无法再互相区别。诉讼代理人开始流浪，而巴特比始终保持平静，然而，正因始终保持平静、不再动弹，巴特比将被当作一个流浪汉。

在诉讼代理人与巴特比之间，是否存在着一

种认同关系？但这是怎样一种关系呢？它又会朝着什么方向发展？最常见的情况下，认同关系似乎需要借助三个因素，这些因素可以相互替换，相互对调：一种形式，即形象或表征、肖像、模型；一个至少潜在的主体；主体想要成形的努力，将形象据为己有，使自己适应于形象，使形象适应于自身。这是个复杂的过程，它必须经历同化的所有冒险，并始终有堕入神经症或转变为自恋病的危险。有人说，这是"摹仿产生的敌对状态"。它触及了一种普遍意义上的父亲权威：形象尤其是父亲的形象，而主体是一个儿子，即使限定条件转换之后依然如此。教育小说——也可以被称为"榜样小说"——提供了无数类似的例子。

梅尔维尔的很多小说确实都是从一些形象或肖像开始的，而且讲述的似乎都是父亲权威控制下的成长故事：例如《雷得本》《皮埃尔，或含混》都是以父亲的形象——雕像和油画——开篇的。甚至连《白鲸记》也是先铺陈了一些资料，赋予了鲸鱼一种外形，勾画了它的形象，直至客栈中阴暗的油画。《巴特比》也没有背离这一规则,两个文员仿佛纸上的形象,反向对称,而诉讼代理人那么好地履行了父亲的职责,令我们几乎不敢相信这是在纽约。开头的一切都像是在一本英国小说中,在伦敦,在狄更斯的笔下。然而,每一次都会出现一些怪事,令形象变得模糊,令它遭受一种根本性的不确定性的冲击,阻止形象得以"确立",同时也击垮了主体,令他不知所措,并取消了一切父亲功能。事情只有在这时才开始变得饶有兴味起来。父亲的雕像让位于父亲的模糊得多的肖像,这一肖像之后又让位于另一个肖像,后者可以是任何人的肖像,或根本不是任何人的肖像。失去了参照,人的成长让位于一种新的未知因素,让位于一种非人的、无定形的生命——即**乌贼**①——的秘密。一切都从英国式的调子开始,然而之后遵循一条无法阻挡的逃逸线(ligne de fuite),以美国式的调子继续下去。亚哈

---

① 原文为英文 Squid。——译注

完全有理由说他自己亡命天涯。父亲功能消失，令一些更为隐晦的模糊力量得以滋生。主体失去了结构，使一种拼贴得以无限繁衍：美国式的拼贴成为梅尔维尔作品那缺乏中心，缺乏反面也缺乏正面的作品的法则。仿佛某些表达方式从形式中挣脱了出来，就像陌生笔迹中一些抽象的线条，就像亚哈乃至鲸鱼额头曲折的皱纹，就像"可怕地扭曲着的"活动皮带，这些皮带穿越了固定住的缆绳，随时都有可能将水手拖入海中，将主体拖入死亡中。① 在《皮埃尔，或含混》中，在一张颇似父亲画像的油画上，陌生年轻男子那令人不安的笑容的功能正如一个摆脱限制的表达方式，它足以抹杀所有相似之处，令主体变得摇曳不定。I PREFER NOT TO，这也是一个感染一切的表达方式，它脱离了语言形式，撤销了父亲的榜样性

---

① 雷吉斯·杜朗（Régis Durand）指出了捕鲸船上这些失控的皮带的作用，这些带子同固定的缆绳形成了对比：《梅尔维尔、符号与隐喻》，成年时代出版社（*Melville, signes et métaphores*, L'Age d'homme），第 103—107 页。雷吉斯·杜朗（1980）和雅瓦尔斯基（1986）的著作是近期出版的对梅尔维尔分析最深刻的两部著作。

话语，也撤销了儿子复制或抄写的可能。

这仍旧是一种认同过程，然而这一过程显现的不是神经官能症的症状，而是精神病的症状。从旧世界的神经官能症中逃逸出一点精神分裂症的迹象。我们可以总结出三个明显的特点。首先，不定形的表达线条同明确表达出来的形象或形式之间的对立。其次，再也不存在某个主体能够上升至形象的地位，不管是通过成功的途径或失败的途径。更确切地说，在两个词汇之间，确立起了某个不可区分的、无法辨别的、模棱两可的区域，仿佛这两个词汇已经达到了即将能够把它们区分开来的那个点：不是一种相似性，而是一种滑移，一种极度的靠近，一种绝对的相邻关系；不是一种自然的亲子关系，而是一种反自然的结合。这是个"极北的""北极的"区域。不再是**摹仿**问题，而是生成问题：亚哈没有摹仿鲸鱼，他成为莫比·迪克，进入了那个比邻的区域，在这个区域中，他无法再与莫比·迪克区别开来，在攻击它的同时，也是在攻击自己。莫比·迪克是

"近在咫尺的围墙",他将自己同它混淆了起来。雷得本放弃了父亲形象,而笼罩上了神秘的兄弟那模糊的外貌特征。皮埃尔没有摹仿他的父亲,而是到达了那个临近的区域,在这个区域中,他已无法同他那同父异母的妹妹伊莎贝尔彼此区别,并由此成为女人。神经官能症在与母亲的乱伦关系的网中挣扎,以便能更好地同父亲合二为一,精神病则解放了一种同姐妹的乱伦关系,以实现一种生成、一种男女之间的自由等同:正如克莱斯特在与妹妹狂热交谈时发出异常的说话声,几乎像头野兽,结结巴巴,吱吱作响,咧嘴强笑。第三点,精神病继续着它的幻想,确立了一种普遍的兄弟关系的功能,这一功能不再经由父亲,它建立在父亲功能的废墟之上,意味着一切父亲形象的解体,它遵循的是结合或毗邻的独立线条,后者将女人变成姐妹,将男人变成兄弟,正如令以实玛利(Ismaël)和奎克革(Queequeg)如同夫妇般结合的可怕的"猴索"。**线条**、**区域**和**功能**,这是美国梦的三个特征,它们形成了新的认同关系,新的世界。

我们正在将亚哈和巴特比这两个差异如此大的人物混为一谈。他们难道不是截然不同的吗?梅尔维尔式的精神病学一直引用两个极端:偏执狂与疑心病患者,魔鬼与天使,刽子手与受害者,**急性子**与**慢性子**,**雷厉风行者**和**行动僵化者**,**不受惩罚者**(任何惩罚都奈何其不得)和**不负责任者**(任何责任都落不到其肩上)。当亚哈扔出火与疯狂之矛时,他的举动是怎样的?是他打破了契约。他违背了捕鲸者法则,即不加选择地追捕遇见的每头健康的鲸鱼。而他选择了,同时继续摹仿着莫比·迪克,投身于他那不易察觉的生成之中,令全体船员的生命受到威胁。史塔巴克大副苦涩地谴责他的,正是这一残酷的选择,为此大副甚至想过杀死背信弃义的船长。选择,这是普罗米修斯式的原罪的最好体现。[①] 克莱斯特的《彭

---

① 乔治·杜梅泽尔〔(Georges Dumézil)沙拉希泽的著作《普罗米修斯或高加索》(Charachidzé, *Prométhée ou le Caucase*)的前言,弗拉马里翁出版社〕:"岁月流逝,普罗米修斯的希腊神话一直是思考和参考的客体。这位神灵没有参加他的兄弟们企图推翻堂兄宙斯的战争,然而,以个人的名义,他向宙斯发出了挑战,令其成为世人的笑柄……这个无政府主义者触及并撼动了我们身上那些未知的、敏感的区域。"

忒西勒亚》（*Penthésilée*）讲述的正是类似的故事，亚哈的女版选择了她的敌人阿喀琉斯（Achille），作为她那无法辨别的复身，向亚马孙女战士的法则发出了挑战，这一法则禁止选择自己的敌人。女祭司和女战士由此看出了背叛的迹象，这一背叛最终受到惩罚，疯狂令彭忒西勒亚变成了食人族的一员。梅尔维尔在最后一本小说《比利·巴德》中，将另外一个患有偏执狂的魔鬼——兵器教官克拉格特（Claggart）——搬上了舞台。我们不该被克拉格特低下的地位迷惑：同亚哈船长一样，他也不是心理邪恶症的个案，而是某种形而上的变态的个案，变态的表现不是要发扬航海法则——这一法则要求他一视同仁地以纪律来约束所有人——而是选择猎物，并怀着某种爱意对某个选定的牺牲品情有独钟。这正是叙述者在回顾某种古老而神秘的理论时所暗示的，在萨德（Sade）的作品中，我们已能看到对这一理论的解释：法律、法则制约的是天性不那么敏感的人，而天生堕落的人，他们具有一种可怕的**天性**，后者是超级敏感的、原始的、独特的、海洋一般的,它借助天生堕落者的躯体追逐着自己非理性的目标——**虚无,虚无**——而且它也不懂什么法则。①亚哈穿墙而过,即使墙后一无所有。他将虚无当作了自己的意志追寻的对象:"对我来说,白鲸即是我身边的这堵墙。有时我觉得后面什么都没有,不过也无所谓了……"这样的人如同深渊中的鱼一样令人捉摸不透,关于他们,梅尔维尔指出,只有先知的眼睛而非心理分析师的眼睛才能看透他们,才能对他们下诊断,然而也不能阻止他们那疯狂的行动,"罪恶的秘密"……

由此,我们已经能对梅尔维尔小说中的重要人物进行分类了。在一个极端,是那些偏执狂或魔鬼,受虚无意志驱使,确立了某种恶魔般的取向:亚哈、克拉格特、巴博(Babo)……在另一极,则是那些天使或患多疑症的、几近愚蠢的圣

---

① 关于萨德作品对这两类**天性**的思考[《新朱斯蒂娜》(*Nouvelle Justine*)中的教皇理论],参见克洛索夫斯基的《萨德,我的邻居》(Klossowski, *Sade mon prochain*),瑟伊出版社,第 137 页及其后。

人，无辜纯洁，受一种本质性的软弱所困，但同时也身具一种奇异的美，天生如僵石，宁愿选择……没有一点意愿，一种意愿的虚无，而不是对虚无的意愿（多愁多虑的"违拗症"）。他们只有石化，只有否定意愿才能继续生存下去，并在这种静止中完成自己的神圣化过程。① 塞莱诺(Cereno)、比利·巴德是这样，巴特比尤其是这样。这两类人从任何角度看都是截然相反的，一方是天生的背叛者，另一方本质上就是个被背叛者，一方是吞噬自己孩子的恶魔般的父亲，另一方是被抛弃的、没有父亲的儿子。尽管如此，他们游荡在同一个世界，形成了有规律的交替，正如在梅尔维尔和克莱斯特的作品中，停滞、稳固的阶段时常与飞速发展的阶段相互交替，形成了

---

① 参见叔本华（Schopenhauer）对圣洁性的理解，叔本华认为圣洁性是这样一种行为，通过这种行为，意志取消了一切特殊性，并由此否定了自己。皮埃尔·莱利斯（Pierre Leyris）在《比利·巴德》（伽利玛出版社）的第二篇序言中重申了梅尔维尔对叔本华的极大兴趣。尼采在帕西法尔身上看到了叔本华式的圣人典型，一个类似巴特比的人物。不过，尼采认为，比起做一个天使，人类宁愿选择做个魔鬼："人类宁愿选择对虚无的意愿，也不毫无所求……"（《论道德的谱系》，III，§28）

作品的风格，即紧张的笔触和飞快的笔触之间的衔接……因为一方与另一方，这两种类型的人物，亚哈和巴特比拥有同一种原始**天性**，他们栖息在这种天性之上，并共同构成了它。一切都令他们互相对立，然而，他们可能源自同一种生物，原始、古怪、固执，从两边被撕裂，只是"多"了或"少"了某种征兆：亚哈和巴特比，对克莱斯特来说是可怕的彭忒西勒亚和温柔的小凯蒂，一个在意识之外，一个在意识之内，一个选择了，一个没有选择，一个像母狼那样嚎叫，一个宁愿一声不吭。①

在梅尔维尔的作品中，还有第三类人物，他们站在法则这边，是第二天性的神与人的法则的捍卫者，他们就是先知。德拉诺（Delano）船长很奇怪地缺乏先知的眼睛，然而《白鲸记》中的以实玛利，《比利·巴德》中的维尔（Vere）船长和

---

① 参见克莱斯特于 1808 年 12 月写给 H. J. 冯·科林（H. J. von Collin）的信［《通信录》(*Correspondance*)，伽利玛出版社，第 363 页］《海尔布隆的小凯蒂》(*Catherine de Heilbronn*) 有自己的**句式**，很接近巴特比的那句"我不知道"，或者更简短的"不知道"。

《巴特比》中的诉讼代理人都拥有这种"看见"的能力:他们能最大限度地辨认出并理解那些具有原始**天性**的存在,有时是患有偏执狂的大恶魔,有时是纯洁无瑕的圣人,有时亦魔亦圣。然而,他们本身也充满了模糊性。尽管能够探测到令他们着迷的原始**天性**,他们仍然是第二天性及其法则的代表。他们承载着父亲的形象:他们看起来像个好父亲、善良的父亲(或者至少是以庇护者形象出现的兄长,例如以实玛利之于奎克格)。但是,他们无法阻止恶魔的行动,因为相对法则来说,魔鬼的行动总是太过迅速,太过惊人。而且他们并不拯救无法背负责任的无辜之人,反而以法则的名义屠杀他,是他们造成了亚伯拉罕的牺牲。在父性面具之下,他们似乎拥有双重身份:他们是无辜者,对无辜者有一种真正的爱,他们也是魔鬼,因为他们以自身的方式中断了同他们所爱的无辜者之间的契约。因此,他们也是背叛者,只是背叛的方式同亚哈或克拉格特不同:后者粉碎法则,而维尔或诉讼代理人是以法则的名义中断了一种不言自明、几乎无法承认的约定（连以实玛利都似乎在他那野蛮的弟弟奎克革面前掉转了头）。他们继续珍爱着受他们审判的无辜者：维尔船长死时低声叫着比利·巴德的名字，诉讼代理人以"啊，巴特比！啊，人类！"这句话结束了他的故事，这句话代表的不是一种联系，而是一种非此即彼的选择，他必须选择太过人性化的法则来反对巴特比。被两种**天性**的矛盾所撕裂，这类人物显得非常重要，但他们不具备其他两种人的气质。他们更多的是**证人**，是讲述者，是阐释者。这第三种类型的人物没有被卷入某个问题中，这个更高的问题只有在其他两类人物之间才能解决。

《大骗子》〔(Le grand escroc) The Confidence-man，有点像我们说疗伤大师、心腹之人、博人信任之人〕中充满了梅尔维尔对小说的思考。他的思考首先是对一种高度非理性的权利的要求（第十四章）。为什么小说家认为自己有义务解释其人物的所作所为，并为他们的行为寻找理由？其实生活从不为它自己做任何解释，它总是在自己创造的事物中留下那么多阴暗的、无法分辨的、无法确定的区域，这些区域根本无法被照亮。是生活在解释一切，它本身并不需要获得解释。英国小说，尤其是法国小说总是感到应将一切理性化，哪怕这种理性化只出现在最后几页中，而心理学可能是理性的最后一种形式：西方读者总是等待着一个结局。在这个层面上，精神分析学复兴了理性的抱负。然而，尽管连伟大的小说也很少能摆脱精神分析学的影响，但历代从来没有哪一位伟大的小说家最终能对精神分析学产生很大的兴趣。美国小说的奠基之举同俄国小说一样，将小说远远带离了理性之路，令一些存在于虚无中的人物得以产生，后者只有在虚空中才能继续生存，直至最后都保留着它们的秘密，并向逻辑和心理学发出了挑战。即便它们的灵魂——梅尔维尔说——也是一个"无边的、骇人的空洞"，而亚哈的身体是个"空无内容的贝壳"。就算它们有自己的句式，这一句式也并非是解释性的，"我宁愿不"就是一个难解的句式,正如《地下室手记》中的男人,他虽然无法阻止二加二等于四,但不愿**面对**这个事实(他宁愿二加二不等于四)。对梅尔维尔、陀思妥耶夫斯基、卡夫卡、穆齐尔这样伟大的小说家来说,重要的是事物保留它们谜样然而并不随意的特征:总而言之,是一种新逻辑,确确实实是一种逻辑,但不会引领我们走向理性,而是能够抓住生命和死亡之间的亲密关系。小说家有先知的眼睛,而不是心理学家的眼睛。对梅尔维尔来说,那三大类人物属于这一新逻辑,正如这一新逻辑属于这三类人物一样。同生活一样,小说无须得到解释,只要它能达到这个被苦苦找寻的**区域**,这个远离温带的极北的区域。① 确切说来,没有理性这种东西,理性只以碎片形式存在。在《比利·巴德》中,梅尔维尔将偏执狂定义为理性的**主人**,这是他们总是处变不惊的原因。因

---

① 穆齐尔与梅尔维尔的比较可以体现在以下四个方面:对理性的批判("低层理性原则")、对心理学的揭露("这个被称为'灵魂'的巨大空洞")、新逻辑("另一种状态")、极北区域(**"可能性"**)。

为他们的疯狂表现在行动上，他们利用理性来为自己最终极的目的服务，而这些目的事实上是非理性的。而那些多疑症患者则是被**驱逐**出理性之人，他们是否主动将自己排除在理性之外我们无从知晓，但他们以此来获得理性无法给予的东西，即那个无法辨别、无法命名的东西，那个可以令他们与之混同的东西。甚至先知最后都不过是理性的**溺水者**：如果说维尔、以实玛利和诉讼代理人那么固执地要抓住理性的碎片，而且徒劳无益地试图再次将它们组合起来，那是因为他们已经目睹了太多东西，而他们目睹的一切带给他们的震惊永远无法平息。

然而梅尔维尔的第二个观点（第四十四章）在小说人物之间引入了一种根本性差异。梅尔维尔指出，不应该将真正的**独特者**（Originaux）同那些仅仅是引人注目的或特别的、特殊的人物混为一谈。因为一部小说中可以有诸多特殊人物（particuliers），他们拥有一些决定他们形象的特征，以及一些构成他们面貌的属性。他们受周围环境或他人的影响,以至他们的行为和反应遵循的是一些普遍规则,然而每次又保留了一种特殊的价值。他们的语言也是如此,尽管带有个性特征,但仍然遵循语言的普遍规律。独特者则相反,除了创世之初的上帝,我们甚至不知道是否绝对存在这样的人物,有幸遇见一个,已经很美了。无法想象一部小说如何能够拥有多个这样的人物,梅尔维尔说。每个独特者都是一个强大的、孤独的**面孔**,他超越了一切可解释的形象的范畴:他抛出火焰般的表达方式,后者体现了他们对一股没有具象的思想的执着,对一个没有答案的问题的执着,对一种极端的、毫无理性的逻辑的执着。作为生命和知识的喻象,他们知道某些无法言说的东西,他们经历着某些深不可测的事。他们不具备普遍性,但也不特殊:他们脱离了人类的认知范畴,他们向心理学发出了挑战。甚至连他们说出的词语,都超越了语言的普遍规则("预设"),正如某些具有单纯特殊性的话语,因为它们仿佛是某种唯一的、原始的独特语言的残余和投影，它们将整个语言带到了沉默和音乐的极限。巴特比没有任何特殊之处，也没有任何普遍之处，他是一个**独特者**。

独特者是具有原始**天性**的人，但他们并没有同世界或第二天性分离，而且还在此发挥着自己的作用：他们揭露了法则的空洞和不完美，揭露了特殊之人的平庸，也揭露了充满骗局的世界（穆齐尔称之为"平行行动"）。那些不是独特者的先知，他们的职责正在于成为这样的人：唯独他们能够辨认出独特者在世上的足迹，以及后者带给世界的无法言说的混乱。那个独特者，梅尔维尔说，他并不承受来自周围环境的影响，恰恰相反，他向四周散发出一道苍白的光线，仿佛那道"上帝创世时伴随万物起源"的光线。独特者时而是这道光线的静止的源头，正如桅杆顶端的水手，在晨曦中被五花大绑吊"上"桅杆的比利·巴德，站在诉讼代理人办公室中央的巴特比；时而又是它迅如闪电的轨迹，过于迅速以致普通人的肉眼根本无法跟上它的运动，亚哈或克拉格特的暴怒。在梅尔维尔作品中，到处能见到这两类独特的**形象**——**全景**和**镜头的推移**，停滞的进程和无限的速度。尽管这是节奏的两个元素，尽管停顿使运动获得节奏，闪电迸发自静止，然而将这两类独特者区分开来的，不正是它们的矛盾吗？当让-吕克·戈达尔以电影的名义，断言说在推移的镜头和全景之间存在着一个"道德问题"时，他的话究竟意味着什么？看起来，可能正是这种区别，令一部伟大的小说只能拥有一个独特者。平庸的小说从来就没有创造出什么独特的人物，然而，最伟大的小说如何能够一次性创造一个以上的独特者？亚哈或者巴特比……就像画家培根笔下伟大的**形象**，画家承认他始终没能找到将两类**形象**集中在同一幅画中的办法。① 然而，梅尔维尔会找到办法的。如果说他打破了沉默，最

---

① 参见弗兰西斯·培根，《不可能之艺术》第一卷，史基拉出版社，第 123 页（Francis Bacon, *L'art de l'impossible*, Skira, Ⅰ, p. 123）。梅尔维尔曾说过："正如在某个特定的轨道上只存在一个星球一样，一部虚构作品因为类似的原因，只能拥有一个独特的人物，两个人物的共存会导致矛盾甚至混乱的产生。"

终写就了《比利·巴德》，那是因为这本封笔之作在维尔船长洞悉一切的目光下，集中了两类独特者——魔鬼附身的人和石化的人。问题不在于通过某个情节将他们联系起来——这样做易如反掌，而且无足轻重，只需让其中一个成为另一个的牺牲品——，而是让他们在画面中一起站住脚（《贝尼托·塞莱诺》已经是这样一种尝试，但仅以一种不甚完善的方式，借助的是德拉诺近视而迷茫的目光）。

那么这个在梅尔维尔作品中挥之不去的最高问题究竟是什么呢？是找回预先感知到的身份吗？可能是令这两类独特者和解，但也借此令独特者与具有第二天性的人类和解，令非人与人类和解。然而，好父亲是不存在的，维尔船长或诉讼代理人都证明了这一点。只有恶魔般的、吞噬人的父亲，和失去父亲的、僵化成石头的儿子。如果说人类能够获得拯救，独特者能够互相和解，那也只有在父亲功能的分崩离析中才能实现。因此，当亚哈向圣艾尔摩之火①祈祷,并发现父亲本人也是一个迷途的儿子、一个孤儿,而儿子是虚无的儿子,或者所有人的儿子,即一个兄弟时,这一时刻是个伟大的时刻。② 正如乔伊斯(Joyce)所说,父性根本不存在,那只是一个空洞、一种虚无,或者确切地说是一个充满不确定性的区域,一个被兄弟们,被兄弟和姐妹萦绕的区域。只有当仁慈的父亲的面具掉落时,原始**天性**才会安静下来,亚哈和巴特比,克拉格特和比利·巴德才会互相认出对方,在一方的暴力和另一方的僵化中,释放出他们孕育的果实,那纯粹又简单的兄弟关系。梅尔维尔从未停止过对一种根本对立关系的探讨,这一对立就是兄弟情义同基督教的"仁慈"或充满父性的"博爱"之间的对立。将人

---

① 圣艾尔摩之火(feux Saint-Elme):在船只桅杆顶端等尖状物上,产生的火焰般的蓝白色光,经常发生于雷雨中。——译注
② 参见 R. 杜朗,第 153 页。让-雅克·马尤(Jean-Jacques Mayoux)指出:"在个人领域,父亲的问题目前已暂时被搁置,或者说已经解决了……然而这个问题涉及的不仅仅是个人领域。我们大家都是孤儿。现在是兄弟情谊的时代。"[《梅尔维尔自述》(*Melville par lui-même*),瑟伊出版社,第 109 页]

从父亲职责中解放出来，令新的人或没有特殊性的人得以诞生，将独特者与人类联合起来，共同构建一个兄弟社会，作为新的世界共相。因为在兄弟社会中，结盟关系取代了亲子关系，血的盟约取代了血缘关系。男人真正成了他人的歃血兄弟，而女人则成了他人的歃血姊妹：这是梅尔维尔意义上的独身者共同体，后者将它的成员都带入一个无限的生成之中。一个兄弟，一个姐妹，这样的说法尤其真实，因为他们不再是自己的兄弟、自己的姐妹，一切"属性"都消失殆尽。这一燃烧的激情比爱情更为深沉，因为它既没有本质，也没有特征，只是划出了一个无法辨识的区域，在这一区域中，它从各个方向穿越了所有强度，一直延伸至兄弟间的同性恋关系，同时还触及兄妹、姐弟之间的乱伦关系。将皮埃尔和伊莎贝尔带走的，将希斯克利夫和凯瑟琳拽入《呼啸山庄》的，是一种最为神秘的关系，他们每个人时而是亚哈，时而是莫比·迪克："无论我们的灵魂由什么铸成，他的灵魂和我的是一样的……我对他的爱如同地底下永恒的岩石,它无法带来很多显见的欢乐,然而它是必不可少的……我是希斯克利夫!他始终存在于我的精神之中:不是作为一种快乐之源,正如我并不总是我自己的快乐之源,而是作为我自身的存在……"

这个共同体如何才能成为现实呢?这个最高问题如何才能得到解决呢?然而,它难道没有被解决吗?通过它自己。原因恰恰在于它不是个人的,而是历史的、地理的、政治的。这不是一起个体或特殊事件,而是一起群体事件,事关一个民族或者说所有的民族。这不是一个俄狄浦斯式幻影,而是一项政治计划。梅尔维尔笔下的独身者巴特比同卡夫卡笔下的独身者一样,都需要找到"散步的场所",即美洲。美国人是那个摆脱英国父亲功能的人,是一个化为粉末的父亲的儿子,是所有国家的儿子。早在独立之前,美国人就已经在思考国家组织和国家形式问题,这种组织和形式必须同他们的志向互不抵触。然而,他们的志向不是重构一个"古老的国家机密"、一个民族、一个家庭、一种遗产、一个父亲,它首要的目的,是建构一个兄弟的世界和社会,一个人和财产的联盟,一个受杰弗逊(Jefferson)、梭罗(Thoreau)和梅尔维尔启发而创立的无政府主义者团体。正如《白鲸记》的宣言(第二十六章):如果人是他人的兄弟,如果他值得被"信赖",那不是因为他属于一个民族,也不是因为他是有产者或持股人,而仅仅因为他是一个大写的人,此时他已失去令他变得"暴力""愚蠢"和"荒淫无耻"的所有性格,只有在"民主赋予的尊严"的面具下才有自我意识,这种"民主赋予的尊严"将一切特殊性都视作会引起焦虑或怜悯的丑陋污点。美国是没有特殊性的人的潜力,是独特的人。在《雷得本》中(第三十三章),已经能看到这样的观点:"美国流一滴血,全世界就会血流成河。英国人、法国人、德国人、丹麦人或爱尔兰人,欧洲人取笑美国人,把自己的亲兄弟叫作'拉加'①,

---

① 拉加(Raca),阿拉米语,意即"笨蛋",参见《新约·马太福音》(5:22)。——译注

由此令自己的灵魂在最终审判来临之日处于危险境地。我们不是一个狭隘的种族，不是某个民族主义旺盛又太过虔诚的希伯来部落，这些希伯来人，他们的血早就变质了，原因恰恰在于他们太想维持纯洁的血统而一直固守直系子嗣和近亲婚姻的原则……我们更多的是一个世界，而不是一个民族，因为，除非像麦基洗德（Melchisédech）那样，将整个世界称作我们的父亲，否则我们是无父无母的……我们是所有时代所有世纪的后人，而我们的遗产，我们将与所有民族共同分享……"

这就是十九世纪无产者的形象：共产主义者或同志社会——即未来的苏维埃登上了舞台，这个无产者没有财产，没有家庭，没有民族，他除了是一个人之外，*Homo tantum*①，没有其他定义。但这也是通过其他方式描绘出来的美国人的形象，两者的特征经常互相混合，互相重叠。美国想要进行一场革命，它的力量将是全世界的移

---

① *Homo Tantum*，拉丁语，意即"仅仅是个人"。——译注

民运动,来自世界各国的移民,同样地,布尔什维克俄国也想进行一场革命,它的力量将是全世界无产阶级运动,"世界的**无产者**"……:这是阶级斗争的两种形式。基于此,十九世纪的弥赛亚主义有两个头颅,它既体现在美国的实用主义中,也体现在根本上还是属于俄国的社会主义中。

如果我们将实用主义看作某种美国制造的粗浅的哲学理论,那么我们是无法理解实用主义的。相反,只有当我们在这种实用主义中看到一种改变世界,以及思考一个新世界、一种由他们所代表的新人类的企图时,我们才能明白美国思想的新意。西方哲学是一个头颅,或者说父亲**精神**,它在作为整体的世界中,在作为有产者的认知主体身上得以实现。梅尔维尔的咒骂——"形而上学的荒淫无耻"——针对的是不是西方哲学家呢?作为美国先验主义〔爱默生(Emerson)、梭罗〕的同时代人,梅尔维尔已经勾勒出了实用主义的轮廓,而实用主义将是对他思想的延续。实用主义首先是对作为进程和群岛的世界的肯定。甚至不是一个拼图,因为拼图的每一片在互相调整后仍能构成一个整体。不如说是一堵由可活动的、没有用水泥固定的石块砌成的墙,其中的每个元素都有独立的价值,但这价值又是通过与其他元素的关系体现的:隔离群与漂浮关系,岛屿与岛屿间隙,移动的点与曲折的线,因为**真理**总有着"不平整的边缘"。不是一个头颅,而是一根脊椎骨、一股脊髓;不是一件均色的衣服,而是一件阿尔干①的大衣——哪怕只是白色与白色的叠加,是无限延长、多处接合的拼贴,正如雷得本、"白外套"或"伟大的世界主义者"的外套:这尤其是美国式的发明创造,因为美国人发明了拼贴(patchwork),正如我们说瑞士人发明了会咕咕叫的挂钟。但是,为了实现这一点,还必须促使认知主体——这个唯一的有产者——让位给一个勘探者共同体,也就是群岛上的弟兄,他们用信仰或者更确切地说用"信任"取代了知识:不是

---

① 阿尔干(Arlequin),意大利丑角的代表。——译注

对彼岸的信仰,而是对此世的信任,对人类和上帝有着同等的信任("我将尝试通过希望而不是通过虔诚令奥佛升天……我要走我自己的路……")。

实用主义就是这一群岛和希望的双重原则。① 人类共同体该是什么样子,真相才有可能出现? 真相(Truth)和信任(trust)。实用主义一直没有停止在两个阵线上的斗争,正如梅尔维尔所做的那样:反对**特殊性**,因为它将人与人对立起来,并且令无可救药的怀疑情绪得以滋生;同时也反对**普遍性**或**全体性**,反对以大爱或慈善为名进行

---

① 雅瓦尔斯基专门分析了这个由群岛组成的世界和这种拼贴的经验。这些主题在实用主义中都能找到,尤其是在威廉·詹姆斯(William James)写得最出色的篇章中:世界"像是一把手枪的近距离射击"。这与对新人类共同体的寻找密不可分。在《皮埃尔,或含混》中,普罗提诺·普林利蒙(Plotinus Plinlimmon)那神秘的小册子已经可以被视为某种绝对实用主义的宣言。关于普遍实用主义——哲学的和政治的——的历史,我们可以参考热拉尔·德勒达勒的著作《美国哲学》[(Gérard Deledalle, *La philosophie américaine*)成年时代出版社]:罗伊斯(Royce)因其"绝对实用主义"和联合个体的"阐释大共同体"而具有特别重要的地位。他的理论中多处体现了对梅尔维尔的回应。罗伊斯那奇特的三重奏("冒险者""受益者"和"保险人")从某个角度看似乎来源于梅尔维尔的三重奏("偏执狂""疑心病"和"先知")或者甚至可以追溯到《大骗子》中的人物,后者已经具备了其喜剧版的大致轮廓。

的灵魂融合。然而,当灵魂不再依附于特殊性,那它们还剩下些什么?是什么阻止它们融合成一体?剩下来的,恰是它们的"独特性",也就是每个灵魂发出的声音,仿佛语言尽头的一支间奏曲。但是,灵魂只有在同它的肉身一起上路(或出海)时,在生活却不寻求救赎时,在没有特殊目的地带着肉身旅行,遭遇而后凭借声音认出另一个旅行者时,它才会发出那个声音。劳伦斯说,这就是新弥赛亚主义,或美国文学对民主的贡献:与救赎或慈善的欧洲道德不同,这是一种生活道德,灵魂只有在漫无目的地上路时才能实现,令自己接触到各种事物,从不试图去拯救其他灵魂,远离那些发出太过专横或太过痛苦的声音的灵魂,跟与它同等的灵魂共同建立起一些哪怕是太过短暂或不够坚决的约定,除了自由没有其他成就,时刻准备着解放自身以实现自身的完满。① 梅尔维

---

① 劳伦斯,《惠特曼》,见《美国经典文学研究》,瑟伊出版社。此书还包括两篇有关梅尔维尔的著名论文。劳伦斯指责梅尔维尔和惠特曼都陷入了他们自己所揭露的陷阱中。然而,他也指出,美国文学能走出自己的道路要归功于这两个人。

尔或劳伦斯眼中的兄弟情谊事关独特的灵魂：可能它只有伴随着父亲之死或上帝之死才会产生，然而它并不是从父亲或上帝而来的，完全是另一回事——"无尽的灵魂的所有微妙感应，从最苦涩的仇恨至最狂热的爱情"。

需要一种新的视角，群岛透视法，结合全景和镜头的推移，正如《魔幻岛》（*Iles enchantées*）那样。需要一种好的感知方式，听觉和视觉并用，正如《贝尼托·塞莱诺》所展示的那样，必须由"感知物"（percept），即一种处于生成中的感知（perception），来取代概念。需要一个新的共同体，其中的成员有"信任"的能力，也就是对他们自身、世界和生成充满信仰。独身者巴特比必须展开他的旅行，然后找到他的妹妹，好跟她一起分享姜汁饼干这一新的圣饼。尽管巴特比在办公室里过着封闭的生活，足不出户，但当诉讼代理人建议他做新工作，而他回答"太封闭了……"时，他并没有开玩笑。如果别人阻止他旅行，那么他的位置只能在监狱中，他在这里因"文明的抵抗"

而死去,正如梭罗指出的那样,监狱是"一个自由人能够有尊严地生活的唯一场所"。威廉·詹姆斯和亨利·詹姆斯不愧是两兄弟,《黛西·米勒》(Daisy Miller)——美国年轻女孩的新形象——要求的不过是一丁点的信任,她任由自己死去,因为她没有获得她要求的东西。而巴特比,除却那一丁点的信任,他向诉讼代理人要求的是什么呢?代理人回应巴特比的是慈善,是仁爱,是父亲功能的所有面具。他唯一的歉意,是他在生成面前退缩了,因为在生成之中,巴特比仅凭自己的存在就可能将他卷走:谣言已经四起……实用主义的英雄不是成功的生意人,而是巴特比,是黛西·米勒,是皮埃尔和伊莎贝尔,是兄长和妹妹。

"没有父亲的社会"的危险常常得到揭示,然而,除了父亲的回归,这个社会没有别的危险。①

---

① 参见亚历山大·米切利希:《通向无父社会》(Alexander Mitscherlich, *Vers la société sans père*),伽利玛出版社。这本书是从精神分析角度写的,它对历史运动漠不关心,它重申了具有父亲功能的英国《宪法》的作用。

在这个意义上,我们不能分开谈论两场革命的失败,美国革命和苏维埃革命,实用主义革命和辩证法革命。全世界移民运动并不比全世界无产阶级运动更成功。南北战争已敲响了丧钟。民族诞生,民族国家复辟,魔鬼般的父亲们又飞奔着卷土重来,没有父亲的儿子们又开始死亡。纸老虎是美国人的命运,也是无产者的命运。然而,正如自1917年起很多布尔什维克主义者已经听到恶势力的敲门声,实用主义者以及梅尔维尔也看到,一场会连累兄弟社会的骗局即将来临。在劳伦斯之前,梅尔维尔和梭罗已经诊断过美国病,它是重建围墙、父权和肮脏的慈善的新水泥。于是巴特比让自己死在狱中。从一开始就是本杰明·富兰克林,虚伪的《避雷针推销员》(*Marchand de patronnerres*),是他设立了美国式电磁牢笼。城市般的航船重建了最具压迫性的法则,而兄弟情谊只在那些静止于桅杆顶端的水手中间留存了下来(《白外套》)。独身者的大共同体不过是乐天随和者的小圈子,他们在再现两类不调和的形象,即魔鬼般的父亲和失去双亲的女儿〔《独身者天堂和姑娘们的鞑靼人》(*Le paradis des célibataires et le Tartare des jeunes filles*)〕时,无法阻止富有的独身者对面色苍白的工人的剥削。在梅尔维尔作品中,到处可见美国骗子的身影。是什么样的邪恶力量令"托拉斯"变成了这样一个集团,同《魔幻岛》中由"恶狗之王"建立的可憎的"大同之国"一样残酷?在《大骗子》中,梅尔维尔对仁慈和博爱的批判达到了顶峰。《大骗子》展现了一系列扭曲的人物形象,他们似乎都源自一个"伟大的世界主义者",穿着镶拼衫,他们要的,只不过是……人们的一点点信任,好进行一场花样百出、高潮迭起的骗局。

这些假兄假弟,他们是不是受一个恶魔般的父亲派遣,到太过轻信的美国人中重建他的权威的?然而,这本小说那么复杂,以致我们甚至可以假设相反的情况:这部关于骗子的长篇大论是关于真正的兄弟的滑稽版本,太过多疑的美国人正是如此看待那些真正的兄弟的,或者说他们已经没有能力辨认出谁是真正的兄弟。这群人物，包括最后那个神秘的孩子，他们可能是将自己的魔鬼计划掩盖起来的**慈善者**团体，但也可能是兄弟共同体，却无法在经过时被**厌世者**认出。因为，即使在其失败的中心，美国革命仍在继续掷出它的碎片，时刻令某些东西在地平线上逃逸，甚至将自己送上月球，试图凿穿围墙，重拾试验，在这项事业中寻找到一种兄弟情谊，在这场生成中寻找到一个姐妹，在这结结巴巴的语言中寻找到一种音乐，在一切言语活动中寻找到一个纯粹的声音和一些陌生的和弦。卡夫卡对"小国家"的评价，正是梅尔维尔对这个伟大美国的评价，因为它恰恰必须是所有小国家的拼接。卡夫卡对少数文学的评价，正是梅尔维尔对其时代的美国文学的评价：因为在美国几乎没有几个作家，而且美国人民对此毫不在意。作家无法成功晋升为公认的大师，然而，即使失败，他仍然是某种再也无法置身于文学史之外的集体话语的最好承载者，并为未来的民族和人类的生成保留了权力。① 这是一项精神分裂般的使命：尽管患有精神紧张症和厌食症，但巴特比并不是病人，而是那个身患重症的美国的医生，是疗伤大师、新的基督，或者我们所有人的兄弟。

---

① 参见梅尔维尔论美国文学的文章《霍桑和他的青苔》[（Hawthorne et ses mousses）选自《霍桑，你来自哪里?》，第237—240页]。可与卡夫卡的文章进行比较，《日记》，第179—182页。

第十一章
海德格尔鲜为人知的前驱者：
阿尔弗雷德·雅里

啪嗒学（*epi meta ta phusika*）① 有一个很确切、很明晰的对象：**大转折**，对形而上学的超越，向外或向内的拓展，"关于附加在形而上学之上的东西——或者在其之中，或者在其之外——的科学，它同形而上学的距离正如形而上学同物理学的距离"②。因此我们可依据亚美尼亚人索弗罗塔特（Sophrotates）和他的第一个弟子阿尔弗雷

---

① "啪嗒学"的法文为 Pataphysique，为希腊语 epi meta ta phusika 的简写，而后者又是对亚里士多德著作《形而上学》的希腊文原名 ta meta ta phusika 的改写。——译注
② 雅里，《福斯特罗》，第二部，第八章（Jarry, *Faustroll*, Ⅱ, 8），"七星"文库第二卷，第668页。

德·雅里（Alfred Jarry）的假说，将海德格尔的著作视作对啪嗒学的发展。最重大的相似性——不管是留在人们记忆中的，还是由历史所呈现的——涉及现象的存在、全球技术，以及对语言的处理。

（一）首先，啪嗒学作为对形而上学的超越，它同一种现象学，即对现象的一种新的认识和理解是密不可分的。这是两位作者酷似的地方。现象不能再被定义为一种外表；但它也不能以胡塞尔现象学的方式，被定义为一种显现（apparition）。显现意味着向意识显现自身，同时还能以不同于它所显现的面目的另一种形式存在。现象则相反，它以自身的面目自行出现。[①] 每次人们看时间（工具性）时，手表看起来是圆的；或者，撇开有用性不谈，根据意识的唯一要求（普通常识），房子的外表按照缩小常量，看起来是四四方方的。然

---

① 海德格尔，《存在与时间》，第七节 [Heidegger, *Etre et temps*, §7)"**本体论只有作为现象学才是可能的**"，但海德格尔声称，比起对胡塞尔的继承，他的思想更多地来自古希腊人的启发]。

而，现象是作为一系列数量无限的椭圆集合的手表，或作为一系列数量无限的梯形集合的房屋表面：一个由引人注目的特殊性构成的世界，或自行展现的世界（而显现只是被简化为寻常物的特殊性，平凡地出现于意识中）。① 在这个意义上，现象不指向一种意识，而是指向一种存在，即现象的存在，它恰恰存在于现象的自行出现（se-montrer）中。这一现象的存在是"次现象"（épiphénomène），无-用处，无-意识，它是啪嗒学研究的对象。次现象是现象的存在，而现象只是存在者（étant），或者生活。作为感知、去感知或被感知的不是存在而是现象，**存在**则是思考。② 也许存在或次现象不是别的什么，正是现象，然而，它同现象有绝对的区别，因为它是现象的自行出现。

---

① 雅里，《福斯特罗》，同前注。
② 雅里，《存在与生活》[（*Etre et vivre*）"七星"文库第一卷，第 342 页]："存在，是卸下贝克莱的驮鞍……"（乔治·贝克莱，1685—1753 年，英国近代经验主义哲学代表人物之一，著名的言论为"存在即是被感知或去感知"，雅里的言论"存在，是卸下贝克莱的驮鞍……"，以及存在是"思考自身的姹紫嫣红的精神万花筒"，都是对贝克莱的反驳。——译注）

形而上学的错误在于将次现象当作另一个现象、另一个存在者、另一种生活来处理。事实上，与其将存在当作一种高于一切的存在者，并认为是它建立了被感知的其他存在者的恒定性，不如将其视作一种**虚无**，或者一种**非存在者**，通过这透明的虚无或非存在者，各种特殊性一一表现出来，"思考自身的姹紫嫣红的精神万花筒"①。存在者甚至可能是存在的失落，而生活是思想的失落，不仅如此，我们甚至可以说存在者阻挡了存在，令它死亡，将它摧毁，或者说生活谋杀了思想：因此我们还没有开始思考。"为了赞颂**生活**，同我的意识和平共处，我希望**存在**溶解于它的反面，消失殆尽。"然而，这种消失、这种散逸并不由外物引起。如果说存在是存在者的自行出现，那么它自身则不会出现，而且处于永恒的退却中，因为它处于隐退或撤退状态。进一步说，自我退却、自我转身是存在令自身出现的唯一方式，因为它

---

① 雅里，《福斯特罗》及《存在与生活》（"生活，是**存在**的狂欢……"）

仅仅是现象或存在者的自行出现。

（二）形而上学整个地建立在存在的退隐或遗忘中，因为它混淆了存在和存在者。对存在者进行有效掌握的技术是形而上学的继承者，它补充并实现了形而上学。行动和生活"谋杀了思想，所以让我们**生活**吧，由此我们将成为**主人**"。在这个意义上，愚比代表了强大的存在者，他是作为全球技术和完全机械化的科学的形而上学的结果，是处于凶险的癫狂状态下的机器科学。无政府状态是炸弹，或对技术的理解。雅里对无政府主义做出了奇怪的定义——"东方无政府状态"，却让**存在**消弭于科学技术的存在者中（愚比把自己变成了一个无政府主义者，以便更好地让别人服从他）。① 从更普遍角度说，雅里的全部作品一直在不停地召唤科学技术，作品中充斥着机器，并受**自行车**象征的统摄：事实上，自行车不是一种简

---

① 关于雅里意义上的无政府主义，可参见《存在与生活》一书，尤其是《当下视野与未来视野》（*Visions actuelles et futures*）一书。

单的机械，而是适应时间的机器的简单模型。① 是**自行车**将**受难**（Passion）这一有关上帝之死的基督教玄学转化成了完全技术性的阶段性赛车。② 有着链条和速度的自行车是技术的本质：它包裹一切，发展一切，它实现了地球的伟大**转折**。自行车有车架，正如海德格尔的"四重整体"（quadriparti）。

由此看来，如果说问题是复杂的，那是因为无论是对雅里还是对海德格尔来说，技术和技术化的科学都并不仅仅满足于造成存在的撤退或遗忘：由于存在从技术中撤离，且正因存在从技术中撤离，所以存在也显现于技术中。然而这一切只能从啪嗒学（本体论）角度，而不是从形而上学角度去理解。这是愚比一面推动全球技术的发展，一面又发明啪嗒学的原因：他理解技术的本

---

① 对科学的召唤（物理和数学）尤其出现在《福斯特罗》和《超雄性》（*Surmâle*）中。机器理论尤其在《福斯特罗》的一篇补充性文章《用于时间探测机器的实用构造的评论》[（*Commentaire pour servir à la construction pratique de la machine à explorer le temps*）"七星"文库第一卷，第734—743页] 中得到建构。

② 《作为山地自行车赛的受难》，选自《绿烛》[（«La Passion considérée comme course de côte», *La chandelle verte*）"七星"文库第二卷，第420—422页]。

质——海德格尔很不谨慎地将这种理解给予了民族社会主义。海德格尔在纳粹主义中找到的东西（民粹主义倾向），雅里在无政府主义中找到了它（右倾）。对于这两位作者，我们可以说，技术是一个战场，在此战场上，存在时而消逝在遗忘和撤退中，时而又反过来在此出现，在此揭开自己的面纱。因此，将存在和对它的遗忘，以及存在和它的撤退对立起来是不够的，因为能够定义存在的失落的，恰恰是遗忘的遗忘、撤退的撤退，而遗忘和撤退是存在显现或能够显现的方式。技术的本质不是技术，并"隐藏着一种可能性，即那逃逸的东西会在我们的视线中升起"[1]。因此，是形而上学在技术中完善自身的事实令对形而上学的超越，也就是啪嗒学成为可能。从中可以看到将机器科学和机器试验理论视作啪嗒学不可分割的一部分的重要性：全球技术不仅仅是存在的消逝，还是它获得拯救的可能性。

---

[1] 海德格尔，《技术问题》，见《杂文与会议》（*Essais et conférences*, «La question de la technique»），伽利玛出版社，第44—45页。

存在显现了两次：第一次同形而上学有关，出现在无法回忆的过去中，因为存在退隐于一切过去的历史中——正如古希腊人认为一切都已被思考过。第二次同技术有关，出现在无法指定的未来中，一种永远处于即将来临状态的思想之纯粹的迫近或可能性。① 海德格尔著作中出现的正是这种思想，例如"本是"（Ereignis）指的是**事件的可能性、存在的可能性**，一种"能够存在"（Possest），即将来临的事物，它超越了现在的一切在场，正如一切无法回忆之事超越了记忆一样。在后期著作中，海德格尔甚至不再谈论形而上学，也不再谈论对形而上学的超越，因为存在本身必须得到超越，让位于一种**存在可能性**（Pouvoir-Etre），后者只同技术相关。② 同样地，随着雅里在《超雄性》这本未来小说中发现了存在之外的

---

① 玛尔莱娜·扎拉德尔（Marlène Zarader）特别注意到海德格尔作品中这种双重的转向，一个朝向过去，另一个朝向未来：《海德格尔与起源语言》（*Heidegger et les paroles de l'origine*），弗兰出版社，第260—273页。
② 海德格尔，《时间与存在》，见《问题》卷四（*Questions* IV，«Temps et être»），伽利玛出版社："不考虑形而上学"，甚至不考虑"超越它的意图"。

可能性后,他也不再谈论啪嗒学,并在他的封笔之作《穗子》中描绘了**可能性**如何超越现在和过去,产生出一个崭新的清晨的图景。① 然而,在雅里的作品中,这种可能性的开放性同样需要技术化的科学:我们已经从啪嗒学的角度管窥过这种现象。如果说海德格尔将技术定义为一种"持存物"(fonds)的上升,这种上升消除了客体,凸显了一种存在的可能性,例如飞机代表了它的全部零件都能飞翔的可能性,那么雅里则将科学技术视作"以太"的上升,或者说对一些轨迹的揭露,这些轨迹符合自行车这个物体各个部分分子的潜在性或虚拟性:自行车车架正是一个出色的原子模型,因为它由"互相连接的坚硬金属杆和迅速旋转的车轮"构成②。"物理棍"(bâton à physique)尤其

---

① H. 博尔迪永(H. Bordillon),前言,"七星"文库第二卷:"从 1900 年直至逝世前",除了同愚比相关的文章,雅里"几乎没有再使用过'啪嗒学'一词"。(从《存在与生活》开始,雅里就不断指出:"存在是思想的第二崇高性,因为它比可能性更难懂……","七星"文库第一卷,第 342 页。

② 参见《福斯特罗》中关于啪嗒学的定义:"将客体的潜在属性象征性地赋予线条的"科学。以及《实用构造》(*La construction pratique*)中关于车架的论述,"七星"文库第一卷,第 739—740 页。

可以被视作一种技术性的存在者，它描绘了它的虚拟线条、曲线、直线、交叉线条的总和。在这个意义上，啪嗒学已经包含了一种伟大的机器理论，而且，根据某种在《超雄性》中达到顶峰的倾向，啪嗒学已经超越了存在者的虚拟性，向一种存在的可能性迈进（愚比将他的技术意图寄给了一个办公室，此办公室的负责人正是"可能性"先生）。

因此，全球技术是颠覆、对话或者可能性转折的场所。科学实际上将时间作为独立的变量来处理；这是为什么机器从本质上说总是探测时间的机器的原因，与其说它们是空间漫步机车（locomobile），不如说它们是"时间漫游机器"（tempomobile）。具有这种技术特征的科学首先令一种对时间的啪嗒学式的颠覆成为可能：三种停滞状态——过去、现在、未来——之间的交替让位于三种绽出（extases）的共生性或同时性，即过去的存在、现在的存在和未来的存在。在场是现在的存在，同时也是过去和未来的存在。以太性并不意味着永恒①,而是意味着时间的馈赠或排泄,意味着时间的时间化,它同时体现在这三个维度(Zeit-Raum②)中。因此,机器从将连续性转变成同时性开始,直至实现最终的"倒转",此时时间的整个存在转变成**存在可能性**,成为作为**未来**的存在的可能。雅里在重拾**绵延**(Durée)这一主题时,可能想起了他的老师柏格森。③ 他将**绵延**首先定义为时间前后相继中的一种静止(对过去的保留),之后又将其定义为对未来的一种探索,或者未来的一种开放:"绵延是从连续性向倒溯性的转变,也就是说,是一种记忆的生成。"这是**机器**和**绵延**之间深刻的和解。④ 这种倒溯性也是人类同机器关系的一种颠覆:不仅虚拟速度的指数无限倒置——从《超雄性》中的赛车比赛可看到,自行车比火车更快——而且人同机器的关系

---

① 此处作者玩了一个文字游戏,"以太性"(éthernité)与"永恒"(éternité)在法语中有相同的读音。——译注
② 德语,意为"时间-空间"。——译注
③ 1891—1892年,雅里就读于著名的亨利四世高中时,曾受教于柏格森。——译注
④ 《实用构造》集中体现了雅里的时间理论:这是一篇晦涩然而非常美的文章,它不仅同海德格尔有关,还同柏格森有关。

也让位于机器同人的存在[此在(Dasein)或超雄性]的关系,因为人的存在比机器更强大,而且成功地为它"充上了电"。超雄性是这样一种人类的存在,它不再区分男人和女人,因为女人完全进入了机器,被机器吸收,只有男人成为一种独身的力量,或者说一种存在可能性,他是分裂生殖的象征,"远离地球上的性别",成为"未来的第一个人"。①

(三)存在显现,但它只有不停地撤退(过去)才得以显现;比存在多和少的东西来临,但它只有不停地退却,不停地令自己成为可能(未来)才得以来临。② 也就是说,存在不仅显现在存在者

---

① 我们可以参见雅里对机器的描述,以及卡鲁热(Carrouges)的《独身的机器》[阿尔卡纳出版社(Les machines célibataires, Ed. Arcanes)]中对机器性别内涵的描述。同时也可参见德里达(Derrida)的评论,他认为海德格尔意义上的"此在"内含有一种性别意义,然而不能被简化为出现在动物存在者和人类存在者中的二元性["性别差异、本体论差异",《海德格尔》,埃尔纳出版社(L'Herne)]。

② 在海德格尔看来,退隐不仅仅同存在有关,从另一个意义上说,还同"本是"有关("本是不仅作为命运退隐,还作为本是退隐",《存在与时间》,第56页)。关于"多和少"(Plus et Moins),关于"多中之少"(Moins-en-Plus)和"少中之多"(Plus-en-Moins),参见雅里《反基督者恺撒》(César-Antechrist),"七星"文库第一卷,第290页。

中，而且显现在某种标明它那无可避免的退却的东西中。"比存在多和少的东西"则显现在某种标明它那无穷无尽的可能性的东西中。这种东西，或者说**物**，就是**符号**。因为，纵使科学或技术确确实实已包含了一种救赎的可能性，它们本身也没有能力发挥这种可能性，它们必须让位于**美与艺术**，后两者时而如古希腊人那样，在称颂技术的同时延续了它，时而又令它蜕变，令它转性。在海德格尔看来，技术性的存在者（机器）已经不只是个物体，因为它令持存物浮现；诗性的存在者（**物**，**符号**）则更是如此，因为它令一个深不可测的世界骤然浮现。① 在这一从科学向艺术的过渡中，在这一从科学向艺术的转化过程中，海德格尔可能又看到了某个为十九世纪末所熟悉的问题，这个问题，我们在海德格尔另一位布列塔尼籍的前驱者勒南身上碰到过，在新印象派身上

---

① 关于从技术到艺术的过渡（艺术同技术的本质密切相关，同时又与此有本质的区别），参见《技术问题》一文，海德格尔，《杂文与会议》，第45—47页。

碰到过,也在雅里身上碰到过,尽管他们探讨问题的方式各不相同。这也是雅里在写他那篇关于无政府主义的古怪论文时走过的道路:在令一切消失时,无政府主义只能通过技术手段,通过使用机器起作用,但雅里更钟情于犯罪的美学阶段,并认为昆西胜过瓦扬(Vaillant)。① 在雅里看来,从更普遍意义上说,技术机器令虚拟的线条出现,这些线条聚合了存在者原子级的组成部分;与此同时,艺术符号展现了存在的所有可能性或能量,后者聚集在它们原初的统一体中,由此构成了"物"。我们知道,海德格尔将符号这种重大的性质等同于**四重整体**,后者是世界的镜子,是圆环的四方,是十字架、刻度盘或四方框。② 但雅里已

---

① 参见雅里,《当下视野与未来视野》以及《存在与生活》:雅里对无政府主义的兴趣因为同洛朗·塔亚德(Laurent Tailhade)和费内翁(Fénéon)的关系而变得更为强烈,但他也指责无政府主义用"科学取代了艺术",甚至赋予了爆炸机器一种"**美丽的姿态**"("七星"文库第一卷,尤其参见第338页)。我们是否可以说海德格尔在民族社会主义机器中看到了向艺术的一种过渡?

② 海德格尔,《物》,见《杂文与会议》,第214—217页[费迪耶(Fédier)将"四重整体(Das Geviert)"译为"四方框"(cadre),玛尔莱娜·扎拉德尔将其译为"刻度盘"(cadran)]。

经展示了四使徒在纹章学上的伟大举止①,将绘制纹章的行动视为世界的镜子和组织,"朝圣者的旅程"②,基督的十字架或者原始自行车的车架,后者保证了从技术向**诗学**的过渡③——这是海德格尔在世界的游戏和四条道路上没有认出的唯一一点。"物理棍"的情况也是如此:当它在"每次旋转的四分之一处"同它自身形成十字架时,它也从机器或机械装置转变成了承载着艺术符号的物体。

雅里的思想首先是一种关于**符号**的理论:符号既不指代事物,也不赋予意义,它只是令事物显现而已……它就是事物本身,但又与后者不同,它指出了后者。一切问题在于了解,如此得到理

---

① "纹章学上的举止"的原文为 Acte héraldique,也是《反基督者恺撒》第二幕的标题;"四使徒"指作为人物形象出现的四种纹章图案,参见本页注③。——译注

② 此处使用的是 Perhinderion,布列塔尼语,同时也是雅里主编的杂志的名称。——译注

③ 在《反基督者恺撒》这部戏剧中,世界由一些纹章表现,而布景是一些纹章图案:"四重整体"的主题已经很清晰地显现出来("七星"文库第一卷,第286—288页)。在雅里所有的作品中,四方的十字架都是一个重要的符号。**自行车**的价值来源于一个事实,即雅里曾求助于一辆遭遗忘的原始自行车,它的车架是一个十字,"两根管子垂直地焊接在一起"(《作为山地自行车赛的受难》,"七星"文库第二卷,第420—422页)。

解的符号是如何并且为何必然是语言学的,或者说,在哪些条件下它才是语言。① 第一个条件是对语言确立一种诗学而非技术或科学的概念。科学意味着一种多元化思想,即存在语言的巴别塔,在理解语言间潜在关系时,必须在其中建立一种秩序。但我们得反其道而行之,原则上只考虑两种语言,仿佛世界上仅此两种语言,一种是活的语言,一种是死亡的语言,而且后者对前者有所影响——死亡语言中的黏合形式启发着活的语言产生或再现一些元素。我们甚至可以说死亡语言变换着字母顺序出现在活的语言中。海德格尔将讨论范围严格限制在德语和希腊语(或高地德语)中:他让古老的希腊语或德语对当今的德语产生作用,以便获得一种新的德语……古老语言影响了现今的语言,并由此产生了一种仍待出现的语言:三种绽出。古希腊语中类似"legô-我说""legô-我收获,我采摘"的黏着形式得到保留,因此德语中的"sagen-说"创造出了"sagan-通

---

① 米歇尔·阿里韦(Michel Arrivé)尤其强调了雅里的符号理论(引言,"七星"文库第一卷)。

过聚集指出"。或者"léthé-遗忘""aléthès-真实"这一黏着形式令德语中出现了"掩盖-揭示"这样令人难忘的组合:这是最著名的例子。再或者"chraô-cheir"①,几乎像是布列塔尼语。再或者古老的撒克逊语"wuon"(居住)黏着在"freien"(免除、保存)上,根据"bauen"的常用意义②,产生了"bauen"(宁静地居住)。雅里的方法似乎同海德格尔的很相似,然而,尽管他时常求助于希腊语,正如他的啪嗒学所体现的那样,但他更多的是在法语中引入拉丁语,或者古法语,或者一种祖先的方言,或者可能是布列塔尼语,由此来创造一种未来的法语,后者在马拉美和维利耶这一派的象征主义中发现了某种类似海德格尔在荷尔德林作品中所发现的东西。③ 注入法语中的

---

① léthé,意为"遗忘河",古希腊神话中地狱里的五条河流之一,亡灵必须饮其河水以忘却前尘往事;aléthès,意为"真相""现实";chraô 意为"用手触摸",cheir,意为"手"。——译注
② 德语 bauen 的常用意义为"建筑"。——译注
③ 参见亨利·贝阿尔,《雅里的文化》(Henri Béhar, Les cultures de Jarry),法国大学出版社(尤其是第一章关于"凯尔特文化"的论述)。愚比只是有限地展现了雅里风格的一个方面:华丽的风格,正如《反基督者恺撒》一开始,我们在三个基督和四只金鸟身上所看到的那样。

"*si vis pacem*"产生了"civil","industria"产生了"1, 2, 3"①:与巴别塔不同,这里只存在两种语言,一种在另一种中产生影响或者进行嬉戏,以便产生一种未来的语言,尤其是**诗歌**。这一诗歌尤其出现在福斯特罗博士对岛屿的描绘中,表现它的是福斯特罗博士那带有音乐性的词语和音响效果上的和谐。②

我们曾听到过这样的言论,说海德格尔的词源没有一个是正确的,甚至连 Léthé 和 Aléthès 都不正确。③ 但这又有何妨呢?一切有关词源的科学标准不是早就被抛弃了,以便宣扬一种纯粹、简单的**诗歌**吗?我们认为有必要指出:这里只有文字游

---

① si vis pacem,拉丁语,亦即"如果你想要和平";civil,法语,"国民的";industria,拉丁语,"工业""产业"。这是雅里的文字游戏,因为在 si vis pacem 中有类似 civil 的读音,而在 industria 中有类似法语 un、deux、trois(即1、2、3)的形式和读音。——译注

② 我们可以参考《绿烛》中的一篇文章,《那些认为巴别塔不存在的人》("七星"文库第二卷,第441—443页)。雅里论述了维克托·福尔尼耶(Victor Fournié)的一本书,并指出了这本书的原则:"同样的音或音节在所有语言中具有同样的意义"。然而,雅里本人并不完全赞同这一原则,同海德格尔一样,他更多的是通过两种语言工作,一种已死,另一种还活着,一种是存在的语言,另一种是存在者的语言,它们并不能被完全区分开来,但还是有着巨大的区别。

③ 参见梅肖尼克(Meschonnic)的分析,《海德格尔的语言》(*Le langage Heidegger*),法国大学出版社。

戏。如果某个计划明确表示要超越科学技术性的存在者，并向一种诗性的存在者靠拢，那么期待对这个计划做出语言学上的更正，岂不是太自相矛盾了？这里涉及的根本不是严格意义上的词源学，而是在另一种语言（l'autre-langue）中进行拼贴，好让那唯一的语言（la-langue）得以浮现。我们不应该将海德格尔或雅里的活动同语言学进行比较，而更应该将其同鲁塞尔、布里塞或沃夫森的活动相比较。区别在于：沃夫森坚持巴别塔理论，利用一种语言之外的所有语言来构建未来语言，在未来语言中，缺少的这门语言必须消失。鲁塞尔则恰恰相反，他只利用一种语言，但钻研其中的同音词系列，并将其作为另一种语言的对等物，后者以相似的声音诉说着完全不同的事物。布里塞利用一种语言，从中归纳出可能也存在于其他语言中的音节或读音元素，这些元素有着相同的意义，它们构成了**起源**或**未来**的秘密语言。雅里和海德格尔采用的是另外的方法，因为他们原则上使用两种语言，令死亡的语言在存活着的语言中起作用，以此来改变、转换活的语言。如果我们将某种能接受极其多样的价值的抽象物称作元素，那么我们可以说一个语言元素 A 影响了 B 元素，使它产生了 C 元素。影响者（A）在当前的语言（B）中产生了某种东西，类似顿足、口吃和挥之不去的铜锣声，作为不断创造出新事物（C）的重复动作。在影响者的推动下，我们的语言开始旋转，旋转的同时产生了未来语言：我们几乎要说这是一种外语，处于永恒的反复之中，却不时跳出，跃起。我们在某个转动的问题上原地踏步，但这种转动正是新语言的前进方式。"这是希腊语还是土著法语，愚比老爹?"① 从一个元素到另一个元素，在旧语言和受其影响的当前语言之间，在当前语言和正在形成的新语言之间，在新旧语言之间，是差距，是虚空，然而这差距和虚空之间是无垠的视野：荒诞的场面和风景，海德格尔的世界的展开，福斯特罗博士的岛屿的

---

① 雅里，《愚比老爹的插图年鉴》（*Almanach illustré du Père Ubu*），"七星"文库第一卷，第 604 页。

游行，或者《利马杰》杂志①的版画系列。

这就是答案：语言并不拥有符号，而是在创造它们时获得了它们。一种语言在另一种语言中发生作用，并在此产生了一种新语言，一种闻所未闻的语言，几乎像是外语。第一种语言注入活力，第二种语言结结巴巴，第三种语言一跃而起。此时，语言成为**符号**、诗歌，而我们再也无法区分语言、言语或词语。任何言语活动如果没有被推至极限，语言就还没有准备好在其内部产生一种新语言。言语活动的这一极限，就是哑口无言的**物**——视界。物是言语活动的极限，正如符号是物的语言。当语言边在自身中旋转边掏空自己时，语言才最终完成了自己的使命，**符号**指出了**物**，第无限多次实现了言语活动的力量，因为"词语破碎之处，无物存在"②。

---

① 《利马杰》(*L'Ymagier*)，雅里和古尔蒙（Remy de Gourmont）主编的象征派杂志。——译注
② 《在通向言语的途中》[（*Acheminement de la parole*）伽利玛出版社]一书多次引用了这句话。

第十二章
尼采眼中的阿里阿德涅之谜

狄俄尼索斯唱道:

> 理智一点,阿里阿德涅,
> 你的耳朵很小,你有我的耳朵
> 放一个深思熟虑的词在里面
> 应该相爱的人们,难道不该一开始就相互怨恨?
> 我是你的迷宫。

正如别的女人也会介于两个男人之间,阿里阿德涅徘徊于忒修斯和狄俄尼索斯之间。她的感情从忒修斯身上转移到了狄俄尼索斯身上。一开始,她恨狄俄尼索斯-公牛。然而,遭到那个曾受她指点走出迷宫的忒修斯遗弃后,她被狄俄尼索斯带走,她发现了另一个迷宫。"除我之外,还有谁知道谁是阿里阿德涅?"① 这是不是在说:瓦格纳是忒修斯,科西玛②是阿里阿德涅,尼采是狄俄尼索斯?那个关于"谁?"的问题呼唤的不是人,而是力量和意志。

忒修斯似乎确实是《查拉图斯特拉如是说》第二部中"高尚的人"(Les Sublimes)的模型。这里谈论的是英雄,有能力破解谜题,出入迷宫,战胜公牛。这位卓越人物已经预示了第四部中"高人"(l'homme supérieur)理论的到来:他被称为"精神的忏悔者",这一称呼之后被应用到高人的一个分身(魔术师)上。高尚的人的性格与一般的高人的品质吻合:他的严肃思想,他的沉重,

---

① 《看哪这人:尼采自述》[《查拉图斯特拉如是说》,第八节(*Ecce Homo*,«Ainsi parlait Zarathoustra»,8)
② 科西玛(Cosima):指科西玛·瓦格纳,德国作曲家瓦格纳的妻子。——译注

他对肩负重任的兴趣,他对土地的蔑视,他无法嬉笑和玩耍的性格,他的复仇行动。

我们知道,尼采的高人理论实际上是这样一种批评理论,它以揭示人道主义最深刻最危险的秘密为己任。高人声称要带领人类走向完美,走向完善。他声称要找回人的所有属性,克服所有异化,实现完整的人(l'homme total),将人推至上帝的位置,令人成为一种肯定他者并肯定自身的力量。然而事实上,人,即便他是高人,也完全没有理解"肯定"的意义。他眼中的"肯定"是可笑的漫画式的,是滑稽地乔装打扮过的。他以为肯定就是承担,就是负责,就是承受考验,就是肩负重担。他以他所负担的重量来衡量他的积极性;他将"肯定"同他紧张的肌肉所付出的努力混为一谈。① 有重量的就是真实的,有担当的就是肯定的、活跃的!因此,高人的动物不是公

---

① 《查拉图斯特拉如是说》,第三部,《重压之魔》(De l'esprit de lourdeur)。以及《善恶之彼岸》(Par-delà le bien et le mal),第213节:"思考并严肃对待某事,负担它的力量,对他们来说,这是一码事,他们没有其他的体验。"

牛，而是驴子和骆驼这些沙漠之兽，居住在地球荒芜的一面，知道如何承受一切。公牛被忒修斯这个高尚的人或者说高人打败了。然而忒修斯其实比公牛低级很多，只能望其项背："他得跟公牛一样行动，他的幸福得散发出土地的气息，而不是对土地的蔑视。我想看到他如白色公牛那样，在犁前喘气，咆哮。它的咆哮声得赞颂同土地相关的一切……让肌肉松弛，给意愿松绑，对你们这些高尚的人来说这是最困难的事。"① 高尚的人或者说高人战胜了怪兽，设下了谜语，却忽视了自己这个谜语，这头怪兽。他不知道，肯定不是承担，不是受缚，不是对什么事负责，恰恰相反，肯定意味着解套，意味着释放，意味着给活着的一切卸下负担。不是在高级的甚至英雄主义的价值重压下给生活增加负担，而是创造新的价值，这些新的价值便是生活的价值，它们令生活变得轻盈，具有肯定意义。"他必须忘却英雄主义的意

---

① 《查拉图斯特拉如是说》，第二部，《高尚的人》。

愿，我希望他能够在高处逍遥自在，而不仅仅是爬到了高处。"忒修斯不明白，公牛（或犀牛）拥有唯一的真正优势：它是迷宫深处轻盈而神奇的兽，同时也是在高处逍遥自在的兽，是摆脱枷锁、肯定生活的兽。

在尼采看来，权力意志有两种声调：肯定和否定；力量有两种性质：作用和反作用。高人眼中的肯定，可能是人最深刻的存在，但那仅仅是否定同反作用，否定的意志同反作用力，虚无主义同内疚和怨恨之间的极端组合。被承担的是虚无主义的产物，而承担重量的是反作用力。从中便产生了某种虚假的肯定的幻觉。高人渴求知识，他宣称要探索迷宫或知识之林。然而知识仅仅是道德的伪装，迷宫中的线是一股道德之线。道德本身就是个迷宫，是宗教禁欲主义理想的伪装。从禁欲主义理想到道德理想，从道德理想到知识理想，展开的始终是同一种行动，即谋杀公牛的行动，也就是一种否定生活，在重压之下将其碾碎并将其简化为其反作用力的行动。高尚的人甚至不再需要上帝来为人套上枷锁。人最终用人道主义取代了上帝；用道德理想和知识理想取代了禁欲主义理想。人令自己负起重担，他以英雄主义价值的名义，以人类价值的名义，自己给自己套上了枷锁。

高人有诸多面孔：神、两个国王、被蚂蟥叮咬的人、魔术师、最后的教皇、最丑陋的男人、自愿的乞丐和影子。他们形成了一种理论、一个系列，共同跳起了一支法兰多拉舞（farandole）。因为按照他们在队列里所占据的地位，按照理想形式，按照他们特殊的反作用力和否定的声调，他们彼此不同。但他们最终殊途同归：那是虚假的力量，是伪造者的游行，仿佛虚假必定会指向虚假。甚至真实的人也是一个伪造者，因为他隐藏了渴求真相的动机，隐藏了审判生活的阴暗激情。也许只有梅尔维尔能同尼采相提并论，因为他创造了一系列不可思议的伪造者，作为"伟大的世界主义者"后人的高人们，每个都信誓旦旦地宣称另一个在行骗，甚至揭露另一个的骗局，然而最终目的始终是为了复兴虚假的力量。① 虚假难道不是已经存在于原型之中,存在于真实的人之中,正如它存在于一切仿制品之中一样吗?

只要阿里阿德涅还爱着忒修斯,她就一直活在这一否定生活的行动中。在虚假的肯定外表下,忒修斯这个典范是否定的力量、否定的**精神**,是个大骗子。阿里阿德涅是阿尼玛②,是**灵魂**,然而是做出反应的灵魂或者说怨恨的力量。她那曼妙的歌声是一种呻吟。这歌声最先出现在《查拉图斯特拉如是说》中,从魔术师嘴里唱出,魔术师是伪装者的代表,是戴着少女面具的卑鄙老人。阿里阿德涅是妹妹,然而是怨恨自己的哥哥——公牛的妹妹。尼采所有著作中均回响着一个悲怆的召唤:警惕姐妹!阿里阿德涅执有走出迷宫的线,道德之线。阿里阿德涅是**蜘蛛**,是狼蛛。这里,尼采又掷出了一声呼唤:"请在这根线

---

① 梅尔维尔,《大骗子》(子夜出版社)。
② 阿尼玛:原文为 Anima,在荣格(Jung)的精神分析理论中指男性中的女性意象。——译注

上上吊!"① 阿里阿德涅必须令这一预言成真(在某些传说中,被忒修斯抛弃的阿里阿德涅最终上吊自杀了)。②

然而,阿里阿德涅被忒修斯抛弃,这意味着什么呢?这是因为,否定意志和反作用力的结合、否定精神和反应灵魂的结合不是虚无主义的最终结局。这样的时刻到来了:否定意志打破了同反应力的联盟,抛弃了反应力,甚至跟它反目相向。阿里阿德涅上吊了,阿里阿德涅想一死了之。然而,仿佛十足的虚无主义让位于它的反面,正是这个根本性时刻("子夜")宣布了一种双重的蜕变:受到否定的反作用力成为作用力;否定转变成了某种纯粹的肯定的雷击,某种意志的带有论战倾向的、有趣的模式,这一意志肯定一切,并为一种过于旺盛的生命力服务。虚无主义"被自

---

① 《权力意志》(*La volonté de puissance*),伽利玛出版社[比昂基(Bianquis)译本],Ⅱ,第三卷,§408。
② 让梅尔,《狄俄尼索斯》(Jeanmaire, *Dionysos*),帕约出版社,第223页。

身击败"。我们的目的不是要分析虚无主义的这种蜕变、这种双重的转变，而仅仅是要研究阿里阿德涅神话是如何表达这种蜕变的。被忒修斯抛弃后，阿里阿德涅感觉到狄俄尼索斯在向她靠近。狄俄尼索斯-公牛是纯粹的、多重的肯定，真正的肯定，是肯定的意志；他不承担任何东西，他不给自己加上任何负担，而是令生活着的一切变得轻松。他懂得高人不懂的东西：大笑，嬉戏，舞蹈，也就是肯定。他就是**轻**，这种轻，我们无法在人身上，尤其是高人或崇高的英雄身上看到，只能在超人（sur-homme）、在超英雄（sur-héros）身上看到，在人以外的事物之上看到。阿里阿德涅必须被忒修斯抛弃："这是**灵魂**的秘密：只有当英雄抛弃她时，她才会在梦中看到超英雄向她靠近。"[①] 在狄俄尼索斯的抚摸之下，灵魂变得活跃起来。从前跟忒修斯在一起时，它是那么沉重，现在跟狄俄尼索斯在一起，它变得轻盈起来，没

---

① 《查拉图斯特拉如是说》，第二部，《高尚的人》。

有负担,变得顾长,一直升至天空。她得知从前她眼中的活动原来不过是报复行动、不信任的行动、监督的行动(线),是内疚和怨恨情绪的反应。而且,从更深层次上说,她所认为的肯定行为不过是一个假象、一种沉重的表现、一种自以为强大的方式,因为自己背负着重担,并对此负责。阿里阿德涅会明白她为什么失望:她一直以为自己遇到的是个希腊人,然而忒修斯甚至不是个真正的希腊人,他更像一个尚未成型的德国人。① 但阿里阿德涅明白自己失望原因的时刻,也是她对此不再顾虑的时刻,因为狄俄尼索斯这个真正的希腊人在向她走近。**灵魂**变得活跃,与此同时,**精神**揭示了肯定的真正本质。于是阿里阿德涅之歌具有了全部意义,它表现了狄俄尼索斯来临时阿里阿德涅的转变,阿里阿德涅是阿尼玛,现在开始与称"是"的**精神**相一致。狄俄尼索斯

---

① 《人性的,太人性的》(*Humain trop humain*)的一篇前言的片段,10,同时参见《权力意志》(I,第二卷,§226)中阿里阿德涅的干预行为。

给阿里阿德涅之歌增加了最后一段,这支歌于是变成了祝酒歌。按照尼采惯用的方法,这支歌随着歌唱者的变化会改变本质和意义,这个歌唱者,是戴着阿里阿德涅面具的魔术师,或者是狄俄尼索斯耳中的阿里阿德涅本人。

为什么狄俄尼索斯需要阿里阿德涅,或者需要被爱?他唱着一支孤独的歌,他呼唤着一个未婚妻。① 因为狄俄尼索斯是肯定之神;然而他需要另一重肯定,好让肯定本身得到肯定。肯定需要裂成两半,让分量增加。当尼采说"对存在的永恒的肯定,我永远是你的肯定"② 时,他明确区分了两种类型的肯定。狄俄尼索斯是对**存在**的肯定,而阿里阿德涅是对肯定的肯定,是另一重肯定或者活跃的生成(devenir-actif)。从这个角度看,阿里阿德涅的所有象征,当它们同狄俄尼索斯产生关系,而不是被忒修斯歪曲时,都改变了意义。

---

① 《查拉图斯特拉如是说》,第二部,《夜半歌声》(Le chant de la nuit)。

② 《狄俄尼索斯祝酒歌》,《荣耀与永恒》(*Dithyrambes dionysiaques*, «Gloire et éternité»)。

阿里阿德涅的歌声不再是对怨恨的表达，而成了一种积极的探索，一个已经在做出肯定回答的问题（"你是谁……你想要的是我，是我吗？完整的我吗？"）；不仅如此，迷宫也不再是认识和道德的迷宫，也不再是那个牵着一根线，前去刺杀公牛之人踏上的路途。迷宫成了白公牛本身，成了狄俄尼索斯-公牛："我就是你的迷宫。"更确切地说，迷宫现在成了狄俄尼索斯的耳朵，迷宫般的耳朵。阿里阿德涅得有狄俄尼索斯式的耳朵，才能听见狄俄尼索斯式的肯定，阿里阿德涅还得在狄俄尼索斯本人的耳中回应这种肯定。狄俄尼索斯对阿里阿德涅说："你的耳朵很小，你有我的耳朵，在这里放一个深思熟虑的词吧"，是。狄俄尼索斯有时还会开玩笑似的对阿里阿德涅说："为什么你的耳朵不长得更长一些呢？"[①] 狄俄尼索斯由此提醒她从前爱着忒修斯时犯的错：她以为肯定是承受重担，是变成一头驴子。而事实上，同狄

---

① 《偶像的黄昏》，《德国人正在失去的》，19（*Crépuscule des Idoles*, «Ce que les Allemands sont en train de perdre», 19）。

俄尼索斯在一起，阿里阿德涅获得了小耳朵：圆圆的耳朵，适应永恒回归的耳朵。

迷宫不再属于建筑，它变得充满声响，它是属于音乐的。叔本华曾根据两种力来定义建筑，承受力和被承受之力，支撑和重压，尽管这两者有互相混淆的倾向。但音乐出现在反面，出现在尼采同老朽的伪造者、同魔术师瓦格纳越来越疏远时：它是**轻**，是纯粹的失重。① 阿里阿德涅的整个三角关系故事所见证的，不正是一种反瓦格纳式的轻盈吗？这种轻盈更接近奥芬巴赫（Offenbach）和施特劳斯（Strauss），而不是瓦格纳。本质上属于音乐家狄俄尼索斯的，是令屋顶跳舞，令房梁摇晃的力量。② 也许阿波罗和忒修斯这边也有音乐，但这是一种根据领土、阶层、活动、精神气质得到划分的音乐：工作音乐、行军音乐、舞蹈音乐、休闲音乐、祝酒音乐、摇篮曲……几乎是

---

① 《瓦格纳事件》(Le cas Wagner)。
② 参见马塞尔·德蒂耶：《旷野中的狄俄尼索斯》，阿谢特出版社（Marcel Detienne, Dionysos à ciel ouvert, Hachette），第80—81页[以及欧里庇得斯（Euripide）的《酒神的伴侣》(Les Bacchantes)]。

简短的"陈词滥调",每一首都有自己的力量。①要让音乐得到解放,就必须来到另一边,这里土地在颤抖,建筑倒塌了,这里精神气质相互渗透,这里释放出一首强劲的土地之歌,一支伟大的旋律,它令所有被它带走或召回的曲调都发生了变化。②除了行程和旅途中的建筑,狄俄尼索斯再也不识其他的建筑。听到土地的召唤或土地上的风声而走出自己的领地,这难道还不算是浪漫歌曲的特性吗?每个高人都离开了自己的领地,朝查拉图斯特拉的洞穴走去。唯有酒神曲弥漫在土地上,并与整片土地紧贴在一起。狄俄尼索斯失去了领地,因为他的身影遍布大地。③音响的迷宫是大地的歌声,是反复吟唱的老调,是永恒回归本身。

---

① 查拉图斯特拉对他的动物们说:永恒回归,"你们已经把它变成一支陈词滥调了"[第三部,《痊愈者》(Le convalescent),§2]。

② 参见"七封印"(Sept sceaux)的不同段落,《查拉图斯特拉如是说》,第三部。

③ 关于"圣地"的问题,也就是神的领地的问题,参见让梅尔,第193页("我们到处都能碰到他,然而到处都不是他的家……比起依靠强力确立地位,他更多的是渗透……")。

第十二章 尼采眼中的阿里阿德涅之谜

然而,为什么要以真和假的形式将这两方对立起来?这两方难道不都是同样的虚假力量吗?狄俄尼索斯难道不也是个造假者,"事实上"是最大的造假者,即"世界主义者"吗?艺术难道不是最高级的虚假力量吗?在高与低之间,从一方到另一方,存在着一种明显的差别,一种必须被肯定的距离。因为蜘蛛会不断地重新编织它的网,而蝎子永远不会停止扎人。每个高人都被固定在他的英勇行为上,不停重复着他的英勇行为,如同某个马戏团节目(《查拉图斯特拉如是说》的第四部正是如此组织的,以雷蒙·鲁塞尔"不可比拟的人"举行嘉年华的方式,以一出木偶戏或一场轻歌剧的方式)。因为每种摹仿都有一个不变的模型,一种固定的形式,我们可以称之为真实的形式,尽管它跟它的复制品一样"虚假"。正如假画复制者:他从原作者那里复制的东西是某种确定的形式,但后者同赝品一样虚假;他所遗漏的,是原画的变形或变化,是赋予原画某种形式的不可能性,简而言之就是创造。这就是为什么高人们仅仅是权力意志最低等级的原因:"让比你们更好的人去另一边吧!你们代表着梯子。"① 同他们一样,权力意志也仅仅代表着一种欺骗的意愿、获取的意愿、统治的意愿,一种摇晃着假体的精疲力竭的病态生活。他们的角色本身就是支撑人的假体。唯有狄俄尼索斯这个富有创造力的艺术家拥有形变的力量,这一力量使他生成,同时目睹了一种新生的生活;他承载着的虚假力量达到了如此程度,以至这力量不再出现在形式中,而是出现在形变中——"给予的美德",或者对生活可能性的创造:蜕变。权力意志正如能源,我们把那些能够转变的称为高尚能源。劣质的或低等的,是那些只知伪装和乔装的,也就是只会获取形式,并坚持某种始终如一的形式的事物。

对阿里阿德涅来说,从忒修斯到狄俄尼索斯,这是一起临床、健康和康复事件。对狄俄尼索斯来说也是如此。狄俄尼索斯需要阿里阿德涅。狄

---

① 《查拉图斯特拉如是说》,第四部,《欢迎会》。

第十二章　尼采眼中的阿里阿德涅之谜

俄尼索斯是纯粹的肯定；阿里阿德涅是阿尼玛，是被撕裂成两半的肯定，是向"是"做出的"是"的回答。然而，分裂成两半的肯定回到狄俄尼索斯这里时成了增强的肯定。正是在这个意义上，**永恒回归**是狄俄尼索斯和阿里阿德涅结合的产物。当狄俄尼索斯孤单一人时，他对**永恒回归**的想法还心存恐惧，因为他害怕这一回归会带来反动的力量，带来否定生活的行动，带来矮小的人（哪怕他是高人或高尚的人）。而当狄俄尼索斯式的肯定在阿里阿德涅身上获得完满发展时，狄俄尼索斯本人也学到了新东西，即**永恒回归**的想法是令人快慰的，而**永恒回归**本身也是有选择性的。**永恒回归**不会一成不变。作为生成的存在，**永恒回归**是一种双重肯定的产物，它令那自我肯定的事物回归，而且只令活跃的事物生成。反动力量和否定意志都不会回归：它们被蜕变过程，被具有选择性的**永恒回归**所清除。阿里阿德涅忘记了忒修斯，这甚至连个糟糕的回忆的资格都算不上。忒修斯不会再回来了。**永恒回归**是活跃的，肯定性的，它是狄俄尼索斯和阿里阿德涅的结合。这就是为什么尼采不仅将其比作圆形的耳朵，还将其比作婚戒的原因。于是迷宫成了戒指，成了耳朵，成了**永恒回归**本身，后者自称属于活跃的或肯定性的事物。迷宫不再是令我们迷失的路，而是回归之路。迷宫不再是知识和道德的迷宫，而是生活和以生者形式出现的**存在**的迷宫。至于狄俄尼索斯和阿里阿德涅结合的产物，那是超人或者**超英雄**，是高人的反面。超人是洞穴和山顶上的生存者，是唯一一个由耳朵生出的孩子，是阿里阿德涅和公牛的儿子。

第十三章

他结巴道……

据说糟糕的小说家常常会有变换引导语的需要,将"他说"替换成类似"他呢喃道""他啜嚅道""他抽泣道""他冷嘲热讽道""他喊道""他结巴道"等表达方式,这些表达方式标明了话语的语调。事实上,同这些语调相比,作家似乎只有两种可能的选择:要么做〔正如巴尔扎克在描写葛朗台老爹做生意时,确确实实让他说话结巴一样,或者让纽沁根(Nucingen)说一种走样的方言,每次我们都会感到巴尔扎克在暗自窃笑〕,要么不做但说,仅仅满足于一种简单的指示,然后让读者自己去实践。于是,马索克的主人公们不停地喃喃低语，他们的声音必须是一种几乎听不见的低语声；梅尔维尔的伊莎贝尔，她的声音应该不会比呢喃声更响，至于天使般的比利·巴德，如果我们不重构"他的口吃甚至更糟糕的声音"，他似乎对一切都无动于衷；卡夫卡的格里高尔与其说是在说话，不如说是在吱吱叫，但这是听别人说的。

然而，似乎还存在第三种可能性：当说即做时……当口吃行为影响的不再是事先已存在的词语，而是引入了一些受其影响的词语时，就发生了说即做的情况。受影响的词语不再存在于口吃行为之外，口吃行为选择了它们，并通过自身将它们联结了起来。因此情况不再是人物说话结结巴巴，而是作家的语言变得结巴了：他令语言本身结巴起来。一种富有情感的、强烈的言语活动，而不再是说话者的感情。这样一种诗性的操作似乎同上述例子相去甚远，但它同第二类情况的差别可能比我们认为的要小一些。因为当作者满足于使用一种外部指示，让表达形式保持完好无损时（"他口吃道……"），如果相关内容形式、气氛特征或者引导话语的环境本身不蕴含颤抖、呢喃、断续、颤音、振动，也不将指示的情感投射到词语上，那么我们将很难理解引导语的有效性。至少梅尔维尔等大作家的情况是这样的：在梅尔维尔的作品中，森林和洞穴的喧哗、房屋的沉默、吉他的出现都见证着伊莎贝尔的低语和她那"温柔的异国语调"；或者，卡夫卡通过格里高尔爪子的颤抖和它身体的摇晃肯定了它的吱吱叫声；甚至马索克也用小客厅中沉重的悬念、村里的流言或者大草原的颤动来衬托人物断断续续的话语。语言的情感在这里成为某种间接行为的对象，但同那直接发生的很接近——此时再无其他人物，只剩词语本身。"我的家族想说什么？我不知道。它自出生之日起就口吃了，然而，它还是有话要说。在我身上，在很多我的同代人身上，重压着天生的口吃病。我们学会的，不是说话，而是口吃，只有在侧耳倾听整个世纪那越来越嘹亮的声音，只有被它浪尖的泡沫漂白时，我们才算学会了一门语言。"①

让语言口吃：这种现象可能存在而又不会被混同于言语（parole）吗？一切更多地取决于我们看待语言的方式：如果我们将语言作为一种同质的、平衡的或几近平衡的、由恒定的词语和关系所界定的系统抽离出来，那么很显然，不平衡或者变化只会影响言语（典型语调的非相关变化……）。然而，如果系统本身表现出来的是永恒的不平衡状态，枝节横生的状态，其中每个词跨越的都是一个不断变化的区域，那么语言本身就会颤动，口吃，然而不会同言语混同起来，因为后者占据的地位永远只是多种变化处境中的一种，或者说只拥有一个方向。如果说语言被混同于言语，那么这种言语只能是一种非常特殊的言语，一种诗性言语，它表现的是语言特有的分歧和差异、异质性和变化性的强大力量。例如，语言学家纪尧姆认为语言中的每个词汇并不是一个同其他恒定值

---

① 曼德尔施塔姆，《时代的喧嚣》（Mandelstam, *Le bruit du temps*），成年时代出版社，第 77 页。

相关的恒定值,而是一系列具有区别性特征的立场,或对某一确定的活跃性的不同看法:例如不定冠词"un"(一个)跨越了包含于某一特殊化运动的整个变化区域,而定冠词"le"(这个、那个)则跨越了包含于某一普遍化运动的整个区域。① 这是一种口吃行为,因为"un"或"le"的每种立场都构成了一种震动。语言的每个肢体都颤动起来。这里蕴涵着对语言本身的诗意理解:仿佛语言本身拉起了一根无限变化的抽象线条。问题就此出现,即使在纯科学领域也是如此:如果不进入远离平衡的区域,我们还能够进步吗?物理学就证实了这一点。如果说凯恩斯推动了政治经济学的发展,那是因为他将政治经济学置于一种"爆炸"而非平衡的状态之下。这是将欲望引入相关领域的唯一方法。因此,将语言置于一种爆炸的、几近崩溃的状态会产生什么结果呢?我们钦佩但丁

---

① 参见古斯塔夫·纪尧姆:《语言和语言科学》,魁北克(Gustave Guillaume, *Langage et science du langage*)。拥有活跃性与变化区域的并不仅仅是作为类别的冠词和动词,还包括每个特殊的动词、实词本身。

(Dante),因为他"倾听口吃者"、研究所有"表达缺陷"的行为不是为了从中获得话语的效果,而是为了进行一项广泛的语音、词汇甚至句法上的创新。[1]

这并非双语或多语的情况。我们可以想象,两种语言会相互混淆,不停地从一种语言转向另一种。尽管如此,每种语言仍然是一个平衡的、同质的系统,而混淆只是言语层面的。然而,这不是伟大作家的做法,尽管卡夫卡的确是用德语写作的捷克人,而贝克特是(经常)用法语写作的爱尔兰人,等等。他们不会将两种语言杂糅,甚至不会将次要语言和主要语言杂糅,虽说他们中有很多人同"少数族裔"有很密切的关系,仿佛这是他们使命的象征。他们所做的,更多的是在主要语言中——他们完全依赖这种语言来写作——创造一种少数的用法:他们令这种语言少数化,正如在音乐中,"小调"指的是处于永恒不

---

[1] 曼德尔施塔姆,《关于但丁的访谈》,拉多加纳出版社(*Entretien sur Dante*, La Dogana),§8。

平衡状态下的活跃组合。他们因"少数"而变得伟大:他们令语言逃逸,令它疾走在女巫之线上,不停地使它处于不平衡的状态,不停地令它的每个词汇根据一种不停息的转变产生分岔和变化。这已经超越了言语的可能,触及了语言甚至言语活动的能力。可以说每位伟大的作家面对他所使用的语言时,总像个异国人,尽管这是他祖国的语言。在极限处,他在一种不为人所知的、只属于他自己的沉默的弱势中获得了力量。即使面对自己的语言,他也像个外国人,他没有将别的语言同他的语言混杂起来,而是在他自己的语言中雕琢出了一门预先并不存在的外语。让语言自己喊叫、口吃、嗫嚅、呢喃。还有什么比这篇评论《智慧七柱》(*Sept piliers de la sagesse*)的文章更好的溢美之词呢?评论说:这不是英语。劳伦斯让英语脚步趔趄,从中萃取出阿拉伯半岛的音乐和幻觉。而克莱斯特,他在德语深处唤醒的是怎样一种语言啊!咧嘴强笑、口误、吱嘎音、不连续的声音、拉长的联诵、语速的骤然加快和放慢,甚至不顾这样做会引起歌德这位主要语言最伟大代表人物的反感,以达到事实上奇异的目的,石化的幻觉,令人眩晕的音乐。①

语言经历了一种双重的过程:做出选择的过程和建立序列的过程,也即同类项之间的析取或选择,可组合项之间的连接或连续。只要语言被视作处于平衡状态下的系统,析取就必然是排他性的(我们不会同时说"激情""份额""国家",我们必须做出选择),而连接必然是渐进性的(我们不会将一个词同它内部各元素组合起来,形成一种类似原地踏步或既往前又往后的状况)。然而,在这里,远离平衡,跟随一种摇摆的步伐——这一步伐涉及的是语言的过程而不再是言语的流淌,析取成为内含性因素,同时也允许内含,而连接则变得可以与自身发生关系。每个词都被分割,然而是在其自身之上(pas-rats,

---

① 皮埃尔·布朗肖是少数几位在翻译克莱斯特作品时提出风格问题的译者之一,参见《决斗》(*Le duel*),袖珍书出版社。这个问题或许可以扩展到所有翻译大作家的情况:如果翻译以标准译入语的平衡规则为参照模式,那么翻译必然是一种背叛。

passions-rations），每个词都被组合，然而是与其自身组合（pas-passe-passion）。仿佛整个语言都开始摇摆，右一下，左一下，开始颠簸，往后，往前：两种类型的口吃。盖拉西姆·卢卡（Gherasim Luca）的歌词充满了无限诗意，因为他令口吃成为语言的情感，而非话语的情状。整个语言穿行，变化，最终释放出一个终极的音响块，"JE T'AIME PASSIONNÉMENT"① 这叫喊声尽头唯一的一声喘息：

> Passionné nez passionnem je
>
> je t'ai je t'aime je
>
> je je jet je t'ai jetez
>
> je t'aime passionnem t'aime②

罗马尼亚人卢卡，爱尔兰人贝克特。贝克特

---

① 法语，意即"我疯狂地爱着你"。——译注
② 上述批评参见卢卡那首著名的诗歌，《疯狂地》[见《鲤之歌》（«Passionnément», *Le chant de la carpe*）]。卢卡的作品由科尔蒂出版社（Corti）再版。

令内含性析取的艺术达到了顶峰,这一艺术不再选择,而是通过分离的词汇间的距离来肯定它们,它不用一个来限制另一个,也不用一个来排除另一个,由此封锁并跨越了所有可能性的集合。例如《瓦特》中诺特(Knott)先生穿鞋的方式,在房间里走动的方式,或者换家具的方式。① 确实,在贝克特的作品中,这种肯定的析取最常涉及的往往是人物的仪态或步履:无法形容的走路姿势,左右摆动,前后摇晃。但这是因为转移就是这样形成的,从表达的形式到内容的形式。同样地,我们可以把他们说话的样子想象成他们走路或踉跄的样子,进而反向重构这一过程:这两者都是运动,一种超越了言语,向语言过渡,正如在另一种情况下,有机体向一个无器官的身体过渡。在贝克特某一首诗中,我们能够找到佐证,这次与语言的连接有关,口吃在这里尤其成为一种诗

---

① 参见弗朗索瓦·马特尔,《〈瓦特〉中的形式游戏》,载《诗学》,1972年,第10期。

性力量或语言力量。① 同卢卡的诗歌不同,贝克特的方法是这样的:他在句子中央安营扎寨,通过给小词加上词缀(que de ce, ce ceci-ci, loin là là-bas à peine quoi……),让句子从中间生长,用一口呼出的气来操纵这个团块(vouloir croire entrevoir quoi……)。富有创造性的口吃令语言如同草一般从中间开始生长,令语言成为一种块茎(rhizome)而非树木,语言由此处于永恒的不平衡状态:看得不对,说得不好(内容和表达)。好好说话从来不是伟大作家的特性,也不是他们关心的事。

从中间衍生或口吃有多种方式。佩吉②利用的不一定是不起眼的小词,而是一些意义明显的词汇,一些实词,其中每一个都确定了一个变化的区域,直至划定另一区域的另一个实词的边缘(*Mater* purissima, castissima, inviolata, *Virgo* potens, clemens, fidelis)。佩吉式的重复赋予了

---

① 贝克特,《怎么说》,见《诗集》,子夜出版社。
② 即法国诗人夏尔·佩吉(Charles Péguy)。——译注

词语一种纵向的厚度，令它们不断地重新开始"无法重新开始之物"。在佩吉的作品中，口吃同语言结合得那么好，以至词语本身毫发无损，保留了完整、正常的状态，但他利用了这些词语，仿佛它们本身就是某种超人类的口吃行为那分离、解体的肢体。仿佛一个受挫的口吃者。在鲁塞尔的作品中，又是另外一种方法，此时口吃行为涉及的不再是小词，也不再是完整的词，而是一些分句，被不断地插入句子中央，每个分句都置身于前一个分句之中，遵循的是括号式的扩展系统：互相嵌套，直至五个括号，"每次衍生中，这种内部的增生都必然会对受它扩张的话语造成绝对的冲击，每个诗句的创作都是对整体的摧毁，都发出了重构整体的命令"[①]。

因此这是语言的一种多分支的变化。每种变化状态都是脊线上的一个位置，脊线分支开叉，延伸成为别的脊线。这是一条句法之线。由于句法经过选择和连接这一双重视角下的一些位置，

---

① 关于《新非洲印象》(*Nouvelles impressions d'Afrique*) 中的这一方法，参见福柯，《雷蒙·鲁塞尔》，伽利玛出版社，第164页。

因此它由这条活跃线条中的弯曲、环形、转折、派生构成。这一句法不再是制约语言平衡的形式句法或表面句法,而是处于生成中的句法,是对句法的创造,它令语言之中诞生了一种外语,一种非平衡的语法。在这个意义上,它总是同某个结局不可分割,总是走向一个极限,这一极限本身不是句法的或语法的,尽管从形式看它仍然具备句法或语法特征,例如卢卡的句式"je t'aime passionnément",它在一长串结结巴巴的句子结尾爆发,如同一声吼叫(或者巴特比的"我宁愿不"——它包含了一切先决的变化,再或者康明斯的"he danced his did"——它从仅被认为具有潜在性的变化中脱颖而出)。诸如此类的表达被当作了发音不清的词语,一口气说出的话。有时,最后的极限也会抛弃一切语法的外衣,以原生状态突然出现,正如阿尔托的气息词:由于阿尔托那些异常的句子要以强迫法语为己任,因此它在这些意味着言语活动极限的气息或纯粹强度中找到了自身张力的目的地。再或者,这样的情况可能不是出现在同一本书中:在塞利纳的作品中,

《长夜行》令母语失去平衡,《死缓》发展了具备情感变化的新句法,而《木偶戏班》找到了终极目的,即感叹句和省略句,这些句子废除了所有句法,令一种词语的纯粹的舞蹈得以产生。然而,张量与极限,语言中的张力和言语活动的极限,这两方面仍然是相关的。

这两个层面根据语调的无限变化得以实现,然而它们总是如影随形:言语活动的极限牵拉着整个语言,而被拉紧的富有变化或转变的线条总是将语言带向上述极限。正如新语言不是语言之外的东西一样,不合句法的极限也不是言语活动之外的东西,它是言语活动的外在,而不是在言语活动之外。这是一幅画或一支乐曲,然而是词语之乐,是用词语所作的画,是词语之中的沉默,仿佛词语开始吐出它们的内容,即宏大的视觉或卓越的听觉。大作家(雨果、米肖……)的构图的特殊性,不在于它们是文学的,因为它们根本不是,而在于它们进入了纯粹的视觉领域,但这种视觉仍然跟言语活动有着密切关系,它们构成了言语活动的某个终极目标、某种外在、某种反面，某种言语活动之下的东西，墨痕或无法辨认的字迹。词语绘画，唱歌，然而是在它们通过自我分裂和组合勾勒出的道路的尽头。词语沉默不语。妹妹的提琴声接着格里高尔的吱吱声响起，吉他声反弹了伊莎贝尔的呢喃；濒死鸣禽的歌声盖住了比利·巴德这只温柔的"野兽"那含糊的声音。语言的张力那么强烈，以至它开始口吃，或者呢喃，或者嗫嚅……一切达到极限的言语活动描绘出这一表象，并同沉默展开了抗争。当语言处于这样的紧张状态时，言语活动开始承受一种压力，迫使它陷入沉默。风格——语言中的外语——即由这两种活动构成，或者应该如普鲁斯特那样，谈论一种无风格（non-style），"某种尚未不存在的未来风格的构成因素"？风格是语言的节省。① 面对面或面对背地令语言口吃，同时将言语活动带到它的极限、它的外在、它的沉默。正如"爆炸"或"崩溃"。

---

① 关于风格及其同语言和语言两个方面的关系，参见乔治·帕斯隆纳，《抽象线》，盖里尼出版社 [Giorgio Passerone, *La linga astratta*（原文为 linga，应为 linea 之误。——译注）]。

每个人都可以用自己的语言讲述回忆，编写故事，陈述观点；有时他甚至具有优美的风格，风格赋予了他合宜的方法，令他成为为人称道的作家。但当要挖掘故事下面的东西，劈开观点，以达到没有记忆的区域时，当需要毁灭自我时，那么成为一名"大"作家显然是不够的，而方法必须总是不合宜的，风格成为无风格，语言令一种奇特的未知因素流露出来，好让人们能够达到言语活动的极限，成为作家以外的人，去占据裂成碎片的视觉，后者通过诗人的词语、画家的颜色或音乐家的音调得以显现。"读者将只看到不合宜的方法——出现：碎片，暗示，努力，追寻。不要试图从中找到一个精雕细琢的句子或者一个完全和谐的画面，印刷在页面上的，将是一种含糊的话语、一种结结巴巴的表述……"[①]别雷那结

[①] 安德烈·别雷，《疯人笔记》（Andrei Biely, *Carnets d'un toqué*），成年时代出版社，第 50 页。以及《科吉克·列达耶夫》（*Kotik Letaiev*）。我们参考的是乔治·尼瓦（Georges Nivat）在这两本书中的评论（尤其是关于语言和"同一语义源上的变化"的方法，参见《科吉克·列达耶夫》，第 284 页）。

结巴巴的作品《科吉克·列达耶夫》，记载了生成-孩子（devenir-enfant）的故事，但这个孩子不是我，而是宇宙，是世界的爆炸：这童年不是我的童年，它不是一种记忆，而是一个团块、一块无比匿名的碎片、一种永远当下的生成。① 别雷、曼德尔施塔姆、赫列勃尼科夫（Khlebnikov），俄国的三位一体，三倍的口吃，三次被钉死在十字架上。

---

① 利奥塔（Lyotard）恰恰把这一带走语言，并勾勒出不断被推往远处的言语活动极限的运动称为"童年"："Infantia，即那无法自我言说的东西。童年不是人生的一个阶段，它挥之不去。它萦绕着话语……作品中那无法被写出的东西召唤的，可能是那个再也不懂如何阅读，或尚不知如何阅读的读者。"[《童年的阅读》(*Lectures d'enfance*)，伽利略出版社，第9页]

第十四章
耻与荣：T. E. 劳伦斯

沙漠和对沙漠的感知，或者对沙漠中的阿拉伯人的感知似乎经历了某些歌德式的阶段。首先是光，但它尚未被感觉。它更多的是一种纯粹的、不可见的、无色无形、不可触摸的透明。它就是**理念**，是阿拉伯人的**神灵**。然而**理念**或抽象物没有超验性。**理念**在整个空间延展，就像是**开放性**："在那边，什么都没有，只有透明的空气"①。光是创造了空间的开口。**理念**是空间中根据运动的方向活

---

① 第四卷，第五十四章。关于阿拉伯人的神，无色无形，无法触摸，包含一切，参见"引言"，第三章。我们这里引用的是收入伽利玛出版社"弗里奥"文库的《智慧七柱》，于连·德勒兹译。

动的力量：是实体（entités）、实质（hypostases），但不是超验性。叛乱、起义是光，因为它是空间（需要在空间中扩展，开拓尽可能多的空间），因为它是**信念**（最重要的是布道）。起义者是先知，而流浪的骑士，是费萨尔（Fayçal）和奥达（Aouda），是传播信念、穿越空间之人。① "**运动**"：这就是起义的名称。

将要充斥整个空间的，是雾，是阳光照射下的雾。连起义本身也都是一种气体、一种蒸气。雾气是逐渐产生的感觉的最初状态，它制造了海市蜃楼，事物在其中上上下下，仿佛受到某个活塞的推动，人悬浮其中，仿佛悬挂在某根绳索上。视线迷蒙，视线模糊：某种幻觉的初显，某种无边无际的灰色。② 这灰色是不是被一分为二了？当阴影笼罩、光线消失时，它就变成了黑色，而当光明本身变得浓重时，它就变成了白色。歌德将

---

① 第三卷，第三十八章。
② 关于雾气或"海市蜃楼"，第一卷，第八章。在第九卷，第一○四章有一段出色的描写。关于叛乱像气体、蒸气的说法，参见第三卷，第三十三章。

白色定义为"纯粹透明偶然产生的不透明的亮光";白色是沙漠地带不断继起的事件,而阿拉伯世界是黑白双色的。① 然而,这仍然只是感知的条件,感知的完全产生需要依赖色彩的出现,也就是说当白色逐渐暗沉变成黄色,当黑色逐渐清朗变成蓝色时。沙子和天空,直至浓重到产生令人目眩的紫色,在这紫色中,世界在燃烧,视觉被疼痛取代。视觉、疼痛,两种实体……:"他在夜间醒来,眼睛什么也看不见了,只是觉得生疼。"② 从灰到红,是世界在沙漠中的出现和消失,是可见物与感知可见物的所有历险。空间中的**理念**是视觉,它从纯粹不可见的透明直至燃烧一切视觉的紫红色火焰。

"对那几个月来饱受阳光和黑炭的阴影折磨的眼睛来说,阴暗的悬崖、粉色的土壤和浅绿色的灌木丛是一道亮丽的风景;夜晚来临,西沉的太阳在山谷一侧投下绛红色的光辉,令另一侧陷入

---

① 参见"引言",第二章。
② 第五卷,第六十二章。

一种紫色的昏昧中。"① 劳伦斯,文学史上最伟大的风景画家之一。壮观的鲁姆山谷(Rumm),绝对的视觉,思想的风景。② 而且色彩运动着,偏离着,移动着,滑动着,倾斜着,比起线条来有过之而无不及。这两者,色彩和线条同时产生,融为一体。砂石或玄武岩的风景结合了色彩和线条,然而一直处于运动之中,巨型的线条层层叠叠地被着色,色彩被拉成巨型的线条。芒刺或圆球的形状此起彼伏,与此同时,色彩相互回应,从纯粹的透明至令人绝望的灰色。脸庞同风景相呼应,在这些构图简洁的画中或隐或现,令劳伦斯成为最伟大的肖像画家之一:"通常他的心情都很好,但他身上有一根准备受苦的神经……";"他那飘扬的头发和他那如疲惫的悲剧作家一般沟壑纵横的脸庞……";"他的思想就像是一处田园风光,胸怀四方,精致,友好,尽管有局限但目光独到……";"他的眼皮

---

① 第四卷,第四十章。
② 第五卷,第六十二、六十七章。

在粗硬的睫毛上坍塌成疲惫的褶皱,透过眼皮,一束来自头顶太阳的红色光线在眼眶中闪烁,将眼眶变成了炽热的火坑,而人在这火坑中慢慢燃烧。"①

最出色的作家拥有特殊的感知条件,使他们能够汲取或雕琢审美感知物,将它们视为真正的视觉形象,哪怕双眼为此变得通红。海洋从内部渗入梅尔维尔的感知中,以致航船同空洞的大海相比,显得那么不真实,而且强行进入视线中,仿佛"从海底深处出现的海市蜃楼"②。然而,仅仅求助于某个令事物扭曲、令感知颤抖或跳跃的场所的客观性足够了吗?这里更多地涉及的会不会是一些主观条件呢?这些条件确实呼唤这个或那个有利的客观场所,在场所中体现,可能会与之吻合,但它们仍然保留了某种不可抗拒、无法理解的差别。普鲁斯特正是凭借一种主观倾向,

---

① 第四卷,第三十九章;第四卷,第四十一章;第五卷,第五十七章;第九卷,第九十九章。
② 梅尔维尔,《贝尼托·塞莱诺》(*Benito Cereno*),伽利玛出版社,第 201 页。

第十四章 耻与荣：T. E. 劳伦斯

在门缝下吹进来的风中找到了他的感知物，因此当人们指给他看美好事物时，他显得有些无动于衷。① 在梅尔维尔身上，有一个为水手们所不熟悉的内心海洋，尽管他们已经有所预感：莫比·迪克在那里游泳，它投射到外部海洋中，但这样做是为了转变对海洋的感知，并"抽离"出对海洋的一种**视觉**。在劳伦斯身上，有一处内心的沙漠，将他推向阿拉伯的沙漠，推向阿拉伯人中间，这一内心的沙漠在很多处都同阿拉伯人对沙漠的感知和认识相吻合，但它保留了无法抹杀的差别，将阿拉伯人的感知和认识引入某个完全不同的隐秘**形象**中。劳伦斯说阿拉伯语，像阿拉伯人那样穿着和生活，甚至连受刑时发出的叫声都是阿拉伯语，但他不会模仿阿拉伯人，他永远不会放弃他的那点差别，而他已经感觉到这种差别是一种背叛。② 穿着已婚青年的服装——"可疑的洁白无

---

① 普鲁斯特，《索多姆和戈摩尔》（*Sodome et Gomorrhe*），"七星"文库第二卷，第 944 页。

② 关于这位英国人在面对阿拉伯人时采取的两种可能的行为，参见第五卷，第六十一章。以及"引言"，第一章。

暇的真丝长袍"，他不停地背叛着他的**妻子**。劳伦斯身上之所以存在这点差别，不仅仅因为他还是个英国人，还在为英国服务——在某个同时背叛一切的噩梦中，他背叛了阿拉伯半岛，也背叛了英国。但这一差别也不是由他的个体差异所导致的，因为劳伦斯的行动是对自我的一种冷静的、经过深思熟虑的、不达目的誓不罢休的摧毁。他埋下的每颗炸弹也都在他身上爆炸，他自己就是一颗被他引爆的炸弹。这是一种无比神秘的主观倾向，不能将它同某种民族或个人的性格混为一谈，它令他在被摧毁的自我的废墟之下远离了他的祖国。

再没有什么问题比这一推动着劳伦斯的主观倾向的问题更为重要，它将劳伦斯从"存在的锁链"中解放了出来。即使一个精神分析师，也不会太快下定论说这一主观倾向是同性恋倾向，或者更确切地说是小说精彩题词中提到的，成为劳伦斯行为动力的隐秘的爱，尽管同性恋倾向可能被包含在这种主观倾向中。我们也不会相信这是一种背叛倾向,尽管背叛行为可能由此产生。此处涉及的不如说是一种深刻的欲望,一种如下的倾向:将自我和他人的鲜明形象投射到事物中,投射到现实中,投射到未来,投射到天空中,好让形象能够拥有自己的生命。这一形象不断被重拾,被修补,它一路走来不断成长,直至成为一种神话形象。① 这是一个制造巨人的机器,柏格森称其为神话制造功能。

劳伦斯说他透过迷雾看东西,不能立即看清形状和颜色,只能通过与它们的直接接触认出它们来;说他不能算是个行动派,说他比起结果和方法来,对**理念**更感兴趣;说他几乎没什么想象力,而且不喜欢做梦……在这些否定的特征中,有很多动机将他同阿拉伯人配成对。然而,给予他灵感、推动他前进的,是成为一个"白日梦者"

---

① 参见让·热内(Jean Genet)对这种倾向的描述:《爱之囚》(*Un captif amoureux*),伽利玛出版社,第353—355页。热内与劳伦斯有诸多相似之处,当热内与一群巴勒斯坦人共同置身沙漠中,呼唤另一场起义时,也是出于一种主观倾向。参见费利克斯·瓜塔里的评论:《重见热内》[(Genet retrouvé)见《精神分裂分析制图学》,伽利略出版社,第272—275页]。

的梦想,这个"白日梦者"实际上是个非常危险的男人,他不是通过同现实或行动的关系,也不是通过同想象或梦境的关系,而仅仅是通过某种力量来定义自我的,凭借这股力量,他将从自己或自己的阿拉伯朋友身上汲取的形象投射到现实中。① 那么形象同他们的真实情况相符吗?有些人指责劳伦斯赋予了自己从来不曾拥有过的重要性,这些人只能表现出他们人格的狭隘、毁谤的能力和阅读文本时的无能。因为劳伦斯并没有掩饰实情:受到脆弱的人际网络的限制,他所起的作用是多么地微不足道;他强调他的很多行动都是无足轻重的,比如当他埋下没有爆炸的炸弹,又记不起埋炸弹的地点时。至于他夸耀的但并没有令他产生幻觉的最后胜利,也只是在盟军来临之前,将阿拉伯游击队带到大马士革。当时的情形同我们在"二战"即将结束时看到的情形很相似,抵

---

① "引言":"白日梦者,危险的男人……"关于他感觉的主观性,参见:第一卷,第十五章;第二卷,第二十一章;第四卷,第四十八章。

第十四章　耻与荣：T. E. 劳伦斯

抗运动占领了某个被解放城市的市政大楼，甚至还来得及制服一些人，后者是某个在最后一刻产生的折中协议的代表。① 总而言之，劳伦斯在他行进的道路上投射下了一些伟大形象，这些形象超越了实际上往往微不足道的行动。促使他这样做的，不是一种可悲的、个人的谎语癖。投射机器同起义运动本身不可分离：它是主观的，它反映的正是起义军伍的主观性。与此同时，还需要劳伦斯的写作、他的风格，来重新叙述并取代它：主观倾向——也就是形象的投射力量——同时是政治的，情色的，艺术的。劳伦斯自己展示了他的写作计划是如何与阿拉伯运动紧密结合的：由于缺乏文学技巧，他需要起义和布道的机制来成为作家。②

劳伦斯投射到现实中的形象不是一些膨胀的

---

① 参见第十卷，第一百一十九、一百二十、一百二十一章（废黜阿卜杜拉-卡德尔侄子组建的伪政府）。
② 第九卷，第九十九章："最后，命运带着一种邪恶的性情，在让我扮演实干家的角色时，使我在阿拉伯起义中占了一席之地，对于亲眼看见、亲自参与其中的人来说，阿拉伯起义就是现成的史诗主题，我由此走向了文学……"

形象，会因虚假扩张而犯下原罪；它们通过一种纯粹的、悲剧性或喜剧性的强度——作者擅于赋予事件上述种种强度——而具有重要价值。他从自身提取的形象不具有欺骗性，因为它并不需要回应某种事先业已存在的事实。这里涉及的是制造现实，而不是回应现实。正如热内在谈论这类投射时所指出的那样，形象之后空无一物，是一种"存在的缺席"，一种代表着某个溶化的自我的虚空。形象之后空无一物，除却带着一种奇特的冷静注视着这些形象的精神，哪怕这些形象是血腥的，或者被撕裂的。① 因此《智慧七柱》中实际上存在着两本书，两本互相渗透的书：一本关于投射到现实中并拥有自己生命的形象，另一本关于注视这些形象并陷入自身抽象活动之中的精神。

因为注视着形象的精神本身不是空洞的，而抽象活动是精神的双眼。宁静的精神中贯穿着种种念头，念头在其上留下印记。精神是有着复眼

---

① 第六卷，第八十、八十一章。"引言"第一章。

的**怪兽**,时刻准备扑向被它辨认出来的动物躯体。劳伦斯强调自己对抽象事物的狂热激情,他与阿拉伯人共同分享了这种激情:一方同另一方一样——劳伦斯或阿拉伯人,他们会心甘情愿地停止行动,去追随他们所遇见的一种**理念**。我是抽象性的奴仆。① 抽象的理念不是无生命体,而是能够激起强大空间活力的实体,它们在沙漠中同被投射出来的形象密切融合,不管形象是东西、躯体还是存在。这是《智慧七柱》之所以成为某种双重阅读、双重戏剧性的对象的原因。劳伦斯的特殊倾向正在于此,即凭借某种天赋,充满激情地令这些实体存在于沙漠中,在骆驼步伐踏出的不连贯的节奏中,跟人与物并驾齐驱。可能这一天赋赋予了劳伦斯的语言某种独一无二的东西,令他的语言听起来像一门外语,与其说是受阿拉伯语影响,不如说是受一种幽灵般的德语的影响,后者注入他的笔触,令英语产生了新的力量(一

---

① 第九卷,第九十九章。

种不流畅的英语,诚如福斯特所言,粗糙,生硬,时刻变换着语体,充满抽象的思考、停滞的进程和中断的视野①)。无论如何,劳伦斯的抽象能力令阿拉伯人着迷。某个狂热的夜,他那燃烧的精神促使他发表了一番几近疯狂的言论,他揭露了**万能和无限**,祈求这些实体更猛烈地打击我们,在我们身上淬炼用它们自身的废墟铸造的武器,又歌颂了挨打的重要性,歌颂**无为**(Non-faire)是我们唯一的胜利,而**失败**是我们最崇高的自由:"对洞察一切的人来说,失败是唯一的目标……"②最奇怪的是,听众都对此产生了足够的热情,以至顷刻间都决定加入起义的队伍。

我们从形象谈到了实体。归根结底,这便是劳伦斯的主观倾向:这是一个实体世界,这些实体行经沙漠,衬托着形象,与形象互相交织,并

---

① 参见 E. M. 福斯特(E. M. Forster),1924 年 2 月中旬信件[《致 T. E. 劳伦斯的信》,伦敦,乔纳森·凯普出版社(*Letters to T. E. Lawrence*, Londres, Jonathan Cape)]。福斯特指出,从来没有人能像劳伦斯那样,通过一系列前后相继的静止状态,以如此少的流动性来再现运动。

② 第六卷,第七十四章。

赋予形象一种可见的维度。劳伦斯说他深刻了解这些实体,但他无法把握的,是它们的 *character*(特殊性格)。请不要将**特殊性格**等同于自我。在主体性深处,没有自我,有的只是一种奇特的合成物、一种特异体质、一个神秘数字,仿佛有一种独特的运气,令这些实体被保留,被渴望,令这一组合被选中:是这一种,而不是另一种。叫作劳伦斯的是这一组合。骰子的一掷,某种掷骰子的**意愿**。*Character* 是**野兽**:将形形色色的实体集中在一起的精神、意愿、欲望、欲望-沙漠。①因此问题变成了:这些主观实体是什么?它们是如何组合的?劳伦斯将宏伟的第一百零三章贡献给了这两个问题。在这些实体中,没有一个比**耻辱**和**荣耀**,比**耻辱**与**骄傲**更受强调。可能它们之间的关系能够帮助我们辨认 *character* 的秘密。羞耻感受到了前所未有的赞誉,并且是以一种非常

---

① 第九卷,第一百零三章:"我充分意识到自己身上被包裹起来的力量和实体,被隐藏起来的是它们的特殊组合(*character*)。"以及关于精神之兽——意愿和欲望——的言论。奥逊·威尔斯坚持英语中的 *character* 一词的特殊用法[参见巴赞,《奥逊·威尔斯》,塞尔出版社(Bazin, *Orson Welles*, Cerf),第 178—180 页];类似尼采思想中集合多种力量的权力意志。

自豪、高傲的方式。

在与其他不同实体保持关系的同时,每个实体又都是多重的。羞耻,首先是背叛阿拉伯人的羞耻,因为劳伦斯不停地向他们保证英国人会信守诺言,但他非常清楚这些承诺无法兑现。尽管是出自真心,劳伦斯仍然为向另一个国家的人民宣扬民族自由而感到羞耻:这是一种不好过的处境。劳伦斯不断将自己视为骗子,"然后我又穿上了我那虚假的外套"①。然而,在轻微背叛自己的种族和自己的政府时,他也获得了一种补偿性质的自豪感,因为他培养了一些有能力——他这么希望——迫使英国人信守诺言的游击队员(这是进入大马士革事件显得重要的原因)。他那夹杂着羞耻的骄傲,是看到阿拉伯人如此高贵、英俊、迷人(尽管他们有时也会背叛),在任何方面都同英国士兵具有巨大反差。② 因为,根据游击战的需求,他教导的都是游击战士,而非正规军。随着阿拉伯人逐渐参与到起义中,他们同投射的形象

---

① 第七卷,第九十一章(及书中其他几处)。
② 第九卷,第九十九章(同时参见第五卷第五十七章,当奥达因"同情"同土耳其人进行秘密商谈时,他仍旧具有同样的魅力)。

越来越吻合,这些形象赋予他们个性,令他们成为巨人。"我们的骗局为他们增光添彩。我们越是谴责自己,蔑视自己,就越能厚颜无耻地为他们——我们的杰作——而自豪。我们的意愿吹着他们前行,仿佛他们是稻草一般,然而他们并不是稻草做的,他们都是最勇敢、最单纯、最快乐的人。"作为第一位讨论游击战的伟大理论家,劳伦斯认为主要的对立是突袭和大战役的对立,是游击队和正规军的对立。游击战问题于是同沙漠问题合二为一:这是个性或主体性的问题——哪怕涉及的是一支队伍的主体性——牵扯其中的是自由的命运;而战争和军队是对一个匿名群体的组织,这个群体受制于客观的法令,后者的目的就是将人塑造成"类型"①。对玷污沙漠的战役感到羞耻——劳伦斯唯一一次因心灰意冷而同土耳其人展开的战役最后成为一场肮脏、无用的大屠杀。为军队感到羞耻——军中成员比犯人更糟糕,

---

① 第五卷,第五十九章。第十卷,第一百一十八章:"沙漠的精髓是个体……"

他们只能吸引妓女前来。① 确实也曾有那样的时刻,游击队员如果想取得决定性胜利,就不得不组成一支军队,或者至少加入一支军队,但他们常常像自由、叛逆的人一样消失。《智慧七柱》几乎一半的篇幅向我们描述了游击战阶段逐渐消失的漫长过程,描述了自动机枪和劳斯莱斯军车取代骆驼,专家和政客取代游击战首领的过程。连舒适和成功都令人感到羞耻。羞耻感的产生有很多自相矛盾的动机。最后,当满心孤寂的劳伦斯在疯狂大笑两声后消失时,他可以像卡夫卡那样说:"仿佛他死后,他的羞耻感还将留在人间。"羞耻感令人变得伟大。

在一种羞耻感中夹杂着多种羞耻感,然而还存在其他羞耻感。怎么可能恬不知耻地发号施令呢? 发号施令,就是窃取别人的灵魂,将它们送向痛苦的深渊。首领如果不承受痛苦,不牺牲自我,就无法得到信仰他的群众——"目光短浅的

---

① 第十卷,第一百一十八章。

大众集合而成的狂热希望"——的支持。然而,即便是在这种救赎式的牺牲中,依然存在着羞耻感,因为这一行为是对别人位置的剥夺。救赎者满足于他的牺牲行为,但"他伤害了他的弟兄们的男性气概":他没有足够多地牺牲自我,因此他的自我阻止了其他人扮演救赎者的角色。这是"充满阳刚之气的信徒感到耻辱"的原因,仿佛基督从小偷那里剥夺了本该属于他们的荣耀。救赎者感到羞愧,因为他"贬低了被救赎者的尊严"①。正是这一类残忍的思考撕裂了劳伦斯的大脑,并令《智慧七柱》成为一本几近疯狂的书。

那么,是不是应该选择被奴役?然而,还有比屈服于自己的下属更令人羞愧的事吗?当人不仅仅在生物功能方面,而且在最人道的计划方面依赖动物时,耻辱感更是得到了成倍增加。如非必要,劳伦斯避免骑马,宁愿光脚走在锋利的珊瑚上,这样做不仅仅是为了强身健体,还因为他

---

① 第九卷,第一百章。

耻于依赖某种低等的存在形式,后者同我们的相似之处足以令我们联想到我们自身在上帝眼中的形象。① 虽然劳伦斯也描绘了不少骆驼的令人赞叹或趣味横生的肖像,但当发烧令他不得不承受它们的臭味和污秽时,他的仇恨就爆发了。② 军队中还存在着其他形式的束缚,例如依赖不比动物更高级的人。一种被迫的、令人耻辱的束缚,这就是军队的问题。如果说《智慧七柱》确实提出了这一问题:如何在沙漠中作为自由的主体生活并生存下去?那么,劳伦斯的另一本书《铸币厂》(*La matrice*)则提出了另一个问题:如何"在把我的命运与同类的命运捆绑在一起时,重新成为一个与他人一样的人"?如何作为一个匿名的、连最细微的特征都受到客观限定的"类型",在军中生活并生存下去?劳伦斯这两本书类似对两条道路的探索,正如巴门尼德(Parménide)的诗歌所表现的那样。当劳伦斯进入匿名状态,只是身为

---

① 第三卷,第二十九章。
② 第三卷,第三十二章。

一名士兵时,他从一条道路过渡到了另一条。《铸币厂》在这个意义上是对耻辱的赞歌,正如《智慧七柱》是对荣誉的赞歌。然而,由于荣誉本身已充满了耻辱,因此耻辱也可能携带有一个荣誉的出口。荣誉那么深刻地被压缩在耻辱中,导致束缚也变得荣耀起来,只要束缚是以自愿为前提的束缚。在耻辱之中,总能分离出一种荣誉,一种"对人类的十字架的颂歌"。劳伦斯请求赐予自己的,是一种自愿的束缚,他全心呼唤的,是一种类似带有受虐倾向同时又充满骄傲的合约:是臣服,而不是奴化。① 在沙漠中定义一个主体群的,是自愿的约束,例如劳伦斯本人的保镖。② 但正是这种束缚将军队中可耻的依赖关系转化成一种壮丽的、自由的约束:这就是当劳伦斯从兵站

---

① 参见第九卷,第一百零三章:劳伦斯抱怨没能找到可令他臣服的主人,甚至连艾伦比(Allenby)都不够格。

② 第七卷,第八十三章:"这些男孩很享受服从别人和令身体受蔑视的事,以便更突出他们在精神平等下的自由……他们在自降身份中发现了一种乐趣,一种同意主人最大限度地利用他们的血肉之躯的自由,因为他们的精神同他是平等的,而合约是自愿的……"而被迫的束缚正好相反,因为它是灵魂的堕落。

的耻辱谈到士官学校的荣耀时,《铸币厂》所表现出来的教义。劳伦斯这两条道路,两个如此不同的问题,在自愿的束缚中合而为一。

羞耻感的第三个方面,也可能是最根本的方面,就是对身体的羞耻感。劳伦斯赞赏阿拉伯人,因为他们蔑视身体,而且在整个故事中,他们"像前后相继的海浪一般向肉体的海岸发起冲击"[①]。然而,羞耻比蔑视多了一点东西:劳伦斯强调了他同阿拉伯人之间的差异。他深具羞耻感,因为他认为,无论精神多么独特,它都同身体密不可分,两者被不可救药地缝合在一起了。[②] 在这个意义上,身体甚至不是精神的一种手段或载体,更多的是一种包裹在精神行动之上的"分子的泥浆"。当我们行动时,身体便受到忽视。相反,当它被限制在泥浆状态时,我们会有一种奇怪的感

---

① "引言",第三章。
② 第七卷,第八十三章:"认为精神与物质截然相反的观念是阿拉伯人自我放逐的基础,但这种观念一点都帮不了我。我通过完全相反的道路实现了自我的放逐……"

觉,觉得它终于受到了注视,达到了它的终极目标。① 《铸币厂》正是以对带有耻辱印记的身体的这种羞耻感展开话题的。在两个著名的片段中,劳伦斯描写了极端恐怖的画面:他那被贝伊(bey)的士兵折磨并强奸的身体,以及濒死的土耳其人的身体,后者虚弱地举起手,表明他们还活着。② 之所以会认为恐怖有尽头,是因为分子的泥浆是身体最后的状态,而精神带着某种兴味注视着它,因为它在身体上找到了无法超越的终极的安全感。③ 精神朝身体俯下身:如果没有精神这一俯身向下的动作,没有这一对可耻之物的向往,没有这种精神的窥视癖,羞耻感就无从谈起。也就是说,精神以一种很特殊的方式以身体为耻:事实上,它为身体感到羞耻。仿佛它对身体说:你让我感到羞耻,你该感到羞耻……"一种身体

---

① 第七卷,第八十三章。
② 第六卷,第八十章,第十卷,第一百二十一章。
③ 第九卷,第一百零三章:"我在底层寻找着快乐和冒险。在我看来,在自我贬低中有一种确信,一种最终的安全感。人可以上升到任何高度,然而存在着一种动物性的层级,人不可能跌至这个层级以下。"

上的孱弱令动物性的自我往远处匍匐,并隐藏自身,直至羞耻感过去"①。

对身体的羞耻感暗示着一种对身体的特殊看法。按照这种看法,身体有一些外在的自动反应。身体是一只动物。身体所做的一切都是自行完成的。劳伦斯将斯宾诺莎的名言据为己有了:我们不知道一个身体所能做的事!在折磨之中,是一种勃起;即使处于泥浆状态,身体也被阵阵颤动贯穿,就像传遍死蛙身体的反射;或者濒死者的敬礼,那令所有濒死的土耳其人全身颤抖的举手的尝试,仿佛他们在重复同一戏剧性的动作,而这一动作令劳伦斯爆发出疯狂的笑声。更何况,在正常情况下,身体总是在精神有动静之前不停地付出行动,做出反应。我们可能还记得威廉·詹姆斯的情感理论,后者经常遭遇莫名的反感。②詹姆斯提出了一种悖谬的次序:① 我看到一头狮

---

① 第三卷,第三十三章。
② 参见詹姆斯,《心理学原理》,里维埃出版社(*Précis de psychologie*, Rivière),第 499 页。

子，② 我的身体开始颤抖，③ 我害怕了；① 对某种情境的感知，② 身体的变化，变强或变弱，③ 意识或精神的情绪波动。詹姆斯的理论可能有失偏颇，因为他将这一次序同一种因果关系等同了起来，并认为精神的情绪只是身体变化的结果或影响。然而，这一次序是正确的：我处于一种令人精疲力竭的情境中；我的身体"匍匐并隐藏自身"；我的精神感到了羞耻。精神起先是冷静、好奇地看着身体所做的一切，它首先是一名证人，随后它开始激动起来，成为狂热的证人，也就是说它感受到了自己的情感，这情感并不单单是身体的影响，而是俯瞰身体并对此做出评价的真正的批评实体。①

精神实体和抽象观念与人们想象的不同，它们是情绪，或情感。它们数不胜数，也不仅仅存在于羞耻感中，尽管羞耻感是其中最主要的表现

---

① 因此至少存在三"方"，正如劳伦斯在第六卷第八十一章中指出的那样：一方同身体或肉体一起前进，一方"在右上方盘旋，并好奇地俯下身"，而"饶舌的第三方则边说话边发问，对身体强加给自己的体力活提出批评……"。

形式之一。身体有时会让精神感到羞耻,但身体也会令精神发笑,或者魅惑它,正如年轻、英俊的阿拉伯人的身体("他们那卷曲的鬈发紧贴在太阳穴上,形成长长的弯曲的角,令他们看起来像俄国舞者"①)。感受到羞耻、几近崩溃,或者感受到乐趣或荣耀的总是精神,而身体"继续固执地干着苦差事"。富有情感的批评实体不会相互取消,而是可以并存且相互融合,从而构成精神的 *character*,由此构成的并不是一个自我,而是一个重力中心,这一重力中心随着木偶剧场秘密的牵线装置不停地从一处移向另一处。这大概便是荣誉,一种隐藏的意愿,它令实体之间互相沟通,并在合适的时刻将它们抽取出来。

当精神注视着身体时,实体便在精神之中起身并行动起来。这是主体性的行动。它们不仅仅是精神的双眼,还是它的**力量**、它的**言语**。在劳伦斯的笔触中,我们听到的是实体之间的碰撞。然而,因为它们除了身体之外别无其他客体,所

---

① 第六卷,第七十八章。

以它们在语言的极限处激起了一些可视可闻的伟大**形象**,这些形象掏空着无生命或有生命的身体,既羞辱着它们同时又赞美着它们,正如《智慧七柱》的开篇:"夜晚,我们被露水弄得肮脏不堪,在群星无尽的沉默面前为自己的渺小深感羞耻。"①仿佛实体充盈着一个内心的沙漠,后者被扩展至外部的沙漠,并透过身体,在此投射出种种神话形象,人、兽和石头。**实体**和**形象**,**抽象概念**和**具体视觉**交织,令劳伦斯成为另一个威廉·布莱克(William Blake)。

劳伦斯没有撒谎,即使是在快乐中,他仍感受到了面对阿拉伯人的一切羞耻:羞于伪装,羞于分担他们的苦难,羞于指挥他们,羞于欺骗他们……他为阿拉伯人感到羞耻,替阿拉伯人感到羞耻,也羞于面对阿拉伯人。然而劳伦斯身上始终带有这种羞耻感,它无时无刻不存在,一出生即存在,仿佛这是**特殊性格**的一个深刻的组成部分。面对这种深刻的羞耻感,阿拉伯人开始扮演

---

① "引言",第一章。

起一个赎罪式的、自觉自愿的净化式的光荣角色；劳伦斯自己也帮他们将微不足道的行动转化为抵抗和解放战争，哪怕这一战争最后不得不因背叛而宣告失败（失败反过来加强了荣耀或纯洁性）。英国人、土耳其人乃至整个世界都瞧不起他们，但这些傲慢、快乐的阿拉伯人仿佛跳出了耻辱感，捕捉住了**视觉**和**美**的影子。他们给世界带来了一种奇怪的自由，在这自由中，荣与耻进入了一种几乎精神式的肉搏。正是在这个意义上，我们找到了让·热内与劳伦斯的多重相似之处：与阿拉伯人（巴勒斯坦人）的事业结合的不可能性，无法做到这一点的耻辱感，来自别处的、与存在同质的更为深刻的耻辱感，以及对一种傲慢的美的揭示，这种美，正如热内所说的那样，表现出"羞耻之外的爆炸"有多么"轻而易举"，至少在某一刻是这样……①

---

① 参见阿兰·米利昂蒂，《羞耻之子：论热内的政治介入》，载《巴勒斯坦研究杂志》（Alain Milianti, « Le fils de la honte: sur l'engagement politique de Genet », *Revue d'études palestiniennes*），1992 年，第 42 期。在这篇文章中，每个适用于热内的词同样适用于劳伦斯。

第十五章

为了审判的终结

从古希腊悲剧至现代哲学,建立并发展起来的是一整套有关审判的教义。比起行动来,审判更具悲剧性,而希腊悲剧首先创建了一个法庭。康德并没有发明一种真正的判断力批判,因为这本书树立起的恰恰是一种主观的、空想的法庭。是斯宾诺莎在与犹太-基督教传统决裂的同时带来了一种批判。这一批判得到了他的四大门徒——尼采、劳伦斯、卡夫卡、阿尔托——的继承和发扬。这四位曾被迫亲身经受奇特的审判的折磨。他们曾经历过这样的时刻,其间指控、决议、宣判无休止地纠缠在一起。受指控的尼采奔走于一个个寄居地，并向其发出雄心勃勃的挑战，劳伦斯生活在不道德和色情狂的指控之中，即便在他最普通的风景画中也能看到指控的影响，卡夫卡表现得像个"无辜的魔鬼"，以便逃脱"客栈法庭"，而人们在这法庭中审判着他无尽的订婚仪式①。而阿尔托-凡·高，有谁像他那样承受了审判最严酷的形式，即可怕的精神病鉴定呢？

尼采最终总结出来的，是审判的条件："对神性负有债务的意识"，这一债务历险自身变得无休无止，因而无法得到最终的清偿。② 人类只有在其生存状况背负上某种无限的债务时，才会呼唤审判，才变得可受审判，才会去审判别人：债务的无限和生存的不息互相参照，构成了"审判教义"。③ 如果债务是无限的，那么负债人就必须一直存活下去。或者，如劳伦斯所说的那样，基督教并没有放弃权力，它更多的是创造了一种权力

---

① 参见埃利亚斯·卡内蒂，《另一场审判》（Elias Canetti, *L'autre procès*），伽利玛出版社。
② 尼采，《论道德的谱系》，Ⅱ。
③ 尼采，《反基督》，§42.

的新形式,即审判的**权力**:正是与此同时,人类的命运被"延迟",而审判成为最后的判决①。审判教义既出现在《启示录》或"最后的审判"中,也出现在戏剧《美国》(*Amérique*)中。就卡夫卡而言,他在"表面的清偿行为"中看到了无尽的债务,在"无限的延期偿还"中看到了被延迟的命运,这些都将法官阻挡在我们的经验和观念之外。② 阿尔托一直在不停地用与上帝审判相决裂的行动来对抗无限。对这四个人来说,审判的逻辑已与神父心理学混为一谈,而神父是最黑暗的机构的创造者:我要审判,我必须审判……不是审判本身被延迟,被安排在明天,被推迟至无限。恰恰相反,正是"延期"、推至无限的行动令审判成为可能:后者得以实现的条件全仰仗存在和无限在时间顺序中的一种假设关系。如果能在这一关系中站稳脚跟,那么便能获得审判和被审判的权力。即使是对知识的批判也包含某种空间、时

---

① 劳伦斯,《启示录》,第六章,巴兰出版社,第80页。
② 卡夫卡,《审判》[蒂托雷利(Titorelli)的注释]。

间和经验的无限,后者决定了现象在空间和时间中的存在("每次在……")。然而,对知识的批判在这个意义上暗示了某种原始的道德和神学形式,根据这种形式,存在按照一种时间顺序同无限确立了关系:存在者始终对上帝负有债务。

然而如果是这样,那么究竟是什么有别于审判呢?谈论一种既是地基又是地平线的"预审判"足够了吗?这同被理解为**反基督**的反审判是一回事吗?与其说是土地,不如说是一种塌陷、滑坡和地平线的消失?存在者互相对峙,并依照一些有限的关系来互相修补。这些关系只是构成了时间的进程。尼采的伟大之处在于他毫不犹豫地指出了一个事实:同一切交流关系相比,债权人-债务人关系都是首要的关系。[①] 人们开始承诺,此时的债务不是对神的债务,而是根据力量关系对某个伙伴的债务。力量分布于各方之间,引起了某

---

① 尼采,《论道德的谱系》,Ⅱ。这个如此重要的文本只能通过同之后有关人种学的文本的关系才能得到评价,尤其是关于印第安人夸富宴(potlatch)的文本:尽管资料有限,但它表现出了一种不可思议的超前性。

种状态改变，并在各方身上创造出某种东西：情感。一切都在各方之间产生，神意裁判根本不是神的审判，因为既不存在神也不存在审判。① 令莫斯（Mauss）及其后的列维-斯特劳斯（Lévi-Strauss）犹豫不决的地方，尼采没有犹豫；存在一种同一切审判相对的正义，根据这种正义，身体互相给对方打上印记，债务被直接书写在身体上，就像某块地域中流通的有限岩块一样。权利不具备永恒事物的静止状态，它无休止地流动在各个不得不继承或断绝血脉的家族之间。这些记号很可怕，它们在身体上划出道道痕迹，给它涂上颜色——线条和颜料，活生生地在肉体上揭示出每个人应清偿和应得到的：整整一套残酷体系，我们能在阿那克西曼德的哲学和埃斯库罗斯的悲

---

① 参见路易·热尔奈，《古希腊人类学》，马斯佩罗出版社（Louis Gernet, *Anthropologie de la Grèce antique*, Maspero），第215—217 和 241—242 页（誓言"只有在各方之间才有效……如果说它取代了审判，那么这种说法就犯了时间错误，因为它最初的性质排除了审判概念"）及第 269—270 页。

剧中听到它的回音①。在审判教义中则恰恰相反，债务被书写于一本独立的书中，人们甚至察觉不到这一事实，以致我们永远也无法清偿一个无限的数目。只要这本书已将某一号称不朽的**财产**的死亡符号收编在册，我们就会被剥夺财产，被驱逐出我们的土地。审判的书本教义的温和只是表面上的，因为它判处我们承受无尽的奴役，并取消了一切获得解放的程序。阿尔托对残酷体系做出了卓越的发展，血与生命的写作向书的写作提出了抗议——正如正义同审判的对立，并引发了一股真正的符号的逆流。② 卡夫卡的例子说明的不也是这一点吗？面对《审判》中的伟大之书，他提出了《在流放地》（*Colonie pénitentiaire*）中的杀人机器，这是一本写在身体上的书，它见证了

---

① 参见伊斯梅尔·卡达莱，《埃斯库罗斯或永恒的失败者》，法亚尔出版社（Ismaël Kadaré, *Eschyle ou l'éternel perdant*, Fayard），第四章。
② 阿尔托，《为了上帝审判的终结》，《全集》（*Pour en finir avec le jugement de dieu*, *Œuvres complètes*），XIII，伽利玛出版社："十字架的取消"。关于阿尔托和尼采对残酷体系的比较，参见迪穆里埃，《尼采与阿尔托》（Dumoulié, *Nietzsche et Artaud*），法国大学出版社。

一种旧秩序,也见证了一种融契约、指控、辩护和判决于一体的法律体系。残酷体系陈述的是存在的身体与影响它的权力之间的有限关系,而无限债务的教义则确立了不朽的灵魂与审判之间的关系。到处都是同审判教义形成对立的残酷体系。

审判并不扎根于某块土壤,因为土壤即使差别很大,也仍然是有利于发展的,但审判需要断裂和分岔。债务必须是面向神的债务。债务不应当与由我们托管的权力产生关系,而应当与那些公认赐予我们权力的神产生关系。需要绕无数条弯路,因为神首先是被动的证人或哀怨的诉讼人,他们无法审判〔正如埃斯库罗斯的《复仇女神》(Euménides)〕。神与人是渐渐共同上升到审判行动的,这是最理想的状况,或者最糟糕的状况,正如我们在索福克勒斯的戏剧中所看到的那样。某种审判教义的原理假设神赋予了人类种种命运,而人根据他们的命运适合这种或那种形式,或者这种或那种有机结果。我的命运注定我具有哪种形式？以及，我是否符合我所追求的形式？这就是审判的精髓：存在被切割成种种命运，以命运形式分发的情感同高级形式建立了联系（尼采或劳伦斯著作中的常见主题即揭露这种以高级价值的名义"审判"生活的自负）。只要人还是尊重他们自己的命运的，那么他们就在审判；只要某种形式肯定或撤销人的企图，那么他们就受到审判。他们审判别人的同时也受到审判，审判和受审是同一种乐事。判决突然闯入这个世界，当人类弄错自己的命运时，它就会以一种虚假审判的形式出现，直至成为谵妄、疯狂；而当形式将另一种命运强加于人时，它就会以上帝审判的形式出现。一个很好的例子便是《大埃阿斯》（*Ajax*）。最初，审判教义需要人类的虚假判决，正如它需要上帝的正式判决一样。最后一个分岔同基督教一起产生：再没有命运，因为我们自己的判决是我们唯一的命运；而且再没有形式，因为上帝的判决构成了无限的形式。在尽头，自我切割成种种命运，和自我惩罚一起成为新审判或现代悲剧的特征。

再没有任何审判,然而一切审判都是关于某个审判的。可能《俄狄浦斯王》已经预示了希腊世界中的这一新状况。而某个类似《唐璜》的主题的现代之处,仍然是新形式下的审判,而非滑稽的行动。概括地说,我们可以这样来表达审判教义的第二种行动:我们不再通过形式或目的成为众神的债务人,而是以我们自身的存在成为某个唯一的神的无限期债务人。审判教义颠覆并取代了情感体系,而且直至对知识或者经验的审判中都能看到这些特征。

审判世界仿佛建立在梦境中。是梦令命运——以西结之轮——旋转,令形式流动起来。在梦境中,审判长驱直入,仿佛置身于虚空中,而不会遭遇某个场所的抵抗,迫使其屈服于知识和经验的要求;因此审判的问题首先是要弄清楚人们是否在做梦。因此,阿波罗既是审判之神也是梦之神:是阿波罗在审判,他确立界限,将我们封闭在有机形体中;是梦境将生命封闭在这些形式中,而我们以后者的名义进行审判。梦境加高了围墙,以死亡为食,制造阴影,一切事物的阴影,世界的阴影,我们自身的阴影。然而,一旦我们离开审判的河岸,我们便弃绝了梦境,转而寻求一种"醉意",仿佛它是某种更高的浪潮①。人们在醉态中——饮料、毒品、迷醉——寻找对梦境和审判的解药。每次我们向审判背过身而转向正义时,我们就进入了一种无梦的睡眠之中。这四位作者揭露了梦境中某种过于静止、过于受引导、过于受管束的状态。那些对梦境有着非凡兴趣的团体——精神分析学或超现实主义——在现实中同样急于组成审讯和惩罚的法庭:做梦者身上常见的令人厌恶的怪癖。对超现实主义持保留意见的阿尔托指出,不是思想碰撞到梦境的核心,更多的是梦境纵身扑向某个逃离它们的思想的核心。②阿尔托眼中的仙人球仪式,劳伦斯眼中的墨西哥丛林之歌并不是梦境,而是一些迷醉或困倦的状

---

① 尼采,《悲剧的诞生》,§1和§2。
② 参见阿尔托,III(从电影视角出发根据思想运行机制进行的梦境批评)。

态。这一无梦的睡眠不是我们睡着时的那种睡眠,它在夜间穿梭,将夜笼罩上一种可怕的光亮,后者不是白日,而是**闪电**:"在夜晚的梦中,我看见灰色的狗,它们匍匐前进要来吞噬梦境。"① 这一无梦的睡眠,我们并未安睡其中的睡眠,它是**失眠**,因为唯有失眠适合于夜晚,能够填充夜晚,进驻夜晚。② 因此我们重新认识了梦境,它不再是某个类似睡着时的梦境,或醒时的梦境,而是一个失眠时的梦境。新的梦已变成失眠的守护者。正如卡夫卡的作品所表现的那样,这不再是产生自睡眠的梦境,而是产生自失眠边缘的梦境:"我(向乡村)寄去了我衣衫完整的身体……与此同时,我睡在我的床上,身上盖着一床棕色的被子……"③

---

① 劳伦斯,《羽蛇》(*Le serpent à plumes*),第二十二章。
② 布朗肖暗示说睡眠不适合夜晚,只有失眠才适合夜晚〔《文学空间》(*L'espace littéraire*),伽利玛出版社,第 281 页〕。当勒内·夏尔为睡眠呼唤梦境以外的权利时,也不是自相矛盾的,因为这里涉及的是一种没有睡着、产生闪电的困倦:参见保罗·韦纳,《勒内·夏尔及迷醉的经验》,载《新法兰西杂志》(Paul Veyne,《René Char et l'expérience de l'extase, *Nouvelle Revue française* »)〕,1985 年 11 月。
③ 卡夫卡,《乡村婚礼准备工作》(*Préparatifs de noce à la campagne*),伽利玛出版社,第 12 页。(《日记》,袖珍书出版社,第 280 页:"我无法入睡,我只有梦,没有睡眠。")

失眠者可以静止不动,因为梦境已自动获取了真正的行动。这是无梦的睡眠,我们却并未安睡其中,这是失眠状态,它却将梦境带到了它所能延及的任何地方:这就是狄俄尼索斯式的沉醉状态,他摆脱审判的方式。

残酷之物理体系还在第三个方面同审判的神学教义相对立,这个层面是身体层面。因为审判意味着一种对身体的真正组织,审判通过这一组织展开:器官是审判者,也是受审者,而神的审判正是无限组织的能力。审判与感官的关系即由此而来。物理体系的身体完全是另一回事;它之所以能逃脱审判,尤其因为它不是一个"有机体",而且被剥夺了对器官的组织能力,而这一组织能力是人们进行审判和受审的手段。上帝为我们创造了一个有机体,女人为我们创造了一个有机体,在这个有机体中,我们有一个有生命的、活着的身体。阿尔托描述了这一"无器官的身体",上帝偷走了这个身体,以便给我们换上一个组织好的身体,因为没有后者,上帝的审判就无法展开。① 无器官的身体是一个有情感的、强烈的、无政府的身体,它只具有极地、区域、界限和梯度。贯穿它的是一种强大的、无机的生命力。劳伦斯描绘过这样的身体,上面带有日极和月极,有平面图,有切面图,有丛束(plexus)。② 除此之外,当劳伦斯赋予他的人物一种双重的定义时,我们可以认为,一种是个人化的有机感觉,另一种是无机的情感,后者出现在这一活着的身体上,显得异常强烈:"音乐越是悦耳,他演奏起来就越是追求完美,而且带着一种完全的幸福;与此同时,他身上带有的疯狂的愤怒也得到了同样的增强。"③ 劳伦斯将不停地向我们展现一些从生理构造上看有缺陷的或缺乏吸引力的身体,例如退休的肥胖的斗牛士,或者消瘦的、满面油光的墨西哥将军,但这些身体同样被一种强大的生命力贯穿,后者向器官发出挑战,并解散了组织。无机

---

① 阿尔托,《为了上帝审判的终结》。
② 劳伦斯,《无意识的突发奇想》,斯托克出版社。
③ 劳伦斯,《亚伦的藜杖》,伽利玛出版社,第16页。

的生命力是身体与不易察觉的力量或权力之间的关系,力量或权力夺取了身体,或者说身体夺取了力量和权力,正如月亮夺取了一个女人的身体:在阿尔托的作品中,无政府主义者埃拉伽巴路斯①不停地提及力量和权力的这一对抗,仿佛这些力量和权力是同样多矿物、植物、动物的生成。给自己创造一个无器官的身体,找到自己那无器官身体,这是逃脱审判的方式。这已经是尼采的计划:以生成、强度来将身体定义为影响或受影响的能力,即**权力意志**。尽管卡夫卡的作品初看起来不属于这一流派,但它们仍然让两个世界或两个身体并存,让一个对另一个做出反应,让一个进入另一个:一个是审判的机体,有组织,有部门(毗邻的办公室),有职业分化(执达员,律师,法官……),有等级(法官阶层,公务员阶层);但还有另一个正义的机体,在这个机体中,部门被取消,职业分化消失,等级划分模糊,只

---

① 埃拉伽巴路斯(Héliogabale,约203—222年),罗马帝国塞维鲁王朝的皇帝。——译注

留下一些强度,后者组成了一些不确定的区域并全速穿越这些区域,在这个自生自灭的无政府机体上,让各种力量产生相互对抗("正义不会向你要求任何东西,当你来时,它会接纳你,当你走时,它会任你离开……")。

残酷体系的第四大特征是:斗争,到处都是斗争,是斗争取代了审判。可能斗争看起来是反抗审判,反抗其法庭,反抗其代表人物的。然而,从更深的意义上说,斗争者本人才是斗争本身,斗争在他自己的各个部分之间、在征服或被征服的力量之间、在表达这些力量关系的潜能之间展开。因此,卡夫卡所有的作品都可以被冠以《对斗争的描写》这一标题:反城堡之战,反审判之战,反父亲之战,反未婚妻之战。所有动作都是一种防守,或者甚至是一种进攻、躲闪、抵御,以及对某个并非总会实现的打击的预测,或者对某个并非总能得到辨认的敌人的预测:身体姿势之所以重要的原因正在于此。然而,这些外在的斗争,这些"反……"的斗争(combats-contre),

它们的根源在于那些"……之间"的斗争（combats-entre）中，后者决定了战斗者身上各种力量的组织形式。必须区分反**他者**的斗争和**自我**内部的斗争。"反……"斗争试图摧毁或击退一种力量（同"未来的恶魔般的力量"做斗争），但"……之间"的斗争恰恰相反，它寻求的是夺取一种力量并将其占为己有。"……之间"的斗争是一种进程，通过这一进程，它丰富了自身。它夺取了其他力量，随后自己也融入其中，形成一个新整体，一种生成。关于情书，我们可以说它是一种反未婚妻的斗争，这里涉及的是摒弃令人不安的肉食性力量，但这也是未婚夫身上的力量和兽性力量之间的斗争，他联合了这些兽性力量，好更好地逃离那个对象——他害怕成为这个对象的猎物，还有吸血鬼般的力量，他将利用这种力量，在那个女人吞噬他之前先行吸干她的血。所有力量的联合构成了多种生成：生成-动物，生成-吸血鬼，甚至可能是生成-女人，而后者，人们只能通过斗争获得。①

在阿尔托身上,是反上帝、反小偷、反伪造者的斗争,然而他的行动之所以具有可能性,是因为斗争者同时发动了一场原则或力量的斗争,这一斗争在石头、动物、女人身上展开,由此,只有在生成中(生成石头、生成动物或者生成女人),斗争者才能与另一场斗争给他带来的所有同盟者一起,投入"反"敌人的斗争中去。② 劳伦斯的作品中时常出现某个相似的主题:男人和女人经常视对方为敌,然而这是他们之间斗争最不起眼的一面,只适用于表现一场家庭纷争;从更深层次上说,男人和女人是两股源流,必须互相斗争,可能轮流将对方占为己有,或者在保持贞洁时相互分离,而贞洁本身也是一种力量、一股源

---

① 参见卡夫卡在《致米莱娜的信》(*Lettres à Miléna*)中的影射,伽利玛出版社,第260页。
② 关于原则的斗争、意志、男性和女性,参见阿尔托《塔拉乌马拉人》(*Les Tarahumaras*)中的《仙人球仪式》,以及《埃拉伽巴路斯》中的《原则战争》《无政府主义》["在保留**统一性**(UN)情况下分裂的**统一性**的"斗争,"变成女人然而永恒地保留男人身份的男人的"斗争]。

流。① 在这一点上,劳伦斯的观点与尼采极为吻合:一切好的东西都来自斗争,而他们共同的老师是关于斗争的思想家赫拉克利特。② 阿尔托、劳伦斯或尼采都无法忍受东方及其不斗争理想。他们的圣地是希腊、伊特鲁利亚和墨西哥,以及任何事物在斗争过程中到来并生成的地方,而斗争构成了事物的力量。而在那些人们试图说服我们放弃斗争的地方,提供给我们的是"意志的虚无",是一种对梦境的神圣化和对死亡的崇拜,即使这一切都发生在最温和的形式之下,例如佛陀,或者以人形出现的基督(与圣保罗对此所做的一切无关)。

然而,斗争也不是一种"虚无的意志"。斗争根本不是战争。战争只是"反……"的斗争,是毁灭的意志和上帝的审判,后者令毁灭成为某种

---

① 劳伦斯多次提到这个主题,尤其参见《情欲与狗》中的《我们互相需要》,克里斯蒂安·布尔古瓦出版社。
② 参见阿尔托,《墨西哥和文明》[(Le Mexique et la civilisation),《全集》第八卷]:里面提到了赫拉克利特(Héraclite),并对劳伦斯有所影射。

"正义"的东西。上帝的审判站在战争一边,而不是斗争一边。即使当战争的力量夺取其他力量时,它也是以削弱后者并将后者限制在最低级状态作为开端。在战争中,权力意志仅仅意味着意志需要力量,作为最大限度的权力或统治。尼采和劳伦斯在此看到了权力意志的最低等级,它的疾病。阿尔托开始谈论美苏战争的关系;劳伦斯描绘了死亡的帝国主义,从古罗马人直至现代法西斯主义者。[1] 这是为了更好地说明斗争并不发生在此。斗争是顽强的、无机的生命力,它以力量来补充力量,并增强被它夺取的东西的力量。婴儿代表着这种生命力,这是一种执着的、固执的、不可遏抑的、区别于一切有机生命的生存意愿:如果是个孩童,我们跟他有个人的、有机的关系,但不是跟一个婴儿,因为婴儿在他那微小的身体中集中了能令地面爆炸的能量(劳伦斯的小乌龟)。[2]

---

[1] 参见阿尔托,《为了上帝审判的终结》的开头,以及劳伦斯《伊特鲁里亚游记》开头,伽利玛出版社。

[2] 劳伦斯,《诗集》中非常优美的诗歌《小乌龟》[奥比耶出版社(《Baby tortoise》, Aubier),第 297—301 页]。

人们跟婴儿的关系只是情感的，运动的，无人称的，生命的。可以肯定的是，权力意志在婴儿身上比在战士身上显得更为准确。因为婴儿就是斗争，而小是力量的无法再缩小的场所，是力量最具揭示性的考验。四位作者着迷于"微型化""儿童化"过程：思考游戏，或者说作为游戏者的儿童的尼采；劳伦斯或者"小潘"；小孩阿尔托，"一个孩提时代的自我，一种婴儿时代的意识"；卡夫卡，"蜷成一团的高大的羞愧者"①。

权力是力量的特异反应体质，统治力量进入被统治力量时发生了转变，被统治力量在进入统治力量时也发生了转变：这是转变的中心。这是被劳伦斯称作象征的东西，一种颤动并延伸的合成物，它没有任何意义，但它令我们旋转，直至最大限度地捕捉到所有方向的任何可能性力量，

---

① 卡内蒂转引卡夫卡，第 119 页："两种可能，令自己变得无限小，或无限小。第二种可能是一种完成状态，因此是一种非行动，而第一种是开端，因此是行动。"是狄更斯令微型化成为一个文学过程（残疾的女孩）。卡夫卡重拾了这一过程，在《审判》中，两个警察在牢狱中像两个小孩一般挨打，在《城堡》中，大人们在木桶中泡澡，并用水泼孩子们。

而每种力量在同其他力量建立联系时,又都获得了新的意义。决定不是一种审判,也不是某种审判的有机结果:它自某种力量旋涡中生机勃勃地喷涌而出,正是这种旋涡将我们拖入了斗争中①。它解决了斗争,却没有取消它,也没有结束它。它是象征之夜的闪电。我们所谈论的这四位作者可以被称作象征主义者。《查拉图斯特拉如是说》可以被称为象征之书,它尤其是一本斗争者之书。在尼采的警句和卡夫卡的寓言中出现的,是一种相似的倾向,即令力量增殖和丰富,由此获得最大限度的力量,其中每一种力量都对其他力量有着反作用。在戏剧和鼠疫之间,阿尔托创造了一个象征,其中两种力量的每一方都不断加强并推动着另一方。以"马"这一富有启示录精神的动物为例:劳伦斯作品中发笑的马,卡夫卡作品中从窗口探头进来看着我的马,阿尔托作品中"成为太阳"的马,或者尼采作品中发出"伊啊"(Ia)

---

① 劳伦斯,《启示录》。

声的驴子，这些形象在累积各种力量并构成力量合成体的同时，也构成了同样多的象征。

斗争不是神的审判，而是同神及审判做出了结的方式。没人能因审判而成长，成长是通过不涉及任何审判的斗争实现的。在我们看来，似乎有五种特征将存在与审判对立起来：同无尽的折磨相对立的残酷，同梦境相对立的困倦或醉意，同组织相对立的生命力，同一种统治欲相对立的权力意志，同战争相对立的斗争。妨碍我们的，是在放弃审判时，我们会感到自己被剥夺了区别存在物、区别存在方式的一切手段，仿佛由此开始，一切事物的价值都变得不相上下。然而，设定预先存在（高级价值）且任何时候都预先存在（时间上的无限）的标准的，不正是审判吗？审判的这种特征令它无法领会某个存在物的新颖之处，也无法预感到某种存在方式的创生——这样一种方式生机勃勃地产生自斗争，产生自无眠的困倦之中，同时又带有一点反对自身的残酷：所有这一切都无法从审判中产生。审判阻止了一切新的存在方式的来临,因为后者通过它自身的力量产生,也就是说,通过它能够捕捉并因它自身而具有价值的力量产生——假使它能令这种新的组合方式存在的话。秘密可能正在于此:令存在成为可能,而不是审判。如果说审判如此令人反感,那不是因为一切事物的价值都不相上下,恰恰相反,是因为一切有价值的事物只有在向审判发出挑战时才能实现,并得到辨认。在艺术中,又有哪一种专家评判是关于未来作品的呢?我们无须评判其他存在物,我们要做的,是体会它们是否适合我们,也就是说,它们是给我们带来了力量,还是将我们打发回战争的困苦、梦境的贫瘠和组织的严酷之中。正如斯宾诺莎曾说的那样,这是爱恨问题,而不是审判问题;"我的灵魂和我的身体合而为一……我的灵魂所爱的,我也爱,我的灵魂所恨的,我也恨……无尽的灵魂之中那一切微妙的好感,从最苦涩的恨至最狂热的爱"[①]。这

---

① 劳伦斯,《美国经典文学研究》,第 217 页。

不是主观主义,因为用这些强烈的词汇而不是其他词汇来提出这个问题,这已经超越了一切主观性。

第十六章
柏拉图,希腊人

柏拉图主义是以选择性教义的面目出现的,包括对追求者的选择、对对手的选择。任何事物或存在都声称拥有某些品质。需要对这些声明的依据或合法性做出评判。柏拉图提出了**理念**概念,并认为它是最先拥有某种品质的东西(具有必要性和普适性);理念必须能够借助一些考验,根据参与的性质,来确定哪些事物能够第二位、第三位拥有这一品质。这就是审判教义。合法的追求者,是参与者,是第二位拥有这一品质的事物,其追求的有效性得到了**理念**的肯定。柏拉图主义是哲学中的"奥德修纪",它在新柏拉图主义中得到延续。随后它遭遇了诡辩学派,后者既是它的敌手,也是它的极限和它的复身:因为诡辩家追求一切或者说任意的东西,因此他很可能令选择混乱,令审判变质。

这一问题的根源在于城邦之中。由于否认一切帝国的野蛮的超验性,因此古希腊社会,即古希腊城邦(即使是在僭主政治的情况下)组成了内在场域(champs d'immanence)。充实、占据这些场域的,是朋友社会,即自由的对手,他们的追求每一次都会进入一种竞技(agôn)之中,并在最多样化的领域中得到实现:爱情、田径、政治和法律。这样一种制度必然会赋予舆论决定性的重要意义。我们尤其可以在雅典及其民主制中看到这一状况:本土性(autochtonie)、友情(philia)和意见(doxa)是它的三大本质特征,而且是哲学得以产生和发展的条件。尽管哲学可以在精神上批评这些特征,超越并修正它们,但它仍要以它们为根基。古希腊哲学声称自己依赖的是一种宇宙的内在秩序,正如韦尔南

(Vernant)所指出的那样。它以智慧的朋友而非东方式智者的面目出现。它自荐要"修正"和确保舆论。这些特征在西方社会中留存了下来——尽管之后它们获得了新的意义,并解释了哲学在我们这个民主世界的经济中始终存在的原因:"资本"的内在场域,成为每场革命根基的兄弟或同志社会(及兄弟间自由竞争),舆论的主宰地位。

然而,雅典民主制中受柏拉图所指责的,是所有人在其中追求任意事物的状况。这是他之所以着手重建对手选择标准的原因。他不得不树立起一种新的超验类型,后者区别于王权或神话的超验性(尽管柏拉图利用了神话,并赋予了神话一种特殊功能)。他不得不创造一种在内在场域自身中得以实现和存在的超验性:这就是**理念理论**的意义。现代哲学在这个方面一直追随着柏拉图:在以本原面目出现的内在之中与一种超验性相遇。柏拉图主义的有毒的礼物,是将超验性引入哲学中,是赋予了超验性一种貌似合理的哲学意义(上帝审判的胜利)。这一行为遭遇了许多悖谬和难题，后者恰好关乎意见的地位〔《泰阿泰德篇》（*Théétète*）〕，友情与爱情的性质〔《会饮篇》（*Banquet*）〕，地球的某种本质的不可约简性〔《蒂迈欧篇》（*Timée*）〕。

任何对柏拉图主义的反对都是在广延和纯粹性方面对内在性的重建，这种内在性禁止了超验的回归。问题在于弄清楚这样一种反应究竟是抛弃了对手选择计划，还是——恰恰相反——如斯宾诺莎和尼采所认为的那样，树立了完全不同的选择方法：这些方法涉及的不再是作为超验行动的追求，而是存在物如何以种种内在（**永恒回归，作为某物或某人能永恒归来的能力**）充盈自身的方式。选择涉及的不再是追求，而是力量。力量是谦虚的，同追求正好相反。事实上，能够摆脱柏拉图主义的，唯有关于纯粹内在性的哲学：从斯多葛派到斯宾诺莎，或者尼采。

第十七章
斯宾诺莎及三大"伦理学"

> "我不是斯宾诺莎,不会蹦蹦跳跳。"
>
> 契诃夫,《婚礼》(*La noce*),"七星"文库,第一卷,第618页。

初读《伦理学》,可能会觉得这本著作是个漫长且不间断的运动,几乎笔直向前,从某种无可比拟的强大力量和宁静态出发,反复经过诸多定义、公理、假设、命题、证明、推论和评注,将一切都纳入壮观的流动过程中。仿佛一条河流时而拓宽,时而分岔形成数以千计的支流;时而加快速度,时而放慢脚步,然而任何时候都强调着它那根本的统一性。同时,斯宾诺莎那看似经院式的拉丁语,似乎构成了追随这条永恒之河的看不出岁月痕迹的航船。然而,随着激动的心情逐渐占据读者的心灵,或者在第二遍阅读的帮助之下,他们会发现上述两种印象是错误的。作为世界上最伟大的著作之一,这部书并不符合我们最初的想象,因为它不是同质的、笔直向前的、持续的、宁静的、可航行的、纯粹无风格的语言。

《伦理学》提出了三大要素,它们不仅仅是内容,而且是表达形式:**符号**或情感;**观念**或概念;**本质**(Essences)或感知物。它们符合三种知识类型,后者同时也是存在和表达的模式。

在斯宾诺莎看来,一个符号可以拥有多重意义。但它始终是一种效果(effet)。效果首先是一个物体(corps)在另一个物体之上的痕迹,是一个物体承受另一个物体作用力时的状况:这是一种影响(affectio),例如阳光在我们身上产生的效果,它"标明"了受影响的物体的性质,而且只"覆盖"产生影响的物体的性质。我们是通过我们拥有的概念来认识我们的情状的，概念可以是感觉或感知，对热度和颜色的感觉，对形状和距离的感知（太阳高高在上，是一个金色圆盘，它位于两百尺开外……）。为方便起见，我们可以称它们为标量符号（signes *scalaires*），因为它们表明了我们在某个时刻的状态，并由此区别于另一类型的符号：因为现状始终是连续状态中的一个切面，并据此决定了同之前的状态相比——不管这个状态是多么近——我们那持续的存在是处于增加还是减少的状态，是处于扩张还是收缩的状态。并不是说我们在某种自省活动中将两种状态进行比较，而是，每种情状状态决定了向一种"更多"或"更少"的过渡：太阳的热量充盈了我的身体，或者反之，它的灼烧令我退却。因此，情状并不仅仅是一个物体对我的身体所起的即刻的作用，它对我自身的持续性——快乐或痛苦，高兴或忧郁——也产生着作用。从一种状态转化到另一种状态的，是过渡，是生成，是上升，是坠落，是力量的持续变化：我们将其称为"情感"（*affects*）更为确切,而不再是"情状"(*affections*)。这是些增强或减弱符号,是向量符号〔(signes *vectoriels*)类似高兴-忧伤〕,而不是由情状即感觉和感知所代表的标量符号。

事实上,符号类型的数量远远不止于此。标量符号有四大主要类型。一些是感觉或感知上的物理效果,它们只是涵盖了引起这些感觉或感知的东西的性质,这些符号主要是指示性的,它们指出了我们自身的性质而非其他。第二,由于我们的本质是有限的,因此对于影响它的事物,它只保留了这种或那种被选择的特征(垂直的,或理性的,或发笑的兽人)。这些是抽象符号。第三,由于符号总是一种效果,因此我们会将效果视作目的,或将效果的观念视作原因(既然太阳会发热,那么我们认为它生来就是"为了"让我们取暖的;既然果实有一种苦涩的味道,亚当就认为它不"应该"被吃掉)。此时涉及的是一些道德效果,或者命令符号:不要吃这个果子!到太阳底下来!最后一类标量符号是想象效果:我们的感觉或感知让我们想到那些超级敏感的存在，后者是这些感觉或感知的终极原因，而我们反过来将这些存在想象成影响我们的事物过度放大后的形象（作为无限阳光的上帝，或作为**君主或立法者**的上帝）。这些是阐释或解释符号。而先知是最伟大的符号学家，他们对抽象符号、命令符号和阐释符号的组合到了令人叹为观止的地步。《神学政治论》（*Traité théologico-politique*）中著名的一章在这个意义上又添加上了滑稽的力量和分析的深度。因此，存在着四种类型的情状标量符号，我们可依次称其为：敏感指数、逻辑图标、道德象征和玄学偶像。

另外，根据向量是增强还是减弱，是扩大还是缩小，是快乐还是悲伤，还存在两种类型的情感向量符号。这两种符号可以被称为增强性力量和缩减性束缚。我们还可以在此加上第三种类型，模糊或波动符号，此时某种情感同时增强和减弱我们的力量，或者同时令我们感到快乐和悲伤。因此，存在六种或七种符号，它们不停地互相结合。尤其是标量符号与向量符号之间的必然结合。情感总是意味着情状,前者是从后者中派生出来的,尽管它们不能被简化为后者。

这些符号间的共性,是一种可结合性、变动性和模糊性或类比性。根据物体之间结合链的不同(阳光使黏土硬化,使蜡融化;马对于士兵和农民来说不是一回事),情状发生着变化。道德效果本身也随着不同民族发生着变化,每个先知都有自己的一套个人符号,他们的想象力回应的正是这些符号。至于诠释活动,依照在某一已知条件和某一未知情况之间可变的结合,它们从本质上来说是模棱两可的。一种模糊的或者说类比性语言赋予了上帝无限的理智与意愿,这种理智与意愿是我们的理智与我们自身意愿的放大:同一种模糊的相似性,我们可以在吠犬和天空大犬星座之间找到。如果说作为词语的符号是约定俗成的,那正是因为它们的操作依据的是自然符号,而且只对它们的变动性和模糊性进行了归类:约定俗成的符号是一些抽象符号,它们为可变的结合链确定了一种相对恒定性。因此约定俗成和自然的差别对符号来说不具有决定性，正如国家和自然之间的差别。即使向量符号也有可能会依赖惯常的约定，例如奖（增强）与惩（减弱）。一般的向量符号——即情感——同情状一样会进入可变的组合之中：物体某部分的增强对另一部分来说可能是减弱，某一部分的束缚对另一部分来说可能是力量，而上升之后随之而来的可能是一种坠落，反之亦然。

符号的直接参照物并不是物（*objets*）。令一些符号指向另一些的，是物体（corps）的状态（情状）和力量的变化（情感）。符号指向的是符号。根据一种**偶然性**秩序或物体间偶然相遇的秩序，符号的参照物是物体杂乱的混合和力量隐晦的变化。符号就是效果：空间内一个物体对另一物体产生的效果，或者说情状；一种情状对一个时间段所产生的效果，或者说情感。在斯多葛主义之后，斯宾诺莎将因果关系撕裂成两个区别明显的链条：效果之间的关系，并能够通过它们理解原因之间的关系。效果指向的是效果,正如符号指向的是符号:与前提割裂开来的结果。因此,不仅仅要从因果关系,而且要从光学角度来理解"效果"。效果或符号是一些阴影,它们在物体表面,而且总是在两个物体之间发生作用。阴影总是一种边缘。在一个物体上产生阴影的总是另一个物体。我们也通过别的物体投射在我们身上的阴影来认识它们,而我们通过我们的阴影来认识自身,我们自己和我们的身体。符号是某个充满事物的空间中一种光的效果,这些事物漫无目的地互相碰撞着。如果说斯宾诺莎从本质上说有别于莱布尼茨,那是因为莱布尼茨偏向于巴洛克式灵感,他在**暗**("fuscum subnigrum")之中看到了一个母体,一种前提,而明暗对比、色彩甚至光线都从中产生。斯宾诺莎的观点则截然相反,他认为一切都是光,而**暗**不过是阴影,是光的一种效果,是光在反射(情状)或吸收(情感)它的物体之上的极限:这一观点与其说接近巴洛克风格,不如说更接近拜占庭风格。与其说是一种产生于不同程度的阴影的光线，这些阴影由累积的红色制造出来；不如说是一种制造了不同程度的蓝色阴影的光线。明暗对比本身也是阴影制造亮光或黑暗的效果：是力量变体或向量符号构成了明暗对比的程度，因为力量的增强制造了亮光，而力量的减弱则制造了黑暗。

如果我们考察《伦理学》的第二大要素，我们会看到与符号的决定性对立：共同观念是对物（*objets*）的概念，而物是原因。光不再被产生阴影的物体（corps）反射或吸收，事实上，它令物体变得透明，同时揭示了内部的"结构"（fabrica①）。这是光的第二大特征。智力是对物体结构的真正理解，而想象只是对一个物体在另一个物体上的投影的捕获。这一点仍旧是光学的，然而是一种光学几何学。结构实际上是几何学的，它由坚固的线条构成，但这些线条作为原因不停地成形、

---

① fabrica，拉丁文，意为"铸造""制作""工厂""结构"等。——译注

变形。形成结构的,是一种合成关系,包括行动和静止,快速与缓慢,这一关系在某个透明物体的无限小的部分之间得到建立。由于这些部分始终或多或少是无限的,因此每个物体中都存在着无限的关系,后者进行着组合或解体,导致物体也进入了一个更为庞大的物体之中,处于一种新的组合关系之中,或者反之,令最小的物体在它们的组合关系中得到凸显。模式是几何学结构,然而是流动的结构,这些结构在光中以不同的速度产生着变化或形变。结构就是节奏,即一连串的形象,这些形象不停地形成或解构着它们之间的关系。当关系解体时,结构是物体之间互不协调的原因;当关系形成新关系时,它则是物体之间互相协调的原因。但这是同一时间产生的双重方向。乳糜和淋巴液是两种关系下的两种物体,这两种关系在一种合成关系中构成了血液,哪怕某种毒药会导致血液腐败。如果我学习游泳或跳舞,我的运动和静止,我的速度和缓慢必须依据一种多少具有持续性的调整活动,产生与大海或

第十七章　斯宾诺莎及三大"伦理学"

同伴相同的节奏。结构始终拥有多个共同体，同时指向某个对物的概念，即某个共同观念。结构或物至少由两个躯体（corps）构成，其中每个躯体又有两个或多个躯体，直至无限，这些躯体在另一个方向上结合成越来越庞大、越来越复杂的躯体，直至形成整个**自然界**的唯一客体：能够无止境地发生变化和形变的结构，普适性的节奏，整个自然界的面貌（Facies totius Naturae），无限的模式。共同观念是普适性的，但根据它们是构成至少由两个躯体组成的概念，还是构成由一切可能性的躯体组成的概念（在空间中，在运动中和在静止中……），这种普适性是"或多或少"的。

如此理解之下，模式是一些投射。或者更确切地说，某个物的变体是一些投射，它们包裹着某种动或静关系，并将后者作为它们不变的成分（退化）。由于每种关系都无穷尽地受到其他关系的补充，而且每一次秩序都在发生着变化，因此这一秩序是一种每次都将整个**自然界**的外表包裹起来的侧影或投射,或者关系中的关系!①

作为光的投射的模式同时也是色彩,是着色因。色彩进入补充和对照关系中,这些关系在极限处令每种色彩都构成了一切,并且令所有色彩都根据某种组合秩序融于白色(无限模式)之中,或根据某种解体秩序从白色中脱离出来。歌德关于白色的言论应该应用于每种色彩:纯粹透明偶然产生的不透明的亮光。② 坚固、直线型的结构必然有颜色,因为结构是光令物体变得透明时显现的不透明。由此,色彩和阴影之间,着色原因和阴影结果之间的本质差别得到了肯定,一方合宜地"结束"了光,另一方在不合宜之中取消了光。

---

① 伊冯娜·托罗〔《斯宾诺莎及射影空间》(Yvonne Toros, *Spinoza et l'espace projectif*),巴黎三大博士论文〕提出了多种论据,证实启发斯宾诺莎的几何学不是笛卡尔或霍布斯的几何学,而是笛沙格(Desargues)意义上的射影几何学。这些论据似乎具有决定性意义,它们引发了对斯宾诺莎的新理解,正如我们即将看到的那样。在之前的一项研究中〔《空间和变形:斯宾诺莎》(*Espace et transformation:Spinoza*),巴黎一大〕,伊冯娜·托罗对比了斯宾诺莎和维米尔,并根据《彩虹论》(*Traité de l'arc-en-ciel*)勾勒了一种色彩投射理论。

② 歌德,《论色彩学》,特里亚德出版社(*Traité des couleurs*, Ed. Triades),§494。关于每种色彩重构整体的倾向,参见§803—815。

对于维米尔,我们可以说他用色彩的互补性和对比关系取代了明暗对比。阴影没有消失,它只是成为一种可孤立于其原因的结果,一种被分离出来的结果,一个区别于色彩及其关系的外在符号。① 我们看到,在维米尔作品中,阴影凸显出来,受到前置,以便给产生它的光亮的背景加上边框或镶上边("倒牛奶的女佣""珍珠项链""情书")。维米尔正是由此与明暗对比的传统形成了对立。从所有这些角度来说,斯宾诺莎无限接近于维米尔,而非伦勃朗。

符号与概念之间的区别由此似乎显得不可撤销、无法跨越,正如埃斯库罗斯所说:"他不再通过某种沉默的语言,也不再通过某座山顶上燃烧之火的烟雾来表达自己,而是通过清晰的词汇……"② 符号或情感是些不合宜的思想,是激

---

① 参见翁加雷蒂[《维米尔》,埃肖普出版社(Ungaretti, *Vermeer*, Ed. de l'Echoppe)]:"这色彩被他视做色彩本身,视作光,当这色彩受到凝视时,他也从其中看到并分离出了阴影……"也可参见吉尔·阿约的戏剧《维米尔和斯宾诺莎》(Gilles Aillaud, *Vermeer et Spinoza*),布尔古瓦出版社。

② 埃斯库罗斯,《阿伽门农》,495—500。

情；共同观念或概念则是合宜的思想，从中产生了一些真正的行动。如果参考因果关系划分，那么符号指向符号，正如效果指向效果，这些情况依据的是建立于某种秩序之上的组合链，这一秩序只是物理学躯体（corps physiques）的偶然相遇。然而，当概念指向概念，或原因指向原因时，依据的是一种号称自动链的东西，这一链条由关系或比例的必要秩序决定，由后者的转变或形变的确定顺序决定。因此，与我们通常所认为的恰好相反，符号或情感似乎不是也不能成为《伦理学》的一个积极要素，更不必说是一种表达形式。它们所构成的认识类型几乎称不上是一种认识，更多的是一种经验，在这一经验中，人们会毫无规律地看到一些物体的混杂形成的混沌思想，一些避开某种混杂物、寻求另一种混杂物的粗糙要求，以及对这些情形的多少有些疯狂的阐释。比起表达方式，这里更多的是一种情感性的物质语言，更像是喊叫声而不是关于概念的言论。因此，如果说这些符号-情感出现在《伦理学》中，那么它们仅仅是为了被批评,被揭露,被遣返至它们的黑夜之中,光在这黑夜之上跃起,或者在黑夜之中消亡。

然而,事实并非如此。《伦理学》第二卷在阐述共同观念时,是从"最具普适性"的观念(即适用于任何物体的观念)入手的:该书假设概念已经给出,这是导致产生概念不亏欠符号任何东西的印象的原因。然而,当我们询问我们是如何最终形成某个概念的时候,或者我们是如何从结果向原因回溯的时候,至少需要某些符号作为跳板,需要某些情感来赋予我们必要的冲劲(第四卷)。我们只有在物体之间随机的相遇之中才能选择某些物体的观念,这些物体同我们的理念相适应,并给我们带来了愉悦,也就是增强了我们的力量。只有当我们的力量得到足量的增强时——直至某种程度,这一程度根据不同物体可能有所变化——我们才能拥有这种力量,并有能力形成一种概念,最初是最不具普适性的概念(我们的身体与另一个的协调),哪怕随后会按照关系的组合秩序，触及越来越宽泛的概念。因此存在一种对狂热的情感及其所依赖的思想的选择，这一选择必须解放愉悦感，即表示力量增强的向量符号，并拒斥悲伤，即弱化符号：这一对情感的选择是走出知识的第一种类型，并在获得足够力量的同时达到概念的条件。增强符号仍然是激情，它们所暗示的思想仍然是不合宜的，但它们已然是观念的前兆、阴暗的前兆。更进一步说，当共同观念被触及时，当由此产生的行动以某种新型、主动的情感的面目出现时，不合宜的思想和狂热的情感，也就是说符号，并不会因此消失，即使悲伤是不可避免的。它们会顽强地存在，并超越观念，但它们也会失去它们排外、暴力的特征，而令观念和行动获益。因此，在符号之中有某种东西，一方面为概念做着准备，另一方面又超越着概念。光线既得到这些持续在阴暗中进行的进程的准备，又受到它们的伴随。在斯宾诺莎身上，明暗对比的价值重新得到引入，因为作为激情的愉悦是一种照明符号，它将我们引向观念的光明。

《伦理学》不能脱离一种激情的、借助符号的表达形式,唯有这种形式才能进行不可避免的选择,没有这一选择,我们就会被限制在第一种类型上。

这一选择非常艰难,非常困难。因为愉悦和悲伤、强化和弱化、光明和黑暗常常是模棱两可的,局部的,变化多端的,一些同另一些交织在一起。尤其是,有那么多人,他们只能将他们的**权力**建立在悲伤和痛苦之上,建立在他人力量减弱的基础上,建立在世界的沉沦之上:仿佛悲伤是对欢乐的承诺,仿佛悲伤本身已经是一种欢乐了。他们创立了对悲伤、对束缚或无能、对死亡的崇拜。他们不停地抛出悲伤符号,并将其强加给别人,他们将这些符号视为理想和欢乐,呈给那些被他们折磨得病入膏肓的灵魂。由此出现了地狱般的同伴,**暴君**和**神父**,生活的可怕的"判官"。因此,符号或情感的选择作为概念创生的首要条件,并不仅仅意味着每个人都应做出的个人努力(**理性**),还意味着一种激情的斗争,一种不可救赎的情感的抗争,哪怕最终会遭遇死亡。在这斗争之中，符号与符号相互对抗，情感与情感相互碰撞，好让一点点欢乐能得到保存，而这欢乐让我们走出阴影，改换类型。符号语言的喊叫声镌刻于这一激情的斗争，这一欢乐和悲伤的斗争，这一力量的强化和弱化的斗争。

《伦理学》，至少《伦理学》的绝大部分都是以共同观念写作的，以最普遍的观念开始，随后不停地展开对它们的结果的讨论。它以已获得或给出的共同观念为前提。《伦理学》是概念的话语。这是一个推论性、演绎性的系统。这是令它看起来如同平静、强大的河流的原因。定义、公理、公设、命题、证明和推论构成了一个宏大的进程。这些元素中的一个或另一个探讨激情和不合宜的观念，是为了揭示后者的软弱，为了尽可能排斥它们，仿佛河畔的沉淀物。然而，还存在另一个元素，它只是从表面上看来同前面的元素同质。这就是"评注"，它们确实置身于证明链中，但读者很快就会发现，它们具有完全不同的声调。这是另一种风格，几乎像是另一种语言。

它们在阴影中进行操作,试图分开那些阻止我们进入共同观念的东西,以及那些反过来允许我们这样做的东西,那些减弱和增强我们力量的东西,那些束缚我们的悲伤符号和解放我们的快乐符号。它们揭露了藏身于我们力量弱化背后的人物,那些从悲伤的维持和蔓延中获益的人,也就是暴君和神父。它们宣告了新人类的符号或条件,新人类就是那个力量已得到足够增强,能够形成概念,并将情感转化为行动的人。

评注是不加掩饰的、有争议的。如果评注指向的确实是评注,那么在更经常的情况下,我们看到它们自己构成了一个特殊的链条,同证明、推理元素构成的链条相去甚远。反过来说,证明并不指向评注,而是指向其他证明、定义、公理和公设。如果说评注插在证明链之中,与其说是因为它们属于证明链的一部分,不如说它们依据自身的性质,不断割裂着证明链。仿佛这是一条断裂的、不连续的、隐秘的、火山一般的链条,会不定期地前来中断证明元素构成的河流般的、持续的大链条。每个评注都像是一座灯塔，穿越距离，穿越证明的河流，同其他灯塔交换着信号。仿佛这是一种火的语言，同水的语言相区别。可能从表面看，这是同一种拉丁语，但我们会觉得评注中的拉丁语仿佛翻译自希伯来语。评注自身构成了一本书，一本关于**怒**和**笑**的书，仿佛这是斯宾诺莎自己的《反圣经》。这是一本关于**符号**的书，它一直伴随着更为可见的**伦理学**这本关于**概念**的书，它只在爆炸处才为自身的目的显现。然而，在双重**伦理学**的写作过程中，它仍然是个非常积极的元素，一种自主的表达形式。这两本书，这两本并行存在的《伦理学》，一本产生自透明启发之下获得的自由观念，而另一本在身体的晦暗混合物的最深处继续着奴役与解放之间的斗争。至少有两本《伦理学》，它们有着唯一且相同的意义，然而使用的不是同一种语言，仿佛是上帝语言的两个版本。

罗贝尔·萨索同意评注链和证明链之间的性质差异原则，但他指出不必将证明链本身视作一种同质的、连续的、线性的进程，一种不受旋涡和事故干扰的进程。并不仅仅因为评注在前后相继的证明中突然出现,在此处或彼处打碎了这一进程,还因为在证明链内部,萨索说,概念经历了变化多端的时刻:以或快或慢的速度展开的定义、公理、公设、证明。[1] 毫无疑问,萨索的话是有道理的。我们能够区分出停滞部分、手臂、手肘、发卷、加速及减速等等。标志着每个重要部分的开头及结尾的前言和附录仿佛是一种停滞,在这里,河流上的船只让新客上船,让老客下船;证明和评注经常在这里汇合。当同一个命题可以多种方式得到证明时,手臂便出现了。当河流转向时,出现的是手肘:借助手肘,唯一的实体能拥有所有的属性,而在河流上游,每个属性有且仅有一个实体。同样地,手肘引入了身体物理学。推论则构成了一些旁支,它们会如圆环般回到受证实的命题。最后,证明体系依据河流是拓宽还是收紧它的水域,表现出相对的速度和缓慢:例

---

[1] 参见罗贝尔·萨索,《〈伦理学〉的话语和非话语》,载《综合杂志》(Robert Sasso, «Discours et non-discours de l'Ethique», *Revue de synthèse*),第89期,1978年1月。

如，斯宾诺莎一直坚持，我们不能将上帝、上帝的观念作为出发点，而是必须尽可能快地达到这一观念。我们还可以分辨出其他很多证明形象。然而，不管怎么变，涉及的始终是同一条河流，它以一切状态永存着，并构成了关于概念、关于认识的第二种类型的《伦理学》。这是我们会认为评注同其他要素之间的差异更为重要的原因，因为是这一差异最终表现了证明要素之间的差别。如果没有评注形成的隐秘行动，河流是无法经历如此多的冒险活动的。正是评注强调了证明，确保了转向。整部关于概念的《伦理学》在其多样性中需要一种关于特殊符号的《伦理学》。证明过程的多样性不是逐项同评注的摇撼和推力相吻合的，但这一过程预设了评注，并包含了它们。

然而，可能还存在第三部《伦理学》，由第五卷所呈现，体现在第五卷中，或者说至少体现在第五卷大部分篇幅中。因此，它不像另外两部那样，在整部作品中都形影相随。它占据着一个明确的位置，即最后的位置。然而，从一开始，它就像是火炉，像是焦点，在出现之前已蠢蠢欲动。应当认为第五卷同其他几卷具有共同的外延。我们感觉到自己终于到达了这里，然而实际上它一直在那儿，始终在那儿。这是斯宾诺莎逻辑的第三个要素：不再是符号或情感，也不再是概念，而是**本质**或**特殊性**，是**感知物**。这是光的第三种状态。不再是阴影符号，也不再是作为色彩的光，而是以自身并为自身存在的光。共同观念（概念）受到光的揭示，光穿过物体，并令它们变得透明。这些观念因此指向的是几何学图形或结构（*fabrica*），后者因为受制于笛沙格意义上的射影几何学的要求，能够在某个射影空间中改变或变形而显得尤为生动。然而本质的性质完全不同：由最根本的**光**产生的*纯粹的光的形象*（而不再是由光揭示的几何图形）。[①] 我们常常会发现柏拉图主义，甚至笛卡尔主义的观念还是"感光的"：上

---

① 科学遭遇了这个关于几何图形和光的形象的问题（因此在《绵延性和同时性》（*Durée et simultanéité*）第五章中，柏格森能够说相对论颠覆了认为光的形象从属于坚固的几何图形的传统观念）。在艺术领域，德洛内（Delaunay）的画将光的形象同立体主义及抽象艺术的几何图形对立了起来。

升到一个纯粹光的世界的,是普罗提诺而不是柏拉图,是斯宾诺莎而不是笛卡尔。共同观念因为涉及的是投影关系,因此它们已经是光学形象(尽管它们保留了最低限度的触觉参照)。但本质是纯粹的光的形象:它们本身就是"凝视",也就是说,它们身处上帝、主体和客体(感知物)的统一体中,在凝视的同时也被凝视。共同观念指向运动或静止关系,这些关系构成了相对的速度;本质则恰恰相反,它们是绝对速度,它们并不透过投影来构筑空间,而是一次性地、一蹴而就地填充了这个空间。① 朱尔·拉尼奥最重大的贡献之一在于他指出了思想中的速度的重要性,正如斯宾诺莎设想的那样,尽管拉尼奥将绝对速度归结为一种相对速度。② 然而,这是本质的两个特征:

---

① 伊冯娜·托罗(第六章)明确指出了笛沙格几何学的两个方面或两种原则:一是同调原则,同射影相关,另一原则可以被称作"二元性",它同线与点、点与面的衔接相关。正是在此处,平行论获得了新的理解,因为它建立于思想中的一点(上帝观念)与空间中的某种无限延展之间。

② 朱尔·拉尼奥,《著名课程及其片段》(Jules Lagneau, *Célèbres leçons et fragments*),法国大学出版社,第 67—68 页(对于"思想的快速性",我们只能在音乐中找到对等物,这种快速性更多的是建立在相对而不是绝对之上)。

第十七章　斯宾诺莎及三大"伦理学"

绝对速度而非相对速度,光的形象而非由光揭示的几何图形。相对速度是情状和情感的速度:空间中一个物体作用于另一个物体的速度,持续性中一个状态向另一个状态过渡的速度。观念抓住的,是相对速度之间的关系。但绝对速度是一种方式,某种本质凭借这种方式在永恒之中飞越了它的情感和情状(力量速度)。

为了能让第五卷单独构成第三部《伦理学》,仅仅拥有一个特殊对象是不够的,它还必须借助一种不同于其他两部的方法。事实似乎并非如此,因为它只展现了证明元素和评注。然而,读者会感觉到,几何学方法在这里似乎表现出了野蛮、罕见的一面,几乎让人以为第五卷不过是一个临时版本,是一个草稿:命题和证明中贯穿着充满暴力的断裂,包含那么多省略和矛盾之处,以至三段论似乎被简单的"省略三段论"所取代。① 我

---

① 参见亚里士多德,《前分析篇》(*Premiers analytiques*)第二卷,27;省略三段论是三段论,其中一个或另一个前提被暗示、隐含、取消、省略。莱布尼茨重拾了这个问题[《人类理智新论》(*Nouveaux essais*),第一卷,第一章第四、十九节],并指出断裂并不仅仅出现在陈述中,还出现在我们的思想中,而"结论的力量部分地存在于我们所取消的东西中"。

们越是读第五卷,就越会感到这些特征不是方法实践方面的不完美,也不是缩略,它们实际上同本质完全相适应,因为本质超越了一切推理和演绎的范畴。这并非事实上的某些简单的操作方法,而是一整套合法的程序。因为概念层面的几何学方法是一种阐述法,它要求完备性和饱和性;因此,共同观念为它们自身而得到阐述,它们的出发点是一些最具普适性的观念,例如在某种公理体系中,此时人们不必去思考是如何最终达到某种共同观念的。然而,第五卷的几何学方法是一种创造性方法,它前进的方式是间隔和跳跃,即断裂和矛盾,这一方式与其说是一个做着陈述的理性的人的方式,不如说是一只摸索前进的狗的方式。只要它在"不可决定"之中展开,它很可能就超越了一切证明。

当数学家不致力于建构某种公理体系时,他们那创造性风格会呈现出奇特的力量,而演绎链会被巨大的非连续性打断,或者反之,会遭遇猛烈的收缩。没人否认笛沙格的天才,但惠更斯

第十七章 斯宾诺莎及三大"伦理学"

(Huyghens)、笛卡尔等数学家难以理解他。不管一切面是某个点的"极线",还是一切点是某个面的"极点",证明如此之快,以至需要对它所跨越的一切进行补充。没人比埃瓦里斯特·伽罗华——伽罗华本人也遭遇了来自同行的诸多不解——更善于描述这种不规整的、跳跃性的、四处碰撞的思想,他把握了数学的特殊本质:分析师们"并不演绎,他们组合,结合;他们之所以能达到真理,是因为他们在此处或彼处遭到撞击而掉落于此"①。再一次地,这些特征不是为了能"更快"前进而作为陈述中简单的不完美出现,而是作为思想的某种新秩序的力量出现,这一秩序获得了一种绝对速度。在我们看来,第五卷是对

---

① 参见安德烈·达尔马斯在《埃瓦里斯特·伽罗华》[法斯格尔出版社(André Dalmas, *Evariste Galois*, Fasquelle)] 一书中对伽罗华言论的引用,第 121 页,以及第 112 ("我们不得不停地指出计算的步骤,并预见结果,尽管这些结果永远无法实现……")、132 页("还是在这两本论文中,尤其是在第二本中,我们经常看到'我不知道'这样的句子……")。因此,即使在数学中,也存在一种风格,这一风格通过思想中的断裂、省略和矛盾得到定义。在这方面,我们会在 G. G. 格朗热的著作《风格哲学论文》[奥迪勒·雅各布出版社(G. G. Granger, *Essai d'une philosophie du style*, Odile Jacob)] 中看到宝贵的指示,尽管作者对数学中的风格有完全不同的见解(第 20—21 页)。

这一思想的见证，后者无法被简化为那个在前四卷中通过共同观念展开的思想。如果说与书相关的是"书的不在场"（或者一本由血肉构成的更为隐秘的书），正如布朗肖指出的那样，那么第五卷可以说是这种不在场或这一秘密，在这一秘密中，符号和概念都消失殆尽，而事物本身跨越空间间隔，开始自行写作，为自身写作。

例如命题10："只要我们不受与我们的天性相悖的情感的折磨，我们就有能力依照一种同理智相关的秩序来安排和压制身体的情状。"在从句与主句之间出现的，是一个巨大的裂痕、一种间隔。与我们的天性相悖的情感首要的作用是阻止我们形成共同观念，因为它们依赖的是那些与我们不协调的物体；反之，每次有某个物体同我们的身体相协调并增强我们的力量（快乐）时，某个为两个身体共有的观念可能就会形成，并从中产生一种同情状相关的活跃的秩序或连续性。在这个有意挖掘出的断裂中，是两个身体间的协调性概念，以及受限的共同观念，它们只是暗中存在，

第十七章 斯宾诺莎及三大"伦理学"

两者都只有在一条缺失的链条得到重构时才会出现：双重的间隔。如果不进行这种重构，如果不填补这个空白，那么不仅证明不具有说服力，而且我们在那个根本问题上将永远保持犹豫不决的态度，这个根本问题就是，我们怎样才能最终形成某个共同观念？为什么这里涉及的是一个最不具普适性的观念（我们的身体和另一个身体共有的观念）？间隔和断裂的功能是尽可能地拉近距离遥远的项，并由此确保一种绝对飞越的速度。速度可以是绝对的，但同时也可以是或大或小的。某种绝对速度的大小恰好表现为它一次所跨越的距离，也就是说表现为它所覆盖、飞越或暗示的中间数目（这里至少为二）。总是存在着跳跃、空白和割裂，作为第三种类型的积极特征。

另一个例子由命题 14 和 22 给出，在这两个命题中，人们通过矛盾，从作为最普遍观念的上帝观念过渡到了作为最特殊的本质的上帝观念。仿佛我们从（最大的）相对速度跃到了绝对速度。最后——为了止步于少量的例子——证明 30 用虚线描绘了一种至高无上的三角形,三角形的角是光的形象(自我、**世界**和上帝),而作为距离的边被一种绝对速度穿越,这一绝对速度本身被揭示为最大的速度。第五卷独有的特征,它那超越前面几卷方法的方式时刻指向一点:光的形象的绝对速度。

由定义、公理公设、证明推论构成的《伦理学》是一部长河巨著,不停地拓展着自己的流域。由评注构成的《伦理学》是一部隐秘的火之书。而第五卷展现的《伦理学》是一部天空之书、光之书,闪电是它的行进方式。一种是关于符号的逻辑,一种是关于概念的逻辑,一种是关于本质的逻辑:**阴影、色彩、光**。这三部《伦理学》,每一部都同其他两部形影相随,并在其他两部中继续,尽管它们之间存在着本质上的差别。这是唯一的一个世界,是同一个世界。每一部《伦理学》都伸出了跳板,以便能够跨越将它们分开的虚空。

篇章原始出处[①]

第二章:路易斯·沃夫森,《精神分裂与语言》(伽利玛出版社,1970年)前言。

第三章:参见《美学杂志》"贝克特"特刊,1986年。

第五章:《哲学》,第9期,1986年冬季刊。

第六章:法妮·德勒兹(Fanny Deleuze)、吉尔·德勒兹,D. H. 劳伦斯《启示录》(巴朗出版社,1978年)前言。

第七章:《解放报》,1989年5月。

[①] 大部分文章有所改动,并增加了内容。

第十章：梅尔维尔，《巴特比》（弗拉马里翁出版社，1989年）后记。

第十二章：《哲学》，第17期，1987年冬季刊。

第十六章：参见《我们的希腊人和他们的现代人》（*Nos Grecs et leurs modernes*），瑟伊出版社，1992年。

译名对照表

（按汉语拼音顺序排序）

阿尔巴　Arpad

阿尔珀斯，斯维特拉纳　Alpers, Svetlana

阿尔托，安托南　Artaud, Antonin

阿嘉莎　Agathe

阿喀琉斯　Achille

阿里阿德涅　Ariane

阿里韦，米歇尔　Arrivé, Michel

阿利耶，埃里克　Alliez, Eric

阿纳克西曼德　Anaximandre

阿约，吉尔　Aillaud, Gilles

埃拉伽巴路斯　Héliogabale

埃斯库罗斯　Eschyle

艾伦比　Allenby

爱默生　Emerson

爱森斯坦，谢尔盖　Eisenstein, Sergei

奥达　Aouda

奥芬巴赫　offenbach

巴博　Babo

巴德，比利　Bill, Budd

巴朗什　Ballanche

巴门尼德　Parménide

巴特比　Bartleby

巴伊，J.-C.　Bailly, J.-C.

巴赞　Bazin

拔摩岛的约翰　Jean de Patmos

贝，安德烈　Bay, André

贝阿尔，亨利　Béhar, Henri

贝克莱　Berkeley

贝克特，塞缪尔　Beckett, Samuel

比昂基　Bianquis

别雷,安德烈 Biely, Andrei

波弗莱,让 Beaufret, Jean

波拉克,让-克洛德 Polack, Jean-Claude

柏格森,亨利 Bergson, Henri

博尔迪永 Bordillon

博尔赫斯 Borges

布莱克,威廉 Blake, William

布朗肖,莫里斯 Blanchot, Maurice

布朗肖,皮埃尔 Blanchaud, Pierre

布里塞,让-皮埃尔 Brisset, Jean-Pierre

布列兹 Boulez

布鲁图 Brutus

布吕奇,夏尔 Brütsh, Charles

达尔马斯,安德烈 Dalmas, André

但丁 Dante

德·昆西 de Quincey

德蒂耶,马塞尔 Detienne, Marcel

德拉诺 Delano

德勒达勒,热拉尔 Deledalle, Gérard

德勒兹，法妮　Deleuze, Fanny

德勒兹，于连　Deleuze, Julien

德里达　Derrida

德利尼，费尔南　Deligny, Fernand

德洛内　Delaunay

狄俄尼索斯　Dionysos

狄更斯，查尔斯　Dickens, Charles

迪克，莫比　Dick, Moby

迪穆里埃　Dumoulié

笛卡尔，勒内　Descartes, René

笛沙格　Desargues

蒂托雷利　Titorelli

杜朗，雷吉斯　Durand, Régis

杜梅泽尔，乔治　Dumézil, Georges

多泰尔，安德烈　Dhôtel, André

法拉奇，阿尔芒　Farrachi, Armand

凡·高，文森特　Gogh, Vincent van

费迪耶　Fédier

费伦齐　Ferenczi

费内翁　Fénéon

费萨尔　Fayçal

弗罗芒坦　Fromentin

弗洛伊德　Freud

福尔，埃利　Faure, Elie

福尔尼耶，维克托　Fournié, Victor

福柯，米歇尔　Foucault, Michel

福斯特，E. M.　Forster, E. M.

福斯特罗　Faustroll

富兰克林，本杰明　Franklin, Benjamin

该隐　Caïn

戈达尔，让-吕克　Godard, Jean-Luc

歌德　Goethe

格朗热，G. G.　Granger, G. G.

贡布洛维奇　Gombrowicz

瓜塔里，费利克斯　Guattari, Félix

哈代，托马斯　Hardy, Thomas

哈姆雷特　Hamlet

海德格尔　Heidegger

汉斯　Hans

荷尔德林　Höderlin

赫拉克利特　Héraclite

赫列勃尼科夫　Khlebnikov

惠更斯　Huyghens

惠特曼　Whiteman

基顿，巴斯特　Keaton, Buster

基尼亚尔，帕斯卡　Quignard, Pascal

纪尧姆，古斯塔夫　Guillaume, Gustave

伽罗华，埃瓦里斯特　Galois, Evariste,

杰弗逊　Jefferson

居鲁士　Cyrus

卡达莱，伊斯梅尔　Kadaré, Ismaël

卡夫卡　Kafka

卡鲁热　Carrouges

卡罗尔，刘易斯　Carroll, Lewis

卡内蒂，埃利亚斯　Canetti, Elias

卡斯托里亚迪-奥拉尼耶，皮耶拉　Castoriadis-Aulagnier, Piera

凯瑟琳　Catherine

恺撒　César

康明斯　Cummings

考夫曼　Kaufmann

科林，H. J. 冯　Collin, H. J. von

科斯，米歇尔　Causse, Michèle

科西玛　Cosima

克拉格特　Claggart

克莱斯特　Kleist

克莱因，梅兰妮　Klein, Melanie

克劳泽维斯基，芭芭拉　Glowczewski, Barbara

克洛索夫斯基　Klossowski

库尔贝，居斯塔夫　Courbet, Gustave

奎克革　Queequeg

拉康　Lacan

拉尼奥，朱尔　Lagneau, Jules

莱布尼茨　Leibniz

莱利斯，皮埃尔　Leyris, Pierre

兰波　Rimbaud

劳伦斯，D. H.　　Lawrence，D. H.

劳伦斯，T. E.　　Lawrence，T. E.

勒克莱齐奥　Le Clézio

勒南　Renan

勒努埃纳，帕特里克　Le Nouëne，Patrick

勒温，库尔特　Lewin，Kurt

雷伊，阿兰　Rey，Alain

利奥塔　Lyotard

列维-斯特劳斯　Lévi-Strauss

林顿，马蒂厄　Lindon，Mathieu

留威，尼古拉　Ruwet，Nicolas

卢卡，盖拉西姆　Luca，Gherasim

鲁塞尔，雷蒙　Roussel，Raymond

罗贝尔，马尔特　Robert，Marthe

罗伊斯　Royce

洛夫克拉夫特　Lovecraft

马索克　Masoch

马特尔，弗朗索瓦　Martel，François

马尤，让-雅克　Mayoux，Jean-Jacques

玛德莱娜　Madeleine

麦基洗德　Melchisédech

曼德尔施塔姆　Mandelstam

梅尔维尔　Melville

梅肖尼克　Meschonnic

米尔纳，让-克洛德　Milner, Jean-Claude

米勒，黛西　Miller, Daisy

米利昂蒂，阿兰　Milianti, Alain

米切利希，亚历山大　Mitscherlich, Alexander

米肖　Michaux

米歇尔，贝尔纳　Michel, Bernard

摩尔，亨利　Moore, Henry

莫里茨　Moritz

莫斯　Mauss

墨菲　Murphy

穆齐尔　Musil

尼采，弗里德里希　Nietzsche, Friedrich

尼瓦，乔治　Nivat, Georges

纽沁根　Nucingen

诺特　Knott

欧里庇得斯　Euripide

帕斯隆纳，乔治　Passerone, Giorgio

帕西法尔　Parsifal

潘科夫，吉塞拉　Pankow, Gisela

庞培　Pompée

培根，弗兰西斯　Bacon, Francis

佩吉，夏尔　Péguy, Charles

佩兰，卡门　Perrin, Carmen

彭忒西勒亚　Penthésilée

皮埃尔　Pierre

普林利蒙，普罗提诺　Plinlimmon, Plotinus

普鲁斯特，马塞尔　Proust, Marcel

普罗米修斯　Prométhée

普罗提诺　Plotin

契诃夫　Tchekhov

乔伊斯　Joyce

让梅尔　Jeanmaire

热尔奈，路易　Gernet, Louis

热内,让　Genet, Jean

萨德　Sade

萨克-马索克　Sacher-Masoch

萨克斯,维奥拉　Sachs, Viola

萨姆沙,格里高尔　Samsa, Gregor

萨索,罗贝尔　Sasso, Robert

塞莱诺　Cereno

塞利纳　Céline

沙拉希泽　Charachidzé

莎士比亚,威廉　Shakespeare, William

舍斯托夫　Chestov

圣保罗　Saint Paul

施特劳斯　Strauss

史蒂文森　Stevenson

史塔巴克　Starbuck

叔本华　Schopenhauer

斯宾诺莎　Spinoza

梭罗　Thoreau

索弗罗塔特　Sophrotates

索福克勒斯　Sophocle

塔亚德，洛朗　Tailhade, Laurent

忒修斯　Thésée

托罗，伊冯娜　Toros, Yvonne

陀思妥耶夫斯基　Dostoïvski

瓦格纳　Wagner

旺达　Wanda

威尔斯，奥逊　Welles, Orson

维尔　Vere

维利里奥，保罗　Virilio, Paul

维米尔　Vermeer

韦尔南　Vernant

韦纳，保罗　Veyne, Paul

翁加雷蒂　Ungaretti

沃尔夫，托马斯　Wolfe, Thomas

沃夫森，路易斯　Wolfson, Louis

乌尔里奇　Ulrich

伍尔夫，弗吉尼亚　Woolf, Virginia

西瓦东，达尼埃尔　Sivadon, Danielle

希斯克利夫　Heathcliff

夏多布里昂　Chateaubriand

薛伯　Schreber

亚伯拉罕　Abraham

亚哈　Achab

亚历山大　Alexandre

亚伦　Aaron

雅里，阿尔弗雷德　Jarry, Alfred

雅马蒂　Jamati

雅瓦尔斯基，菲利普　Jaworski, Philippe

伊莎贝尔　Isaelle

以实玛利　Ismaël

以西结　Ezéchiel

尤利西斯　Ulysses

扎拉德尔，玛尔莱娜　Zarader, Marlène

詹姆斯，亨利　James, Henry

詹姆斯，威廉　James, William